Andreas Heidtmann

PLÖTZLICH WAREN WIR STERBLICH

Roman

Andreas Heidtmann

PLÖTZLICH WAREN WIR STERBLICH

Faber & Faber

1

LUCKY PUNCH

Es war ein Grinsen, auf das es nur eine Antwort gab, wollte man kein Verlierer sein. Ich hätte mir die magische Kraft eines Comic-Helden gewünscht, der mit einem gezielten Schlag sein Gegenüber in die Luft beförderte. Dort, wo eben noch der Gegner gelächelt hatte, stieg ein Wölkchen auf. Darin, wie vom Blitz diktiert, das Wörtchen *Whoom!* Eine Szene, die zu schön war, um an einem unscheinbaren Nachmittag an einem unscheinbaren Ort wahr zu werden. Mit jeder Sekunde, die verstrich, verringerte sich die Aussicht darauf, den Schauplatz als lächelnder Sieger zu verlassen. Wenn sie denn je bestanden hatte.

Kai Hendricksen grinste immer noch, und während sein Grinsen breiter wurde, sagte ich mir, dass es unter der Würde eines wahren Helden sei, seine Kraft an jemanden wie ihn zu verschwenden. Wir standen vor dem *Rinaldo*, das seinen Sommerbetrieb auf den schmalen Bürgersteig verlegt hatte. Wer wollte, konnte sich an eine südliche Straßenszenerie erinnert fühlen, zu der bunte Sonnenschirme und wacklige Cafétischchen gehörten. Ich wäre, hätte die Situation es erlaubt, in einem weiten Bogen an Kai Hendricksen vorbeigegangen – und an Susanna. Ihre Linke lag in seiner Rechten. Ich wusste wie jeder in Lippfeld, dass sie das waren, was man ein Paar nannte. Doch ich dachte nicht daran, sie ein Paar zu nennen, auch wenn ihr gemeinsamer Auftritt keinen anderen Schluss zuließ.

Dass Susanna mich über ihr Erdbeereis hinweg mehr abschätzig als freundlich ansah, musste mich nicht stören. Noch vor einem Jahr hatte nicht sie an Kai Hendricksens Seite gestanden, sondern Mona Michalak mit ihrer eleganten Handtasche und ihren noblen Slim-Size-Zigaretten. Und einem Silberkettchen an ihrem Handgelenk. Nie wären Susanna und ich auf die Idee gekommen, uns und der Welt unsere Freundschaft mit einem schimmernden Kettchen zu beweisen, in das man seinen Namen eingravierte. Und dessen Gravur jetzt wertlos gewesen wäre.

Junge, sagte ich und zielte mit meinem Zeigefinger auf Kai Hendricksens Zahnreihe, bei so einer Zahnlücke würde ich lieber nicht grinsen.

In jedem Fall brachte das Grinsen die Lücke mehr zur Geltung, als es ihm recht sein konnte. Sie wuchs zwischen den Schneidezähnen, sodass man durch den Spalt in seine kümmerliche Seele blicken konnte. Offensichtlich gefiel er sich in seiner Pose. So lächerlich sie war. Ich hätte ihm gern die Fernsehillustrierten präsentiert, auf denen mein Bruder und ich den Stars die Zähne schwärzten. Was eben noch filmtauglich ausgesehen hatte, wirkte mit einem Mal missglückt. Jedes Cover ein kleines Malheur. Die glamouröse Welt lächelte mit ruinösem Gebiss, und nur Uschi Glas sah trotz all unserer Kugelschreiberverunzierungen immer noch erstaunlich gut aus.

Aufgepasst, sagte Kai Hendricksen, dass du nicht gleich mit einer ganz, ganz großen Lücke im Gesicht durch die Gegend läufst.

Ich gratuliere zu Superman, sagte ich zu Susanna. Als Antwort schickte sie mir einen Blick, der Mauern hätte zum Einsturz bringen können. Ich hätte mir gewünscht, es wäre das letzte Aufblitzen unserer Freundschaft gewesen, doch es war eher das Gegenteil. Oder was auch immer, eine Warnung oder ein Zeichen von Angriffslust. Für eine Hundertstelsekunde. Ehe sich ihr grünes Funkeln in einen milden Schimmer verwandelte, der irgendwo zwischen Spott und Mitleid angesiedelt schien.

Ich bedauerte nichts. Wenn ich litt, dann nicht darunter, dass Susanna Hand in Hand neben Kai Hendricksen stand, sondern dass sie nicht mehr die war, die ich vor einer Ewigkeit geküsst hatte. Mit der ich durch die Straßen der Siedlung gelaufen war. Mit der ich unter den Silberpappeln im Bruch gesessen hatte, während über den Wiesen Bussarde kreisten. Der ich die verrücktesten Sätze gewidmet hatte. Neben Kai Hendricksen wirkte Susanna so groß, wie sie es vor zwei Jahren neben mir gewesen war, nur war ihre Feingliedrigkeit einer robusteren Statur gewichen. Ich vermisste die beschützenswerte Zerbrechlichkeit, die mir beim Anblick den Atem verschlagen hatte. Nie mehr würde ich ins Tagebuch schreiben: Du hast die zierlichsten Knie der Welt. Nie mehr würde ich bedauern, Komplimente nicht ausgesprochen zu haben. Das Einzige, was ich hier und jetzt hätte schreiben können, wäre gewesen: Dein neuer Lidschatten ist so aufregend wie der von Ireen Sheer.

Ich spürte, wie mein Interesse an Susanna bei dem Gedanken an Ireen Sheer rapide sank, als könne ein blaugrüner Lidschatten jemanden unattraktiver machen. Dass es ausgerechnet Kai Hendricksen war, mit dem sie Hand in Hand vor mir stand, hätte mir wie Verrat vorkommen können. Und es kam mir wie Verrat vor. Wie ein unlogischer Traum, der sich als Realität ausgab.

Es hatte etwas von einer Nervenprobe, dass aus den Lautsprechern des Cafés Boney M. mit *Daddy Cool* tönte. Vielleicht waren die italienischen Schlager ausgegangen oder die Heldentenöre hatten Sommerpause, sodass Rinaldo und seine Cosa-Nostra-Freunde mit Discoklängen vorliebnehmen mussten. Und mit ihnen ihre Gäste und die, die keine Gäste waren, sondern nur an den Tischen und Schirmen des Cafés vorbeiwollten.

Ich fand, dass Susanna übertrieben genüsslich an ihrem Erdbeereis leckte, das in der Sonne zu schmelzen begonnen hatte.

Verräterin, sagte ich leise.

Dass ich nicht lache, sagte sie.

Was soll das werden? fragte Kai Hendricksen.

Du und dein Scheißeis, sagte ich.

Kleiner, sagte Kai Hendricksen, pass auf.

Grins nur, antwortete ich.

Komm, sagte Susanna, wir gehen.

Wieso *wir*? fragte Kai Hendricksen.

Weil ihr im Weg steht, sagte ich und dachte wieder an einen fantastischen Comic-Faustschlag. Tong! Aber stopp. Wozu der Aufwand? Die Kraftverschwendung? Denk an den von deinem Bruder verehrten Helden Mahatma Gandhi, der die Welt durch Gewaltlosigkeit veränderte! Der sich höchstens aus Protest auf die Straße gesetzt hätte. Und der sich schon gar nicht durch ein Erdbeereis hätte provozieren lassen. Mir fehlte einfach Gandhis Größe, um mich nicht durch eine Person herausgefordert zu fühlen, in die ich so sagenhaft verliebt gewesen war, dass ich mit ihr das Unmöglichste gewagt hätte. Selbst auf die verwunschene Bank am Alten Friedhof hätte ich mich mit ihr gesetzt, auch wenn Susanna behauptet hatte, jeder, der darauf Platz nähme, werde versteinern. Wir säßen heute als steinernes Paar dort! Ohne Erdbeereis. Ohne Kai Hendricksen. Ohne jedes Bedauern.

Daddy Cool sangen Boney M. Immer und immer wieder. Als Passant hatte ich natürlich kein Recht, mich über die zuckenden Rhythmen und die Penetranz des Refrains zu beschweren. Ich war mir sicher, dass nicht nur ich den Text nicht verstand. Es war das Klügste, ihn für Nonsens zu halten. Egal ob *Daddy Cool* ein *toller Typ* war, ein Dealer oder ein Zuhälter oder alles in einem. Die Rhythmik zählte. Wahrscheinlich tanzten Kai Hendricksen und Susanna abends dazu und riefen sich, zappelnd wie Boney M., ins Ohr: *I'm crazy like a fool.* Dabei war klar, dass Susanna nicht nur mit demjenigen tanzte, mit dem sie Hand in Hand ging. Mein Tagebuch kannte die finstersten Momente und wusste, wie wenig es half, sich Gelassenheit zu verordnen, wenn es zu Ende ging. Ich bedauerte, dass es mir nicht gelungen war, mein Herz in Granit zu verwandeln. *Daddy Cool* war die richtige Antwort.

Jetzt ist gut, sagte Susanna, ich wünsche dir noch einen schönen Tag.

Den habe ich in jedem Fall, sagte ich.

Hoffen wir's, sagte Kai Hendricksen.

Übrigens, sagte ich, hast du noch meine Schumann-Kassette.

Fällt dir spät ein, sagte Susanna.

Vieles fällt mir spät ein, sagte ich.

Jetzt *groll* nicht, sagte sie.

Ich *grolle* nicht, antwortete ich und hatte augenblicklich die Schumann-Melodie im Ohr und mit der Melodie den Text vom *Herz, das bricht.*

Na dann, sagte Susanna.

Was immer es war, das in mir aufflammte – ehe Susanna sich abwenden konnte, wiederholte ich in einer Art launigen Offensive: Ich grolle nicht!

Spinner, sagte Kai Hendricksen, jetzt verpiss dich.

Ich stehe, wo ich will, sagte ich so laut, dass einige *Rinaldo*-Gäste hersahen.

In genau dem Moment tauchte zwischen den Sonnenschirmen Kuddel auf, der vermutlich auf dem Weg zum Schwanenteich war, obwohl es noch etwas früh für das übliche abendliche Treffen schien.

Habe ich was verpasst? fragte Kuddel und schaute von einem zum anderen.

Noch nicht, sagte Kai Hendricksen.

Kuddels rechte Hand steckte in einem Gips, der so voluminös war, dass er an einen Boxhandschuh erinnerte. Auf jeden Fall schindete er Eindruck mit seinem Verband und konnte sich auf drei Wochen Ausschlafen und Nichtstun freuen. Auf lange Abende am Schwanenteich. Bei alledem durfte er wenig Mitleid erwarten, weil er sich selbst den Finger im Rausch gebrochen hatte, um sich eine Auszeit vom Job zu gönnen. Ein kleines Handicap bestand darin, dass er alles mit seiner Linken erledigen musste, in der er auch seine Bierflasche hielt.

Chic, Kuddel, sagte ich.

Als Antwort streckte er seine Hand mit dem schon schmuddeligen Verband in den Lippfelder Himmel.

Ein Irrer mehr, sagte Kai Hendricksen und sah in dem Augenblick aus, als stehe er schon im Geschäft seines Vaters, um in Lippfeld Karriere zu machen.

Also, um aufs Thema zurückzukommen, sagte ich zu Susanna, meine Schumann-Aufnahme hätte ich gern zurück, ich grolle zwar nicht, aber es ist schon so, dass ich sie vermisse, und zwar nicht erst seit heute, sondern seit dem kältesten Januar, an den ich mich erinnere.

Wenn ich daran dachte, dass die Kassette in irgendeinem Winkel ihres Zimmers verstaubte, spürte ich tatsächlich einen Stich, der sich nach Enttäuschung anfühlte. Keinem anderen Menschen hätte ich die Aufnahme jemals anvertraut. Sie war mehr als ein Silberkettchen mit eingraviertem Namen. Doch schon damals hätte ich wissen müssen, dass unsere Freundschaft nicht unkündbar war. Ich hätte mir gewünscht, dass Susanna auf der Stelle umgekehrt wäre, um die Kassette zu holen. Solange die *Dichterliebe* bei ihr zwischen alten *Bravo*-Heften und Plattenhüllen lag, gab es etwas Verbindendes zwischen uns, das keine Berechtigung hatte.

Lieber ein Irrer mehr als ein Schwachkopf, sagte ich etwas verspätet zu Kuddels Verteidigung.

Kai Hendricksen versetzte mir einen Stoß, der zu ungenau platziert war, um als Einschüchterung glaubhaft zu sein. Dabei wäre ich bereit gewesen, ein Stück zurückzuweichen, wenn nicht hinter mir Theresa ihr Tablett über die Cafétische balanciert hätte.

Leute, Leute, murmelte Kuddel, entspannt euch.

Letzte Warnung, sagte Kai Hendricksen.

Fällt mir schwer, mich von so einem gruseligen Anblick zu trennen, sagte ich und ließ meinen Blick einen kleinen Schwenk von Susanna zu Kai Hendricksen vollziehen, hin und wieder zurück.

Jetzt komm, sagte Susanna und hakte sich bei Kai Hendricksen ein, um ihn mit sich fortzuziehen. Offenbar lag ihr der Gedanke fern, dass er einen solchen Abgang als unwürdig empfinden musste. Als unheldenhaft. Hätte sie in sein Inneres schauen können, hätte sie die Glut bemerkt, die sich wie an einer Zündschnur in ihm weiterfraß. Doch ihre Aufmerksamkeit galt dem Erdbeereis, das in der Sonne schmolz.

Na, hör auf deine Freundin, sagte ich.

Susannas Zunge wanderte von der Eiskugel bis zum Rand des Hörnchens hinab und konzentrierte sich auf die Tropfen, die herabzulaufen drohten. Mit einem einzigen harten Impuls schnellte Kai Hendricksens Faust auf mich zu. In einer sich dehnenden Sekunde sah ich Bilder wie Blitzlichter: den Ring an seinem Finger, seine klaffende Zahnlücke und seine kümmerliche Seele, Susannas erdbeerrote Zunge und Kuddels *Samson*-Päckchen in der Brusttasche. Ich taumelte zurück, während Theresa hinter mir einen hellen, wenn auch nicht sehr lauten Schrei ausstieß. Meine Hände griffen ins Leere, ehe ich zwischen den Sonnenschirmen auf den Boden schlug.

I'm crazy like a fool war das Letzte, was ich hörte, und es war nicht Kai Hendricksen, der es sang, obwohl es gepasst hätte. Es waren die Stimmen Boney-M.s, die ihren Refrain unablässig wiederholten, als sei es ein verhexter Kinderreim. Ein Vers, zu dem man mit wilden Verrenkungen tanzen konnte. Dazu grelle Staccatos. Möglich, dass es nur noch das Echo in meinem Kopf war, das in mir weiterklang: *I'm crazy like a fool. Daddy, Daddy Cool.* Dann – endlich – holte die Schwärze mich ein.

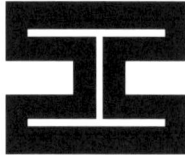

Hätte ich beim Sturz mein Gedächtnis verloren, hätte ich beim Aufwachen nicht gewusst, dass ich im *Café Rinaldo* lag und das Gesicht über mir Susannas Gesicht war. Aber mein Gedächtnis funktionierte und lieferte mir schon in der Sekunde des Erwachens mehr Szenen, als mir recht war. Ich wusste alles, was jemals geschehen war. Und alles, was jemals geschehen war, drängte sich mir in überwältigender Prägnanz auf. Als wären alle Kontrollen außer Kraft gesetzt. Ich wusste, dass Susanna und ich nicht mehr gemeinsam durch die Pappelallee liefen und die blechernen Schläge der Kirchturmuhr zählten. Dass es unendlich lang her war, dass wir auf dem morschen Holz der Brennnesselbank zwischen wuchernden Gräsern gesessen hatten, ohne mehr als das Nötigste zu sagen. In allen Radios war *Waterloo* und *Teenage Rampage* zu hören gewesen. Ich wusste, dass Kai Hendricksen und ich nie Freunde würden und die Entfernung zwischen uns nicht in Kilometern und nicht einmal in Lichtjahren zu messen war, doch ich wusste nicht mehr, warum es mich beunruhigen sollte, dass er mit Susanna durch die Mittelstraße ging. Dass sie sich küssten. Oder was immer sie taten. Mein Verstand soufflierte mir, dass mich Susannas Leben nichts anging, aber irgendwo da, wo die Seele hauste, fühlte es sich wider alle Vernunft wie Betrug an. Verrat, sagte ich mir und konnte nichts gegen die aufscheinenden Augenblicke tun, die uns als Paar zeigten. Gegen die Farben der Nachmittage am Ufer der Becke, wo der Löwenzahn um uns blühte. Wo über den Grund des Wassers Stichlinge zogen. Und über unseren Köpfen blausilbrige Disteln schimmerten und Insekten anlockten. Ich konnte die Unregelmäßigkeiten auf Susannas Knien erkunden, Kindheitsnarben im Muster der Haut. Irgendwann würden die Narben verschwunden sein und ihre Knie wären niemals wieder so, wie sie es gewesen waren, als ich die Narben ertastet hatte. Die Distelfalter interessierten sich nicht für uns und für mein klopfendes Herz, das wie ein gefangenes Tier in der Brust lärmte.

Es war gut, dass den *Rinaldo*-Gästen, die unter den Sonnenschirmen saßen, mein Anblick erspart blieb. Wie auch immer ich ins Café-Innere gelangt war. Niemand sollte auf seinen Cappuccino verzichten, nur weil Kai Hendricksen die Nerven verloren hatte. Ich dachte daran, dass in dem Sommer, als mir die Narben an Susannas Knien auffielen, schon nichts mehr so unkompliziert gewesen war wie zu Beginn. Als uns das Zusammensein selbst genügte. Während es Susanna in den Club zog, saß ich am Klavier. War den Tonleitern näher als ihr. Besser wäre es gewesen, mit ihr zu feiern, anstatt Schubert oder Beethoven zu üben. Wir hätten gemeinsam zu den neusten Charttiteln tanzen können und sie hätte nie jemand anderen geküsst.

Es war keine Katastrophe, im *Rinaldo* zu liegen, selbst wenn ich unter dem Bildfeuerwerk litt und die Kälte der Fliesen in meinem Rücken zu spüren begann. Ich lebte, ganz offensichtlich, und mein Verstand arbeitete, ziemlich unkoordiniert zwar, doch immerhin, sogar meine Sinne kehrten zurück. Über meine Wangen strich ein kühlender Luftzug, der vom Deckenventilator stammen musste. Gedämpft hörte ich Motorengeräusche von der Straße.

Eine Stimme sagte ins sanfte Ventilatorenrauschen hinein: Tot ist er nicht!

Ich vermutete die Stimme auf der Höhe, aus der ein Mensch, leicht gebeugt, ein Objekt am Boden betrachtete.

Spar dir deine Witze, sagte Theresa, die aus gleicher Höhe sprach. Ich hätte mich aufrichten oder wenigstens meinen Kopf drehen müssen, um sie und Kuddel zu sehen, doch bis auf Weiteres fühlte mein Körper sich wie in Gips gebettet an. Susannas Gesicht schwebte immer noch über mir. An ihren Ireen-Sheer-Lidschatten würde ich mich gewöhnen können. Ihre Stimme, die sich nicht verändert hatte, sagte leise: Kannst du mich hören?

Wäre er tot, sagte Kuddel, würden seine Lider nicht zucken. Obwohl die Nerven manchmal verrücktspielen wie bei Fischen, die noch auf dem Ladentisch Reflexe zeigen. Selbst ohne Kopf.

Von dort, wo ich mir Kuddel vorstellte, hörte ich ein schmatzendes Geräusch und gleich darauf ein leises Blubbern, als stiegen Luftblasen in einer Flasche auf.

Du spinnst, sagte Theresa.

Besorg lieber ein Glas Wasser, sagte Susanna.

Ich hätte gern darauf hingewiesen, dass Kuddels Vergleich nicht ganz treffend war, da meine Situation nichts mit der eines kopflosen Fisches zu tun hatte.

Wasser wäre gut, bestätigte Theresa.

Die Ambulanz ist unterwegs! rief Rinaldo aus Richtung der Theke.

Welche Ambulanz? wollte ich fragen. War es so schlecht um mich bestellt, dass niemand mir zutraute, aus eigener Kraft aufzustehen und früher oder später das Café zu verlassen?

Susanna hob vorsichtig meinen Hinterkopf an und schob eines der flachen Stuhlkissen darunter. Sie hatte recht, es war in jedem Fall bequemer als auf den Fliesen zu liegen. Danke, sagte ich oder glaubte ich zu sagen. Meine Lippen fühlten sich an, als summten Bienen darin. Wenn ich die Lider zu weit öffnete, schickte mir die Welt eine Helligkeit, die ich nicht ertrug, sodass ich die Augen gleich wieder schloss. Vorerst war die Realität zu grell für mein Empfinden. Für meine Sinne. Meine Seele, an die ich gern geglaubt hätte, stellte ich mir versuchsweise als etwas Schwebend-Leichtes vor. Wenn sie nichts Festumrissenes war, nur etwas Unstoffliches, das litt, konnte sie auch außerhalb meines Körpers jede Gestalt annehmen, herumschweben, im Strom des Ventilators fliegen oder sich in Susannas warme Handfläche legen. Es war eine betörende Vorstellung. Andererseits: Was sollte sie, hochempfindlich wie sie war, in der Hand der Person, die mir fremd geworden war?

In der ungeheuren Präsenz aller Ereignisse hörte ich Susanna sagen: Es tut mir leid. Ich blickte in den Schnee, der alle Geräusche dämpfte. Selbst wenn er ihren Satz geschluckt hätte, hätte ich sie verstanden. Kein Windzug beeinträchtigte die schweren Flocken, die dicht und senkrecht fielen, als wollten sie die kürzeste Strecke zwischen Himmel und Erde messen. Trafen sie auf Susannas Mantelkragen, verwandelten sie sich in wässrige Gerippe, die langsam in den samtenen Stoff sickerten. Auf ihrem Haar hielt sich der Schnee länger und ähnelte einem feinen Gespinst aus Watte. Mir auch, sagte ich, mir tut es auch leid. Ziemlich leid sogar. Ich sagte nicht: Unendlich leid. Was bedeutete es schon: ziemlich oder unendlich? Nicht einmal die Kastanie über uns war unendlich, sie war imposant, uralt und wirkte verloren mit ihrem schwarzen Astwerk, das im Schneehimmel wurzelte. Sie nahm den Schnee hin, wie man Unabänderliches hinnimmt. Der Club also, sagte ich. Ja, der Club, sagte Susanna, der Club ist mein Verderben. *Unser* Verderben, sagte ich. Entschuldige, sagte sie, wenn ich könnte, würde ich alles ungeschehen machen. Es war wie mit den lautlos fallenden Flocken, die auch niemand in den Himmel zurückholen konnte. Möglich, sagte Susanna, obwohl ich sicher war, nicht laut gesprochen zu haben. Mir fiel es schwer, mich mit dem Wissen zu beschwichtigen, dass all das, dieser oder jener Kuss im Club, keine Rolle spielte. Es ist ohne Bedeutung, sagte Susanna. Ich wollte ihr glauben, dass es nichts bedeutete. Aber entgegen jeder Logik summierte sich das Bedeutungslose zu etwas, was an Gewicht gewann, schwerer wog, als ich dachte. Addierte man zu viel Bedeutungsloses, war die Summe Enttäuschung. So meine Theorie. Ich musste eingestehen, dass in mir das Gefühl vorherrschte, jemand habe ein großes Loch in ein instabiles Gewebe gerissen. Keineswegs tröstlich war, dass Susanna mich einbezog und nichts verschwieg. Dass sie sagte: Wenn du wüsstest, wie ich es bedaure. Dass sie mir, Sekunden zuvor, eröffnet hatte: Es ist wieder passiert. Wie viel rücksichtsvoller wäre es gewesen, uns zu versichern: Es ist alles okay! Zwei gleichermaßen simple Sätze, von denen einer die Kraft einer Abrisskugel hatte.

Noch während Susanna ihren Satz aussprach, ihr vertrautes Es-ist-wieder-passiert, nahm ich mir vor, ihn ins Tagebuch zu übernehmen. Darunter gehörte etwas Großartiges, etwas Befreiendes oder etwas Herzloses wie: kein Problem. Es wird das letzte Mal gewesen sein. Weil frischer Schnee die morsche Bank bedeckte, waren wir davor stehen geblieben und schauten in den langen Pausen zur Kastanie. Sie war so schwarz wie der Schnee weiß. Noch schwärzer schwarz als der Schnee weiß. Meine Hände waren eisig, sodass ich nicht wusste, ob ich es geschafft hätte, eine Zigarette hervorzuziehen. Jedenfalls hätte ich es nicht geschafft, sie im dichten Schneefall mit steifen Fingern anzuzünden. Nicht nach dem Es-tut-mir-leid-Satz. Weißt du, sagte ich, einmal, vor ziemlich langer Zeit, es war der vorletzte Sommer, stand ich hier in der Dämmerung allein, ein fabelhafter Spätsommerabend, und wünschte mir, wir würden zusammen auf der Bank sitzen. Es war eine Bühne, die erschreckend leer wirkte ohne dich. Mir fiel nichts Besseres ein, als in euren Garten zu steigen und mich durch das widerspenstige Gesträuch zu zwängen, und tatsächlich sah ich dich im Wohnzimmer. Vor dem Fernseher. Als ich dich dort sitzen sah, ohne dass du mich sehen konntest, kam es mir vor, als würdest du meine Gegenwart spüren, weil wir uns so unglaublich nah seien. Das auch nur als kleines Geständnis, sagte ich. Das Geständnismachen lerne ich ja von dir. Und es ist das letzte, sagte ich. Das letzte was? fragte Susanna, jedes Wort betonend. Das letzte Geständnis, sagte ich. Oder, um genau zu sein, das Letzte überhaupt, das Ende sozusagen, sagte ich. Und in dem Moment, wo ich den entscheidenden Satz herausbrachte, wo ich das

Wort *Ende* aussprach, spürte ich, wie der verfluchte Schmerz in mir abebbte. Susanna stand da, ohne sich zu rühren, während sich ihr Blick auf einen fernen Punkt konzentrierte. Ihr Mantel erinnerte mich mit seinem breiten Kragen und den auffallenden Knöpfen an das Kostüm eines Pierrots. Sie blieb stumm. Ich hoffte, dass sie sich und mir das Weinen ersparte. Mir stand ein solches Mittel nicht zur Verfügung, schon gar nicht ihr gegenüber. Also dann, sagte ich. Streifte ihren Oberarm, da jede andere Geste zu groß gewesen wäre, und wandte mich ab, ging durch den dicht fallenden Schnee, lief ohne Ziel durch das Weiß, in dem Lippfeld versank.

Susanna sagte in Theresas Richtung: Er versucht zu sprechen.

Schräg über mir hörte ich, wie Kuddel aus seiner Bierflasche trank, in der nur noch ein schaler Rest sein konnte. Theresas Gesicht beugte sich her, ganz dicht, sodass ihr Mund fast meine Lippen berührte. Gern wäre ich tot oder wenigstens scheintot gewesen, wenn es ihre Mission gewesen wäre, mich mit einem Kuss zu wecken. Ich wusste nicht, wer sonst Zeuge meiner Reglosigkeit war, Rinaldos Freunde oder Lippfelds Vikarin oder Gott persönlich, ich brauchte niemanden und hoffte, dass die Gäste draußen ungestört an ihren Tischen den Sommertag genossen. Dass sie ihre Limonade tranken oder ihr mit Schirmchen dekoriertes Himbeereis löffelten und sich fühlten, als säßen sie in einem italienischen Café am Rand einer belebten Piazza, wenn man auch nur auf die Schreibwarenfiliale Köster blickte, über deren Tür eine gelbe Lotteriereklame leuchtete. Möglich, dass Rinaldos Cosa-Nostra-Freunde in ihren tadellosen Lederblousons an ihrem Stammtisch zusammenrückten, um über ihre Espresso-Tässchen hinweg die Szene zu kommentierten und Wetten darauf abzuschließen, ob ich schon tot war oder nur ohnmächtig.

Theresa hatte sich eine Papierserviette geschnappt und betupfte meine Oberlippe. Wenn es Blut war, konnte es nur ein winziges Rinnsal sein, das aus meiner Nase sickerte. Dicht über mir schaukelten ihre Ohrringe und zielten wie kleine Silberspeere auf meine Pupillen.

Macht euch keine Gedanken, hätte ich gern gesagt, es ging mir schon schlechter als auf den Fliesen des Cafés. Mein Kopf ruht weich auf dem Kissen. Meine Seele schmiegt sich zufrieden in eine schöne Handfläche.

Kannst du uns hören? fragte Susanna.

Sieht nicht so aus, sagte Kuddel.

Wisst ihr eigentlich, sagte Theresa, dass selbst Menschen, von denen man glaubt, sie lägen im Koma, alles mitbekommen, was um sie herum passiert?

Dann doch lieber tot, sagte Kuddel.

Ich ging nicht davon aus, dass ich im Koma lag, dafür hörte und sah ich zu viel, auch wenn alles, was in mein Blickfeld geriet, etwas unschärfer war als gewohnt, gerade so, als sei die Realität nicht exakt moduliert, sondern ein Abbild mit zerfließenden Konturen. Susannas Gesicht kehrte zurück und wurde zum Porträt eines Surrealisten. Nur das Grün ihrer Augen blieb fest umrissen.

Sowie mit dem Schließen der Lider Susannas Gesichtszüge verschwanden, kam der Schnee zurück. Daunengroßen Flocken, die aus dem Himmel fielen. Ich strecke die Hände in die unberührte Schneedecke, die auf der Gartenmauer lag. Formte eine Kugel, die ich mit auf mein Zimmer nahm. Mit ungelenker Schrift schrieb ich unsere Schlusssätze ins Tagebuch. Und den Titel eines Songs, der mir immer schon gefallen hatte. Jemand beugte sich über meine Schulter und raunte mir zu: Natürlich denkt jeder an die Version der Rolling Stones, damals noch mit Brian Jones, aber das Original stammt von den Valentinos: *It's All Over Now.* Wobei man zugeben muss, dass die Stones erst einen Song daraus gemacht haben. Der Text ist in jedem Fall klasse. Findest du nicht? Ich hörte ein rhythmisches Fingerschnippen und in einem schauerlichen Englisch die Zeilen: *Well, she used to run around with every man in town.* Und dann: *Because I used to love her, but it's all over now.* Mitten im

Gesang tauchte Susannas Cousine Lisa auf, griff den Schneeball vom Schreibtisch und zerquetschte ihn vor meinen Augen. Ab jetzt, sagte sie leise, sind wir keine Freunde mehr, denn jemand, der Susanna in eine solche Dunkelheit stürzt, hat alle Sympathien bei mir verspielt. Für alle Zeiten. Für ewig und einen Tag. Du armer Irrer. Als zählten ein paar Küsse! Als sei das Leben nicht Verschwendung! Denk an Mona Michalak! Scheelsüchtiger! Ich hoffe, du wirst auf den nackten Fliesen des Cafés krepieren.

Ich hörte ein Martinshorn, das lauter wurde als die *It's-All-Over-Now*-Version der Rolling Stones. Kurz darauf der Widerschein eines rotierenden Lichts. Dazu aufgeregte Stimmen. Sich nähernde Schritte. Jemand, der meinen Puls tastete. Mein Herz tat mir den Gefallen und schlug, wie es immer geschlagen hatte. Ich schwebte ein Stück und landete auf dem Stoff einer Trage. Mein Vertrauen in die Routine der Sanitäter war grenzenlos. Der Ventilator glitt über mich hin. Das Eingangsschild mit der Schrift *Café Rinaldo*. Der Himmel öffnete sich. Ein nicht ganz perfektes Blau. In unerreichbarer Ferne Wolkenfasern, mit denen ich gern um die Welt gereist wäre. Stattdessen ein nahes Ruckeln. Über mir das farblose Licht der Krankenwagenkabine. Ein Stoß. Die Fahrzeugtüren klappten zu. Dann war es lange Zeit still.

Das Zimmer glänzte so reinlich wie eine Schneelandschaft in der Sonne. Vom blendenden Weiß der Wände bis zur Zimmerdecke. In den musterlosen Flächen verlor sich die Zeit. Die Temperatur lag zum Glück deutlich über null. Drehte ich mein Gesicht, wanderte der Blick zum Fenster, das ein blaues Rechteck aus dem Sommertag schnitt. Ein Gemäldejuli, durch dessen Blau Mauersegler schwirrten. Giebel ragten ins Bild. Der Himmel raunte mir zu: Sei froh! Du bist aus der Schwärze zurück. Noch einmal einen Tag und du wirst in dein altes Leben entlassen.

Wäre ich allein im Zimmer gewesen, hätte ich meinen Kassettenrekorder aufgedreht, um eine der Sinfonien zu hören, in denen es mit schwelgenden Streicherklängen in ungeahnte Höhen ging. Ich hätte laut gelacht oder meine Arme wie ein Dirigent geschwungen. Ich hätte mir selbst aus meinen Büchern vorlesen können. Eine Armeslänge entfernt lag Robbin, der in einem Comic blätterte und sich nicht für den Sommerhimmel interessierte. Vor jedem Umblättern feuchtete er seinen Zeigefinger an und streckte dabei seine belegte Zunge heraus. Er schien mir klüger und in allem besser informiert als ich in seinem Alter. Was nicht nur daran liegen konnte, dass er sich in *Was-ist-was*-Bücher vertiefte, die von Planeten, Dinosauriern oder Mineralien handelten. Er wusste, wie lange das Licht von der

Sonne zur Erde brauchte, und war überzeugt, dass es Leben auf dem Mars gab.

Alexander, mein anderer Zimmernachbar, freute sich, dass es seinen Opel Kadett und ihn selbst noch gab. Ich gönnte ihm, dass kein Brückenpfeiler seinen Wagen gestoppt hatte. Und ich gönnte ihm seine atemverschlagend schöne Schwester, die ihn schon zweimal besucht hatte. Es war klar, dass ich unter den gegebenen Umständen auf Schumann- und Tschaikowski-Sinfonien verzichten musste. Meine Lektüre auf dem Nacht-tisch – *Große Pianisten in unserer Zeit*, *Als das Wünschen noch geholfen hat* und *Chucks Zimmer* – hatte mir bisher vorwiegend Spott eingebracht. Alexander hatte wahllos eines der Bücher aufgeschlagen und laut und nicht sehr hochdeutsch gelesen: *Die Show ist restlos ausverkauft, die toten Typen tanzen Rock 'n' Roll.* Mit seinem Lachen hatte er sogar Robbin angesteckt. Am liebsten blätterte Alexander in der *Neuen Revue*, die er tags-über in der Nachttischschublade versenkte, um sie abends, wenn es auf der Station ruhiger wurde, weiterzureichen. Vor allem an Robbin, der mehr an der *Neuen Revue* interessiert war als ich. Wahrscheinlich würde er als aufgeklärter Mensch die St. Elisabeth Klinik verlassen. Wenn Alexanders Transistorradio eingeschaltet war, hörten wir Radio Luxemburg.

Was keiner meiner Zimmernachbarn wusste: Jemand, den ich mehr schätzte, als ich es je zugegeben hatte, hatte hier ge-legen. In einem anderen Sommer. Mit dem gleichen Licht. Doch nicht mehr ganz von dieser Welt. Ohne Aussicht auf Rückkehr. Ich war mir sicher, dass Jan-Henri seinen Abschiedsbrief mit seinem schwarzen *Montblanc* verfasst hatte. Ich dagegen musste mich mit einem Werbekugelschreiber behelfen, auf dem in roter Schrift die St. Elisabeth Klinik ihren Patienten gute Besserung wünschte. Immerhin. Genauso dankbar war ich für den dünnen Schreibblock, auf dessen Seiten derselbe Gene-sungswunsch zu lesen war.

Während Robbin in seinem Comic blätterte und Alex zur Radio-Luxemburg-Hitparade vor sich hindämmerte, kritzelte ich in den Krankenhausblock: Lieber Jan-Henri, Du kennst den Himmel, den ich im Blick habe. Es ist, wie ich finde, ein Himmel, den es nur in den Ferien oder kurz davor gibt. Ein Himmel, der sich in Seen spiegelt und über Schwimmbäder und Kornfelder dehnt. Rufe und Gelächter einfängt. Du kannst getrost sein, Dein Name ist so schnell aus unseren Gesprächen verschwunden, wie all die anderen Dinge, die kurzzeitig als Sensationen gehandelt werden. Als hätte es Dich nie in unserer Klasse gegeben. Ich muss zugeben, auch früher, wenn Du Wochen gefehlt hast, hat niemand Dich vermisst. Nur dieses eine Mal, als Pater Heribert mit uns das Vaterunser für Dich betete und mir Deinen Brief aushändigte, warst Du eine Art Star. Für fünf Minuten. Andererseits: Was wäre es für ein Trost, wenn eine Klasse des Mittelmaßes immer noch über Dich reden würde? Von Dir reden würde als den kränksten und unsportlichsten Mitschüler mit der langweiligsten Frisur? Von dem, der auf jeder Lebertranflasche ein vortreffliches Porträt abgegeben hätte.

Es wird Dich nicht erstaunen, dass alles so ist, wie es immer war. Die Revolution hat nicht stattgefunden. Es sei denn, ihr Ziel sei nie etwas anderes als eine Raucherecke gewesen. Leo Keppler war, ist und bleibt das Einsergenie. Sven Westerrode singt nach wie vor, als könne er sich nicht zwischen Reinhard Mey und Paul McCartney entscheiden. Wir haben eine Band gegründet, in der Du kein Saxofon spielst und in der wir keine Freunde mehr werden können.

Viel Zeit werde ich nicht haben, mir in der Krankenzimmereintönigkeit Gedanken über mein Leben und das der anderen zu machen. Ich muss nicht, wie Du, darauf gefasst sein, dass es rapide zu Ende geht. Hoffe ich doch! Kein Herzfehler, nur eine Lappalie. Ein Faustschlag oder eigentlich der Sturz danach. Ich hätte nicht straucheln dürfen. Kein Tischchen hätte im Weg stehen dürfen. Erst nach dem Sturz wurde es finster. Und still. Das Erste, was ich sah, als die Dunkelheit wich, war Susannas Gesicht. Ihr nagelneuer blaugrüner Lidschatten.

Wie aufregend wäre es gewesen, erinnerungslos zu erwachen und nichts mehr von seinem Leben und dem seiner Freunde und ehemaligen Freunde zu wissen. Jeder wäre mein Freund gewesen. Mein Feind. Jede meine Freundin. Jede könnte ich, versuchsweise, umarmen. Jeder Fehltritt wäre durch meinen Gedächtnisverlust entschuldigt. Ich weiß leider, wer und wo ich bin und dass wir nie wirklich Freunde waren. Dass ich Dich, solange Du lebtest, in dieser Klinik hätte besuchen sollen. Im vorletzten Sommer. Jetzt komme ich unwiderruflich zu spät. Und das nicht einmal freiwillig. Ich zähle die Stunden, die man mich noch hierbehält, zur Beobachtung, wie es heißt. Besser wäre es natürlich, gleich seine Sachen zu packen. Wärst Du Saxofonist in unserer Band geworden, hätten wir etwas an Deinem Äußeren arbeiten müssen: weg mit dem Kinderschokoladenscheitel, runter mit der Hornbrille, Schluss mit den karierten Pullundern und den auf Schlag gebügelten Stoffhosen. Dafür hättest Du vor jedem Auftritt ein paar verrückte Gedichte aufsagen dürfen. Beispielsweise ein paar Zeilen Wondratschek. Ich habe unklugerweise auf dem Nachttisch einen Gedichtband liegen, aus dem mein Nachbar schon Sätze zitiert hat, nicht ohne laut darüber zu lachen.

Ohne Susanna wäre es nie zum Faustschlag vor dem *Rinaldo* gekommen, doch schuld ist nicht sie, sondern ein Typ, den Du nie gesehen hast: ein Provinzschönling, der einen Schnäuzer trägt, wo in den Jahren vorher ein blonder Flaum schimmerte. Er, Kai Hendricksen, und sein Zahnlückengrinsen wären mir egal gewesen, hätte nicht *sie* neben ihm gestanden. Es war ein Moment, der sich zum Unglück auswuchs, ein fatales Aufeinandertreffen, das nicht anders hätte enden können. Oder nur insofern anders, als ich derjenige gewesen wäre, der sein Gegenüber niedergestreckt hätte. Rein theoretisch, denn natürlich fehlt es mir an Verwegenheit, jemanden mit einem Faustschlag in die Finsternis zu befördern. Dabei würde ich gern in solchen Situationen die Ideen aus den gewaltverdammenden Büchern meines Bruders vergessen. Frage mich nicht, wie

Susanna es mit jemandem wie Kai Hendricksen aushält. Frage mich nicht, worüber sie reden. Oder schweigen. Oder ob sie zu Boney M. tanzen. Oder im Sanitärladen, den Kai Hendricksens Vater betreibt, über Fliesen und Duschvorhänge sprechen. Du wirst zugeben, Hygiene und Körperpflege sind am Ende für ein zivilisiertes Überleben wichtiger als Wolf Wondratschek oder Franz Schubert. Gut, wie sollte ich gelassen bleiben angesichts solcher Konfrontationen. Nichts ist vom Aufruhr unserer Gefühle geblieben. Kein Fünkchen Sehnsucht. Nur tausend Erinnerungsmomente.

Im Nachhinein scheint mir, dass die erstaunlichsten Augenblicke die waren, in denen Susanna und ich mehr oder weniger stumm nebeneinander gingen. Ohne viel Aufhebens. Es war der Winter vor *Waterloo*, als noch kaum jemand ABBA kannte. Wir liefen ohne ein Wort durch die Siedlung, als wäre das gemeinsame Umherschweifen ein Abenteuer. So wie wir uns zufällig trafen, nahmen wir in stiller Übereinkunft denselben Weg. Manchmal sagte ich: Schau mal! Mehr war nicht nötig. Verrückt, sagte sie und wir blickten an frühen Abenden in trostlose Wohnzimmer. Die trivialen Szenen aus Lippfelds Häusern reihten sich zu einem traurigen Film. Wir waren, zum Glück, ausgeschlossen. Hin und wieder grüßte uns jemand, als glaubte er, wir gehörten dazu. Vielleicht war es auch Mitleid, weil Susanna immerzu falsch angezogen war. Ich kann sie mir nicht anders als frierend vorstellen. Wenn sich auf den Pfützen schon Eis bildete, ging sie immer noch ohne Jacke. In einem grobmaschigen Pullover mit Rollkragen. Wenn ich ihr Gesicht unter den Straßenlaternen sah, leuchtete es violett vor Kälte. Die größte zulässige Nähe war die, dass sie mir ihre eisige Hand hinstreckte und sagte: Fühl mal. Ich fühlte dann ihre eisige Hand und sagte: Wahnsinn. Sie zog ihre eisige Hand zurück. Rieb die Hände aneinander. Schob sie in die Hosentaschen. Zog sie wieder hervor und kreuzte ihre Arme vor der Brust.

Wir wurden, ohne es zu wollen, Zeugen unscheinbarer Abgründe. Kleiner und weniger kleiner Dramen, die hinter den

Idyllen lauerten. Gut, dass wir auf Abstand blieben. Gern hätte ich gesagt: Wir sind Gestrandete aus einem fernen Winkel des Alls. Susanna hätte für einen solchen Satz nur ein Stirnrunzeln übrig gehabt. Einfacher war es zu sagen: Es ist schon spät. Oder mitzuzählen, wenn die Kirchturmuhr sieben- oder achtmal schlug.

Nicht jeder muss sich wie ein Gestrandeter fühlen, nur weil er Ende November durch eine verlassene Siedlung streift. Oder im Juli in einem schneeweißen Klinikbett liegt. Bitte entschuldige, in meiner Krankenhauswirklichkeit hat die Besuchszeit begonnen. Von unserer Band werde ich Dir ein anderes Mal berichten. Wenn es Dich interessiert. So stürmisch, wie es an der Tür klopft, würde sich kein besorgter Verwandter ankündigen. So viel Turbulenz kann nur von Leuten kommen, denen die Krankenhausstille fremd ist. Mit denen man viel und laut lacht und um die Wette trinkt. Du wirst mich nicht um meine Lippfelder Freunde beneiden, die mich bis hierher verfolgen. Aber ich werde es überleben, hoffentlich. Du weißt doch: Die toten Typen tanzen Rock 'n' Roll. Mach's gut, bester, fernster Freund, Du hörst von mir, Ben.

JIM BEAM

Das schräg einfallende Nachmittagslicht verwandelte Mick in eine leuchtende Gestalt. Mit seinem Hemd, das lila glänzte, hätte er in jede Disco Einlass gefunden. Er wirkte, wie versehentlich ins Krankenzimmer geraten, zumal er in der Rechten eine Flasche schwenkte, die nicht nach einem der üblichen Krankenhaussäfte aussah, sondern nach einer Flasche *Jim Beam*. Hinter ihm winkten Vickie und Kuddel, der in seinem grünen Parka wie ein Gegenspieler Micks aussah und eher für Regentage gewappnet schien.

Unauffällig ließ ich meinen Schreibblock im Nachtschränkchen verschwinden. Niemand sollte auf die Idee kommen, ich schriebe Tagebuch oder Briefe an Leute, die nicht mehr lebten. Beides wäre aus Micks Sicht vertane Zeit gewesen und eher was für Jammerlappen, und eigentlich lag er damit nicht ganz falsch: Was war ein Tagebuch mehr als ein Haufen Gejammer zwischen zwei Heftdeckeln?

Alter, rief Mick, so gut möchte ich's auch mal haben: Abhängen, Musik hören, nette Leute empfangen ...

Vergiss die Krankenschwestern nicht, sagte Kuddel.

Ja, natürlich die Krankenschwestern, sagte Mick, und ein paar bettlägerige Nachbarn. Er deutete auf Robbin und Alexander.

Hi, Ben, sagte Vickie und präsentierte einen Strauß Tulpen

von einer Farbe, als hätte man Kirschsaft in Eierlikör gerührt. Von uns, sagte sie.

Kuddel sagte: Ich besorg eine Vase.

Wie fühlt man sich als Wiederauferstandener? fragte Mick.

Ein paar Tage älter, sagte ich.

Ausgerechnet Hendricksen!

Ich habe gehört, sagte Vickie, dass man sich nach so einem Schlag nicht mehr an alles erinnern kann.

Stimmt, sagte ich, es fällt mir schwer zu glauben, dass wir jemals zusammen geschaukelt oder eine trübe Suppe aus Laubresten gebraut haben. Und überhaupt, wer bist du eigentlich und wer ist dieser Typ im Discohemd?

Das wüsste ich auch gern, sagte Vickie.

Mick hob die Whiskyflasche an und sagte: Jetzt kümmern wir uns erst mal um die Therapie.

Jim Beam, sagte Alex vom Nachbarbett, das nenne ich mal eine gute Idee.

Klar doch, rief Mick.

Bei meinem Leberriss würdest du sicher schon unter der Erde liegen, sagte Alex.

Na, dann pass mal auf, wohin die Reise jetzt geht!

Und du, fragte Vickie in Robbins Richtung, hast du auch einen Leberriss?

Robbin schaute von seinem Comic auf und sagte: Mandelentzündung.

Hatte ich auch mal, sagte Vickie.

Glaubt mir, es gibt ein Wundermittel, sagte Mick, vergesst die Gestalten mit den weißen Kitteln und den Stethoskopen, vertraut auf *Jim Beam*!

Das Öffnen der Flasche wurde zu einer kleinen Zeremonie, wenn es auch nur ein Schraubverschluss war, den Mick krachend aufdrehte. Anstelle von Gläsern gab es Tassen aus weißem Porzellan, in die er jeweils zwei, drei Zentimeter Whisky pur goss. Kuddel, der mit einer Vase für die Tulpen zurückkehrte, bekam von Mick einige Extrazentimeter.

Also dann, sagte Mick.

Man hätte einwenden können, dass Robbin erst dreizehn sei, abgesehen davon, dass er vor zwei Tagen operiert worden war. Aber Kuddel sagte: Ich war elf, als ich den ersten Schnaps getrunken habe. Und wie ihr seht, hat es mir nicht geschadet.

So kann man sich täuschen, sagte Mick.

Und was ist das für ein Verband? fragte Robbin und zeigte auf Kuddels voluminöse Gipshand.

Mick rief: Auf die Loser!

Nichts, was dich interessieren muss, sagte Kuddel.

Und auf die Zauberkraft des *Jim Beam*, rief Mick.

Auf Ben, sagte Vickie.

Auf Ben, wiederholten Mick und Kuddel. So wie die Sprüche hin und her gingen, konnte man sich fast wie in der Lippfelder Gemeinde fühlen, wo die Versammelten im Chor die Worte des Pfarrers nachsprachen. Alle hoben ihre Tassen und tranken, als wäre es Teil des Rituals. Mick, der große Zeremonienmeister, füllte gleich wieder nach.

Noch haben wir nicht auf den Leberriss getrunken, sagte er.

Und nicht auf die entzündeten Mandeln, sagte Robbin, der sich offenkundig viel zutraute.

Vielleicht wird ja noch was aus dir, sagte Kuddel.

Na, sagte Robbin, darauf kannst du Gift nehmen. Er sprach nicht gerade wie ein Dreizehnjähriger oder allenfalls wie einer, der für erwachsen gehalten werden wollte oder glaubte, das Leben bestehe aus Besserwisserei. Tatsächlich brachte er es fertig, selbst Alexander zu korrigieren, der sich gelegentlich verquere Formulierungen und grammatikalische Eigenheiten erlaubte. Mir gefielen Alexanders Sätze, in denen *mir* und *mich* in der Schwebe blieben. Als am Vortag seine Schwester ins Zimmer getreten war und sich nach einem freien Stuhl umgeschaut hatte, hatte er auf die Bettkante geklopft und gerufen: Na, komma bei mich! Eine schönere Einladung konnte es gar nicht geben. Dass Robbin später, als Lina gegangen war, Alex darauf hingewiesen hatte, dass es *zu mir* heißen müsse, hatte mir wieder einmal gezeigt, dass das Pochen auf korrekte Sprache eine Form von Seelenlosigkeit war. Dass Alex ihm weiterhin die *Neue Revue* lieh, fand ich generös. Es war okay, wenn der Whisky Robbins Geist etwas durcheinander wirbelte. Irgendwann, glaubte er, würde er durchs All reisen. Jedenfalls hatte er schon ermittelt, mit welchen Flugzeiten zu rechnen sei, abhängig von der Konstellation der Planeten und der Antriebsart des Raumschiffs. Ganz nebenbei würde er beweisen, dass auf dem Mars keine Fabelwesen oder räuberischen Monster existierten, sondern Mikroben, Insekten und Gliederfüßler.

Wenn es einen unausgesprochenen Wettbewerb gab, wer am schnellsten oder meisten trank, so führte Alex ihn zweifellos an. Kuddel hielt sich zurück: Vermutlich wollte er Vickie imponieren oder er hatte schon auf dem Hinweg genug getrunken. Natürlich war Alex auch nicht mehr nüchtern gewesen, als er mit seinem Wagen in die Leitplanken gerauscht war. Das zweitgrößte Glück für ihn war, dass Tommy, sein Terrier, den Unfall unverletzt überstanden hatte. Mein Tommy, sagte er manchmal leise ins Zimmer hinein. Mein Tommy hat wie durch ein Wunder überlebt! Sein Gesicht leuchtete, wie nur das eines Kindes leuchten konnte. Von seiner Mutter ließ er sich regelmäßig über Tommys Zustand informieren. Du fehlst ihm, sagte sie und seufzte, dass das Zimmer ganz klein wurde. Der Stuhl verschwand praktisch unter ihr und ihrer Jeans, deren Stoff sich wie eine zweite Haut um die Oberschenkel spannte. Genauso wie er mir fehlt, sagte Alex. Dann kratzte er sich lange am Oberarm, der so muskulös wie der eines Hammerwerfers war. Oder beinahe wie die Arme von Popeye, dem Seemann. Alex musste dafür weder zu Dosenspinat greifen noch allmorgendlich Hanteln stemmen, denn er arbeitete in einer Fleischerei, wo er täglich mit Stechmessern, Schlachtbeilen und Knochensägen hantierte, quasi mit Toprequisiten aus einem Horrorstreifen. Er kratze sich genau da, wo sein schwarzer Anker tätowiert war. Die Haut um den Anker war schon leicht entzündet. Irgendwann würde er das Bild aus seiner Haut kratzen. Doch bis auf

Weiteres lenkte ihn der *Jim Beam* so gut ab, dass er für eine Weile sein Anker-Tattoo vergaß. Ein ums andere Mal sagte er: Es wird gemütlich. Endlich wird es gemütlich.

Nach der dritten Runde entschied Vickie, dass Robbin nur noch O-Saft bekomme. Saufen kannst du später im Leben noch genug, sagte Vickie.

Wenn ich meine Weltraummission starte, rief Robbin, werde ich dich ganz bestimmt nicht mitnehmen.

Übrigens heiße ich Vickie, sagte Vickie.

Egal wie du heißt, sagte Robbin, du bleibst hier.

Darum bitte ich, sagte Vickie. Und trank ihren *Jim Beam*.

Bis ich starte, sagte Robbin, ist für euch sowieso alles zu spät.

Sensationell war, dass Kuddel zwischenzeitlich seinen Arm um Vickies Schultern legte, ohne dass Vickie etwas tat, was man als Abwehr hätte deuten können.

Mick grinste vielsagend und sang leise vor sich hin: *Let your love flow.*

Ich wusste nicht genau, ob man Vickie und Kuddel inzwischen für ein Paar halten sollte. Vickie bemühte sich jedenfalls relativ erfolgreich, es nicht so wirken zu lassen. Es war bekannt, dass sie allem misstraute, was den Anschein großer Gefühle weckte. Und keinen falschen Aufwand betrieb. Dazu passte, dass sie ein blaues Baumwollhemd trug, dessen Ärmel man nur aufkrempeln musste, um wie ein Farmer auszusehen.

Alex drehte nach dem vierten Whisky die Lautstärke seines Radiogeräts hoch. Der Empfang war miserabel, was nicht allein am Apparat lag, der sich *Globemanager* nannte, sondern an Alexanders Vorliebe für Kurz- und Mittelwellensendern, allen voran Radio Luxemburg. Immerhin hatte das Gerät zwei schwenkbare Antennen, die wie Fühler eines Rieseninsekts in den Raum ragten. Alex behauptete, damit schon Sender aus Kuba und Hawaii empfangen zu haben. Was aus dem Lautsprecher kam, hörte sich in der Tat an, als müsse es sich erst den Weg über stürmische Meere bahnen. Es wirkte wie ein kleines Wunder, dass unversehens aus den Geräuschwogen Harmonien auftauchten, Fragmente von Rhythmen und mit den Rhythmen ein Song, der nach Elton John und Kiki Dee klang: *Don't Go Breaking My Heart*.

Mick schwang seine Arme im Takt, wobei mir schien, er sei nicht mehr ganz sicher auf den Beinen. Ein guter Grund, keine anspruchsvollere Performance zu riskieren und auf die üblichen Luftgitarreneinlagen zu verzichten, zumal dem Song ein nennenswerter Instrumentalpart fehlte. Als die entscheidende Zeile *I gave you my heart* zu hören war, blickte er von Kuddel zu Vickie und griff sich an die Brust, um sein Herz einem imaginären Gegenüber darzubieten.

Mitten in der Szene klopfte es an der Tür und Alexanders Mutter trat ins Zimmer, sichtlich außer Atem, obwohl sie wahrscheinlich den Aufzug genommen hatte. Mir war sie sympathisch, auch wenn sie an eine gealterte Folksängerin erinnerte. Eine Art *Mama Cass* in Jeans. Das Haar braunrot und leuchtend, bis auf die Schulter fallend. In der Linken trug sie eine Plastiktüte, während sie mit der Rechten Mick kommentarlos beiseiteschob. Oder eher beiseitewischte. Wie ein lästiges Gespenst. Geistesgegenwärtig übergab Alex seine Whiskytasse an Kuddel, der sie, so gut es ging, in seinem Parka verstaute. Mick tänzelte noch einige Takte lang zur *Breaking-My-Heart*-Nummer, während Alexanders Mutter, die wenig Sinn für seine Parodiekünste hatte, ihre Plastiktüte absetzte. Sie hätte nicht einmal die Hände in die Hüften stemmen müssen, um mit ihrer Präsenz einzuschüchtern.

Euch geht's wohl zu gut, sagte sie.

Alexander sagte: Wir vertreiben uns ein bisschen die Zeit.

So sieht's aus, sagte sie.

Verrat mir lieber, wie es Tommy geht, sagte Alex.

Alter, meinte Mick plötzlich zu mir, wir machen uns dann mal vom Acker. Wann sehen wir uns?

Bald, antwortete ich. Dabei spürte ich wenig Sehnsucht, Mick und die anderen so rasch wiederzusehen.

Gönn deinem Kopf etwas Ruhe, sagte Vickie.

He, rief Mick in Alexanders Richtung, unsere Therapie mit Mr. Beam ist noch nicht beendet. Wir rechnen mit dir!

Klar, sagte Alex.

Danke noch mal für die Blumen, sagte ich.

Das bist du uns wert, sagte Kuddel.

See you soon, rief Mick.

Als sich die Tür hinter den Dreien schloss, hatte ich den Eindruck, von einer Art Spuk heimgesucht worden zu sein. Ich schob meine Verwirrung auf die Nachwirkungen des Sturzes. Oder hatte das hypnotische Klinikweiß meinen Realitätssinn außer Kraft gesetzt? Dabei sprach einiges gegen eine Täuschung, angefangen vom Whiskydunst bis hin zur Vase mit den sechs aufrecht stehenden Tulpen, die so makellos glänzten, als seien sie in Lack getaucht worden.

DIE ALTEN, BÖSEN LIEDER

Der grüne Apparat, der auf dem Garderobenschränkchen stand, war Nachfolger einer Silberschale, unter der ein weißes Deckchen gelegen hatte. Jetzt lag das weiße Deckchen unter dem grünen Telefon, das uns mit der Welt verband. Nie wieder würden wir mit einer Handvoll Münzen zur gläsernen Telefonzelle am Kirchplatz laufen müssen, um den grauen Kasten darin mit Groschen zu füttern. Dass wir jederzeit mit jedem reden konnten, war ein Fortschritt, der es mit sich brachte, dass umgekehrt jeder jederzeit mit uns reden konnte. Niemandem im Haus gelang es, sich der Dringlichkeit des Klingelns zu entziehen. Im Geräteinnern hauste ein Mischwesen, halb Sirene, halb Dämon, das meinen Vater selbst vom Esstisch aufscheuchen konnte, wo er sein Rübenkrautbrot zurückließ. Es war offenkundig, dass der Apparat uns nicht mochte. Mir sandte er Stimmen naher und ferner Verwandter, die ich für tot gehalten oder doch vergessen hatte. Nun erzählten sie mir Kindheitsgeschichten, die ich nicht hören wollte. Vor allem nicht, wenn sie mich aus Schubert-Impromptus oder Improvisationen rissen.

Häufiger als mir lieb war, wählte Mick unsere Nummer und fragte: Wo steckst du? Wie läuft's? Trinken wir ein Bier? Unter dem Ansturm seiner Fragen sagte ich ihm in meiner Not alles zu. Eine Unvorsichtigkeit, die sich früher oder später gegen mich kehrte. Sehen wir uns im *California*? fragte er, und ich seufzte unüberhörbar, um klarzustellen, wie schwer mir die Zusage fiel. All right, rief Mick, also um acht, sagte er und legte auf. Ich war erlöst. Und hatte mir eine Verabredung eingehandelt. Ein Treffen im *California*, der neusten Kneipe Lippfelds, dessen Wirt Peer aus Amsterdam kam und die Rolling Stones und The Who auflegte. Und ein Beach-Boys-Fan war.

Was mir mehr als Micks Überfälle zu schaffen machte, war Beethovens *Appassionata*. Immer noch fehlte den Repetitionen die notwendige Präzision. Der schwerfällige Tastengang des Ibachs brachte meine Finger zur Verzweiflung. Zum hundertsten Mal ging ich die Triolen an, langsam, Ton für Ton, das Tempo steigernd. Von einer zur nächsten Passage. Im Prinzip galt es – nach Professor Dammthal – das Stück in ein klingendes Puzzle zu zerlegen. Jedes Element hatte für sich perfekt zu sein, ehe es ans nächste gefügt werden durfte. Nicht auszuschließen, dass selbst Beethoven in Schwierigkeiten gekommen wäre, hätte er es Professor Dammthal recht machen wollen. Ich spielte das Triolenklopfmotiv unaufdringlich. Es sollte nicht zu dramatisch klingen. Nur wie die Vorahnung eines Unglücks. Als ich zu den Trillern überging, die ein geradezu überirdisches Gleichmaß verlangten, hörte ich das Telefon. Der Dämon, der im Herzen der Apparatur hauste, war offenkundig darauf aus, meine musikalische Laufbahn zu sabotieren.

Schon um eine Verwechslung mit meinem Vater auszuschließen, meldete ich mich mit einem knappen *Hallo?* Niemand durfte erwarten, dass es freudig oder erwartungsvoll ausfiel. Mein Vater sprach seinen Namen immer so aus, als müsse er eine große Distanz zum Anrufer überwinden.

Eine relativ leise Stimme fragte vergewissernd: Bist du's?

Ja, sagte ich, ein wenig erstaunt, denn es war Susannas Stimme.

He, sagte sie, ich wollte mich nur melden …

Wie aufmerksam, sagte ich.

… und fragen, wie's dir geht, sagte sie.

Es könnte nicht besser sein, sagte ich und verschwieg, dass

mein Kopf doppelt so viele Bilder und doppelt so viele Gedanken produzierte wie vorher.

Ein Glück, sagte sie, es hätte schlimmer kommen können. Aber es war ja schlimm genug.

Kann man sehen, wie man will.

Weshalb ich anrufe ...

Na, um mir zu meiner Wiederauferstehung zu gratulieren!

Ja, klar, sagte sie, und ich wollte dir die Schumann-Kassette zurückgeben. Wenn mir auch scheint, dass du es mit der Dringlichkeit übertrieben hast.

Keineswegs, sagte ich.

Na schön, sagte sie, soll ich sie vorbeibringen?

Brennnesselplatz wäre mir lieber, sagte ich rasch, da ich mir nicht vorstellen konnte, wie es wäre, wenn Susanna plötzlich an der Haustür stände und ich sie, beispielsweise aus Höflichkeit, hereinbitten würde.

Wirklich? fragte sie.

Warum nicht?

Ah, sagte sie, also dann!

Ich war zu hundert Prozent überzeugt, dass keine Gefahr bestand, rückfällig zu werden. Und ich hoffte, dass Susanna es genauso sah. Hätte ich Zeit gefunden, vor meinem Aufbruch ein paar Zeilen ins Tagebuch zu schreiben, hätte ich über die Fremdheit schreiben müssen, die ich empfand und die offenbar alles war, was blieb, wenn dieses Gefühl, das man für Liebe hielt oder gehalten hatte, verflog. Ich hätte ein fettes Gleichheitszeichen aufmalen können, auf dessen einer Seite *Liebe* und auf dessen anderer Seite *Missverständnis* stand.

In Frau Nickels Garten hingen die letzten schwarzroten Kirschen in den Bäumen. Ich musste nicht mehr darauf gefasst sein, dass ihr verbittertes Gesicht am Gartenzaun auftauchte, denn sie war zusammen mit ihrer Schweigsamkeit auf dem Friedhof beigesetzt worden. Rein äußerlich erweckte alles den Eindruck, als lebte sie noch: Die Kirschen wuchsen, der Gehweg war geharkt und auch die Gardinen waren nicht verschwunden.

Sogar ihrem Dackel Edwin konnte man, meist am frühen Abend, in der Siedlung begegnen. Neben ihm ging Frau Nickels Sohn. Ich bedauerte insgeheim, dass er mich grüßte und damit der langjährigen Abneigung keine Chance gab, sich in die nächste Generation fortzupflanzen.

Hätte ich einen guten Tag gehabt – und den hatte ich nur bedingt –, hätte ich beim Eintreffen am Brennnesselplatz laut rufen können, was sei schon Frau Nickels Ende angesichts der Demontage einer Holzbank, durch deren morsche Sprossen sich Wilder Rhabarber gekämpft hatte. Die weltschönste Bank, auf der wir endlose Stunden gesessen hatten, war dem Gemeindeamt nicht mehr gut genug gewesen. Dabei hätte sie eher eine Plakette für langjährige Treue verdient. Die neue Bank, die auf kantigen Betonfüßen aufragte, wirkte wie ein Ausstellungsstück, das man zwischen Unkraut vergessen hatte.

Susanna saß auf der Lehne und schaute konzentriert in ein Buch, das wie ein Schulbuch aussah. Sie sprang nicht auf, als ich näher kam, sie trug keinen Cordrock, sie nickte nur, als ich sie fast erreicht hatte, und hob ihre Hand mit der Kassette. Offenbar störte es sie nicht, dass Teile des Bandes verknittert heraushingen. Ich konnte es nur als Gleichgültigkeit deuten, dass sie nicht wenigstens versucht hatte, das Band vor der Zurückgabe wieder einzufädeln. Was mir gefiel, waren die feinen schwarzen Linien unter ihren Lidern. Sie brachten das Grün ihrer Augen noch mehr zum Leuchten. Doch ich wusste, dass ich nicht gewillt war, auf dieses Grün hereinzufallen. Mich in dieses Grün zu verlieren. Ich musste zugeben, dass der Wert der Kassette, selbst wenn das Band ohne Knitter gewesen wäre, gegen null tendierte. Oft genug hatte ich Schumanns Lieder gehört, sodass ich in Wahrheit keinerlei Bedürfnis verspürte, sie in den nächsten 99 Jahren noch einmal abzuspielen.

Unsere Bank ist verschwunden, sagte ich.

Dein Schumann, sagte Susanna und streckte mir die Kassette hin. Sie kam mir in ihrer Hand wie ein kleines Wesen vor, dessen Gedärme aus der Bauchwand getreten waren.

Prima, sagte ich und musste mich schütteln.

Ich habe noch einen Brief von dir, eine alte Fahrkarte nach Köln, abgestempelt, und ein gepresstes Kleeblatt, vierblättrig. Falls du etwas davon zurückwünscht.

Ich bin gerührt, sagte ich und verschwieg, dass ich ihre Ansichtskarte mit den Manderscheider Burgen zwar noch verwahrte, doch längst nicht mehr als Lesezeichen nutzte. Nichts war irrsinniger als ein jahrhundertealtes Burgenpaar, das man jemandem als Sinnbild seiner Freundschaft schickte. Im Grunde waren wir erst jetzt, symbolisch, Ruinen. Unbehaust, was unsere Gefühle anging. Mit einem Mal spürte ich Verlegenheit und wusste nicht, was wir noch zwischen den Brennnesseln miteinander sollten. Unmöglich, auch nur eine Minute länger zu bleiben.

Leider muss ich noch lernen, sagte sie.

Und ich habe schon befürchtet, du willst mit mir über Christian Anders reden, sagte ich.

Eine unbegründete Furcht.

Immerhin hast du ihn verehrt.

Verehrt?

Und von seinem goldenen Rolls-Royce geschwärmt!

Du übertreibst.

Schade, sagte ich, mir würde ein goldener Rolls-Royce gefallen.

Heuchler, sagte sie.

Also, sagte ich, lern schön.

Mach's gut, sagte Susanna.

Du erst, sagte ich und bog mit einem sehr langen Spätnachmittagsschatten vom Brennnesselplatz in die schmale Straße, die eigentlich nur ein Fußweg aus s-förmigen Gusssteinen war. Ich kannte ihn wie keinen anderen Weg, so oft ich ihn gegangen war, immer hoffend, Susanna sähe mich und käme aus der Tür gelaufen. Die Kassette stopfte ich in die Tasche, auch wenn es bequemer gewesen wäre, sie in einer Vorgartenhecke zu entsorgen. Die nächsten 99 Jahre würde ich sie nicht wieder hören, so wie ich Susanna die nächsten 99 Jahre nicht wieder küssen würde. Beides war kein Grund, sich an einem Lippfelder Kirschbaum zu erhängen oder sich zu betrinken, dennoch entschied ich, dass der Tag ein Tag war, an dem mir die Stimmung am Schwanenteich vorerst besser tat als die Melancholie des Tagebuchs. Oder das Üben einer kniffligen Triolen-Repetition. Ich hakte den Tag ab und konnte nur alle bemitleiden, die nicht die Kraft fanden, der Verführung durch Schumanns *Dichterliebe* oder der Schönheit eines Ireen-Sheer-Lidschattens zu widerstehen.

Es klang wie meine Rettung, als ich von Weitem die Stimmen und das Gelächter von den Schwanenteichbänken hörte. Wer immer ich war, ob ich dazugehörte oder nicht, ich sagte Hallo, klopfte Schultern und winkte nicht ab, als man mir die Korn-Flasche reichte. In hatte den defekten Schumann in der Tasche und kam mir vor, als sei ich in der Ausgelassenheit der anderen geborgen. Als sei ich richtig und zugleich falsch an diesem Ort, wo die Schwäne mit ihren stolzen Hälsen still durch den Wasserspiegel glitten. Nie sah man, wie sie ihre Schwimmfüße bewegten oder überhaupt Kraft aufwandten, um voranzukommen. Sie zogen, persilweiß, an den Seerosen vorbei, die wie tropische Gewächse leuchteten.

Noch ehe es dunkel wurde, verschwand ich so lautlos wie die Schwäne schwammen. Schaltete zu Hause den Radiorekorder ein, aus dem Streicher wogten, Brahms oder Bruckner, und schrieb ein paar Sätze ins Tagebuch, die ich an niemanden adressierte. Allenfalls hätte ich sie Schumann oder Heine widmen können. Ich dachte an das letzte Stück der Kassette – *Die alten, bösen Lieder* –, das nie mein Lieblingslied gewesen war. Doch nach dem Treffen mit Susanna fand ich kein Bild aussagekräftiger als den besungenen Sarg, der von zwölf Riesen fortgetragen wurde und in dem die Liebe ruhte. Gut, dass ich den Zyklus 99 Jahre nicht mehr hören würde. 99 Jahre lang würde ich aber die zotteligen Kreaturen sehen, die den Sarg mit schweren Schritten zum Meer trugen, um ihn in den Wellen zu versenken.

Auf dem Weg zur Haustür summte ich vor mich hin, als müsste ich mir und dem Rest der Welt Unbefangenheit demonstrieren. Immerhin hatte ich den Schulvormittag ohne Katastrophen überstanden. Im Nachbargarten sah ich Herrn Jablonski und winkte, als sei ich erfreut, ihn zu sehen. Er stützte sich auf seinen Spaten, um mich genauer zu beobachten oder um Atem zu schöpfen. Sollte er. Die Türklingel hallte durch die nachmittägliche Stille. Ich schaute in den Himmel, der so blau war, dass er mir langweilig vorkam. Kein Vogel. Kein Wölkchen. Kein Raumschiff im Anflug.

Das Blau würde sich für alle Zeiten über den Gärten wölben. Darunter würde Herr Jablonski zum Denkmal versteinern. Ich klingelte ein zweites Mal, obwohl ich zweifelte, dass mein zweiter Versuch mehr bewirkte als mein erster. Es half nichts, bis zehn zu zählen. Oder bis zwanzig. Ich fragte mich, was hinter dem Blau zum Vorschein kommen würde, wenn man daran kratzte, und wartete mit abnehmender Hoffnung, dass sich im Haus etwas rührte. Es rührte sich nichts. Niemand kratzte am Himmelslack. Ich suchte nach dem Schlüssel. Während ich aufschloss, glaubte ich, dass Herr Jablonski immer noch auf seinem Spaten gestützt stand und aufmerksam herüberschaute. Ich ließ die Haustür hinter mir zufallen und trat in den Wohnungsflur, wo ein Korb voller Wäsche stand.

Der Korb stand da, wie zufällig, als wäre eine Verrichtung unterbrochen worden. Der Flur war nicht der ideale Ort, um einen Wäschekorb abzustellen. Selbst für zwei Personen, die aneinander vorbeiwollten, war der Flur nicht breit genug. Nur das Garderobentischchen fand Platz darin. Und das grüne Telefon auf dem weißen Deckchen. Auch das Schwarz-Weiß-Foto, das über dem Telefon hing, störte nicht. Es zeigte die Großeltern meiner Mutter, als sie so alt waren wie meine Eltern. Das Porträt wirkte wie für eine Ewigkeit gemacht, die keine glücklichen Menschen kannte. Gegenüber hing ein Holztäfelchen, das allen, die den Flur durchquerten, zuraunte: *Mach es wie die Sonnenuhr, zähl die heitren Stunden nur.* Der Satz verfing nicht beim finsteren Großelternpaar, das ohne Lächeln zur Welt gekommen war und Heiterkeit für entbehrlich hielt.

Ein Wäschekorb am falschen Ort war so wenig bemerkenswert wie ein roter Eimer, halbvoll mit einer schmutzigen Lauge, auf der dünne Schaumreste schwammen. Oder ein feuchter Lappen, der kläglich wie ein gerupftes Huhn über einer Stuhllehne hing. Alles gehörte zum Arsenal unterbrochener Tätigkeiten – bis hin zum Teppichläufer, der aufgerollt dalag. Die Fliesen darunter waren gewischt worden oder hätten gewischt werden sollen. In der Küche standen geschälte Kartoffel auf dem Herd, blieben nicht nur den Mittag über vom Wasser bedeckt, sondern konnten bis zum Abend und sogar die Nacht über im Topf stehen bleiben. Es spielte keine Rolle, denn Kartoffeln, Teppichläufer und Putzlappen waren geduldig.

Ich schob die Schlafzimmertür ein kleines Stück auf und schaute zum Stuhl in der dunkelsten Ecke, über den meine Eltern abends ihre Kleider ablegten. Meine Mutter saß in ihrem bunten Perlonkittel in sich gekehrt da, ein bisschen so, als reise sie in einem Zug und überlasse sich ihren Gedanken. Dabei nahm sie Rücksicht auf unsichtbare Sitznachbarn und hielt ihre Beine dicht nebeneinander und die Hände im Schoß gefaltet. Langsam drehte sie ihr Gesicht zu mir, der ich im Türspalt stand. Es war nicht nötig, dass sie sich entschuldigte oder ihr

Dasitzen erklärte, dennoch sagte sie leise: Ich ruhe mich einen Moment aus.

Alles klar, sagte ich.

Später mache ich weiter, sagte sie.

Alles klar, sagte ich.

Es bestand keine Eile oder gar Dringlichkeit, unter Teppichen zu wischen oder Hemden zum Trocknen an die Leine zu hängen. Ab sofort hätte man in allen Häusern der Welt aufs Putzen verzichten können. Warum sollte man sich nicht an ein Leben voller unerledigter Aufgaben gewöhnen? Doch die Stille, die meine Mutter unversehens einholte, war nichts, was sich enträtseln ließ. Sie passte in keinen Plan. Es brachte nicht viel, zu wissen, was ihre Stimmung aufhellte oder nicht, am Ende kehrte die Dunkelheit zuverlässig zurück. Selbst in lichteren Augenblicken gelang ihr nur die Andeutung eines Lächelns, das sich nicht gegen die Trübnis behaupten konnte. Gegen die schwelende Trauer. Wenn sie sprach, sehr leise, verstand ich, dass sie mich meinte, aber ihr Blick verriet, dass sie hinter fernen Horizonten unterwegs war.

Bis später, sagte ich und zog die Tür so vorsichtig wie möglich zu. Ging hinüber in mein Zimmer, wo Jimi Hendrix auf seiner Fender Stratocaster spielte. Es war sein Job, sein Leben lang auf dem Poster an meiner Zimmerwand Gitarre zu spielen. *Craziness is like heaven*, sagte ich und grüßte ihn mit gestreckten Peace-Fingern. *Excuse me while I kiss the sky*, antwortete Hendrix. *Come on*, sage ich. Die Schumann-Kassette auf dem Schreibtisch sah nach wie vor aus wie ein Patient mit vorquellenden Eingeweiden. Jimi Hendrix hob seine Gitarre ans Gesicht und zeigte seine makellosen Zähne. *Feel free*, sagte er. *All right*, sagte ich und warf die Kassette in den Papierkorb, wo sie zwischen geknüllten Blättern und beklecksten Löschpapieren landete. Es raschelte. Zu wenig für eine erstklassige Schumann-Heine-Aufnahme. Ich zog sie wieder hervor, zerrte und riss noch mehr Bandzentimeter von der Spule und schmiss den gekräuselten Wust zurück in den Abfall. Bye-bye, Dichterliebe, sagte ich. Bye-bye, Schumann, sagte ich. Bye-bye, Fritz Wunderlich, sagte ich. Viel Spaß im Müll, rief ich. *Okay then!* lachte Jimi Hendrix.

Während Jimi Hendrix sich wieder seiner Gitarre zuwandte, ging ich hinüber ans Ibach. Verbeugte mich vor niemandem, ehe ich mich setzte. Da bist du ja, sagte die Appassionata. Sie klang sehr klopfmotivartig. Gewohnt unheilvoll. Hätte ich wählen dürfen zwischen einem Sprung in den Rhein bei Düsseldorf, reglosem Dasitzen oder der Gehörlosigkeit Beethovens, hätte ich mich für einen Sturz in den Fluss entschieden. Stattdessen spielte ich – weder gehörlos noch geistesverwirrt – die Appassionata-Repetitionen. Beethovens Elend, dachte ich, ist ab sofort mein Elend. Die Trauer, die meine Mutter einholte, meine Trauer. Wie gern hätte ich sie daran erinnert, dass es das Wandtäfelchen mit der Sonnenuhrempfehlung gab. Andererseits war der Spruch ein Vorschlag, der sich in der Praxis erwiesenermaßen nicht bewährte. Ein Spruch für Leichtgläubige. Eine Irreführung. Oder eine Beschwichtigung, die in letzter Konsequenz hieß, sich mit allem abzufinden. Auf die Sonne zu hoffen. Meine Großeltern hatten recht, wenn sie den Spruch Tag für Tag mit finsterem Ernst anstarrten und der so unkompliziert scheinenden Verheißung nicht trauten. Leider konnte ich sie nicht nach sinnvolleren Vorschlägen fragen. Ich hätte natürlich von Zeit zu Zeit aufmunternde Lieder in hellen Tonarten spielen können. Heiterkeit hätte sich in den Räumen verbreitet und die Schatten meiner Mutter vertrieben. Oder ich hätte, wenn ich an der letzten Wiese unserer Straße vorbeikam, ein paar blühende Gräser mitnehmen können, um sie auf die Schlafzimmerkommode zu stellen in der Hoffnung, dass ihr Duft ungute Gedanken vertrieb.

Die wuchtigen Appassionata-Akkorde nach dem Pianissimo erinnerten mich an einen Sprint aus dem Stand. An den Sprung eine Raubkatze. Die dann wieder gebändigt werden musste. Mir gefiel, dass man im Spiel wütend und verzweifelt sein durfte, ganz anders bei Mozart, der alles in eine perfekte Form goss. Manchmal dachte ich an eine filigrane Spieluhr. Rebecca war die ideale Herrscherin über alle Empfindungen. Ich unidealerweise der Beherrschte aller Empfindungen. Mitten in der Wiederholung der sich auftürmenden Akkorde meldete sich das Telefon. Der Apparat hatte mich nicht vergessen. Seine Erfinder hatten nicht sehr viel Fantasie aufgebracht, denn auf der Unterseite trug er als Namen das Kürzel: FeTAp 611-1. Wie kläglich verglichen mit Klaviersonate Opus 57. Oder: Daddy Cool.

Ich ging in den Flur, riss den Hörer von der Gabel und sagte in die Sprechmuschel mit einer ganz und gar seelenlosen Stimme hinein: Hier spricht Opus 57. Ta-ta-ta-taaa. Hier spricht Opus 57. Ta-ta-ta-taaa.

Ben? Hallo?

Hier spricht Opus 57. Ta-ta-ta-taaa.

Die Stimme am anderen Ende war Sven Westerrodes Stimme, was, so oder so, einer mittleren Sensation gleichkam. Sicher würde er mir nicht seine neuesten Latein-Übersetzungen vorlesen wollen. Selbst wegen ein paar toller Einfälle an der Gitarre griff er nicht zum Telefonhörer, um mich nach meiner Meinung zu fragen.

What a surprise, sagte ich.

Tolle Ansage übrigens, sagte Sven, aber wer oder was zum Teufel ist Opus 57?

Ein neuer Song von Boney M.

Aha.

Na, sagte ich, Opus 57 ist die berühmte Sonate, die nie zu Ende gespielt wurde, weil immer jemand zum falschen Zeitpunkt anrief.

Sorry, sagte Sven.

Ich hoffe, es gibt einen guten Grund.

Wir haben eine Hammond P-100! For the best rock band of all times!

Sven war normalerweise nicht der Typ, der viel Worte machte oder Dinge aufbauschte, insofern verblüffte mich seine euphorische Ansage, ganz abgesehen von seinem superlativischen

Spruch. Er hätte bis zum nächsten Vormittag warten können, um mich im Klassenzimmer mit der Meldung umzuhauen. Oder besser noch, er hätte an die von Achim Klein frisch gewischte Tafel schreiben können: *Hammond P-100 for Ben, the best organ player in future.*

Wahnsinn, sagte ich.

Das Ding ist schwerer, als ich dachte, sagte Sven.

Ligth My Fire, sagte ich. Und wusste, wenn ich die Doors mit ihrem legendären Song ins Spiel brachte, würde er Procol Harum nennen.

A Whiter Shade of Pale, sagte Sven.

Ich konnte mir den Hinweis sparen, dass der Titel der Doors ohne Ray Manzareks Orgelsound nicht denkbar gewesen wäre. Nicht einmal der Animals-Klassiker *House of the Rising Sun* wäre ohne Orgel möglich gewesen. Wir hätten den halben Nachmittag Titel und Bands aufzählen können, die ohne Keyboard nicht vorstellbar waren von Deep Purple über Pink Floyd bis Emerson, Lake and Palmer.

Und die Reihe ist lange nicht zu Ende, sagte ich.

Genau, sagte Sven, good luck, sagte er und verabschiedete sich mit einem hellen Klacken in der Leitung. Während unser Telefongerät auf einem schmalen Schränkchen im engen Flur stand, saß Sven vermutlich im eigenen Zimmer, aus dem er telefonieren konnte. Während wir uns einen Apparat teilten, gab es bei Westerrodes in jedem Raum ein Telefon. Und sicher hatte sein Vater eine eigene Nummer für dringende Fälle. Seine Mutter natürlich auch. Sie war zwar nicht Präsidentin eines Vereins oder eines Gerichts, aber die Kunstsinnigkeit in Person mit der außerordentlichen Gewohnheit, jemandem zur Begrüßung mit den Fingerrücken über die Wangen zu streichen, so beiläufig, dass offenbar niemand ihre Geste als merkwürdig empfand, abgesehen von mir, der mir jedes Mal Wärme ins Gesicht stieg, wenn sie mich sacht berührte. In Westerrodes Wohnzimmer lagen Stapel großformatiger Bücher mit Drucken und Fotografien, Bücher, die schwerer waren als Ziegelsteine und als Signet zwei Kuhhörner trugen, laut Sven das Symbol der ägyptischen Göttin Hathor, die für Kunst und Musik zuständig war und Frau Westerrodes Kunstverlag den Namen gab.

Es sprach nichts dagegen, auf einem alten Klavier im Rock-'n'-Roll-Stil herumzuhämmern, sagte ich mir, während ich ans Ibach zurückkehrte, doch wenn ich an Pink Floyd oder Genesis dachte, kam mir der elektrisch-schillernde Sound einer Hammondorgel wie Magie vor. Voller Pathos und schmerzvollem Glanz. Es war Musik wie aus geheimnisvollen Sphären des Alls, während das Klavier nach Westernsaloon oder Popgeklimper klang.

Die Appassionata war technisch immer noch so vertrackt wie vor dem Anruf. Allerdings bestand auch sie nur aus Takten, die Takte aus Motiven und die Motive aus Tönen. Nach einer Stunde spürte ich eine Verkrampfung in der Hand. Ich stellte mir zur Abwechslung vor, wie Frau Westerrodes Muse, die kuhgestaltige Göttin Hathor, lautlos in Erscheinung trat und mir durch all die Jahrhunderte ihrer göttlichen Existenz hindurch Leichtigkeit verlieh. Warum die Göttin gehörnt war, wagte ich nicht zu fragen, aber ich hatte den Eindruck, dass Wärme in meine Finger strömte. Sie wunderbarerweise lockerte. Eine geheimnisvolle Regeneration, die es mir ermöglichte, mich unbeeinträchtigt wieder Beethovens Unspielbarkeiten zu widmen.

Als mein Vater in der Tür stand, unterbrach ich mein Spiel nicht sofort, sondern ließ die Linke ein paar Takte fortfahren. Leiser werdend. Ins Decrescendo hinein fragte mein Vater: Und, wie sieht's aus?

Er war noch in Arbeitskleidung und trug seine Cordkappe, die er in dem Moment, wo ich dachte, er trägt sogar noch seine Cordkappe, abnahm, um sich mit dem Unterarm Schweiß von der Stirn zu wischen. Sein kahles Haupt war braun, als hätte er die letzten Wochen nicht auf Baustellen verbracht, sondern auf Mallorca, obwohl seine Urlaubsziele eher an der Nordsee oder an der Mosel lagen.

Geht so, sagte ich.

Hast du schon was gegessen? fragte er.

Niemand wusste offenbar, dass ich von einer musikalischen Fotosynthese zu leben imstande war, von den Akkorden der Appassionata oder dem pathetischen Orgelsound eines Rocksongs. Mein Vater jedenfalls war anderer Meinung und zog mehrere gefaltete Scheine aus seiner Jacke und legte mir einen Zehner aufs Klavier.

Eine Hitze ist das, sagte er und setzte komischerweise seine Kappe wieder auf.

Alles klar, sagte ich. Spielte dann mit der Linken versuchsweise das Klopfmotiv.

Ich räume noch auf, sagte mein Vater, dann muss ich noch mal los.

Ich antwortete mit dem Klopfmotiv in der Rechten.

Es hilft ja alles nichts, sagte er.

Ta-ta-ta, ta-ta-ta, antwortete meine Linke.

Bis später, sagte mein Vater und schloss sehr langsam und leise die Tür.

Wahrscheinlich würde meine Mutter ihre Zugfahrt durch die Stille heute nicht mehr beenden oder doch erst dann, wenn es Zeit war, ins Bett zu gehen. Der verknitterte Zehner auf dem Klavier verriet mir, dass mein Vater die Situation richtig einschätzte und nicht an eine vorzeitige Reiseunterbrechung mit gemeinsamem Abendbrot glaubte. Ich konnte mir Bier, Zigaretten und Bounties kaufen und die tollste Mahlzeit aller Zeiten zu mir nehmen. Ich hätte gewünscht, dass die Göttin Hathor mein Herz mit einem Zauberwort zur Ruhe gebracht hätte, aber dann dachte ich an Svens Anruf und an die Hammondorgelsensation und plötzlich schlug mein Herz wieder sehr leicht. Meine Brust weitete sich, sodass Wolken hätten hindurchschweben können. Unsere nächste Probe würde großartig werden. Wie überhaupt alles irrsinnig gut werden würde.

Es war keine Eile, nur eine launische Anwandlung, dass ich jeweils zwei Stufen mit einem Schritt nahm. Ich hatte nicht die Absicht, die Freitreppe durch Leichtigkeit zu beeindrucken. Dabei stand fest, dass sie mich längst als den erkannte, der Woche für Woche jede zweite Stufe übersprang. Du bist der, der mich unbeschwerter geht als jeder andere, sagte sie. Am besten gefiel mir, wenn sie prophetisch klang: Wer mich springend erobert, wird als Champion durch den Tag gehen! Im Treppenhaus empfingen mich Tonleitern wie alte Bekannte. In Dur und Moll. Mal schnell, mal langsam. Schon im Hof hatte ich Rebeccas Rad entdeckt. War es möglich, dass der Schatten ihres Rads die Sonne kommandierte? Jedes Mal wenn er am Mauerwerk hochkroch, stand die Sonne strahlend über der Stadt. Alles außer Rebecca, ihrem Rad und dem Schatten ihres Rads erschien mir wie Beiwerk. Wenn auch Professor Dammthals Unterricht keine verschwendete Zeit war, im Gegenteil, nirgendwo bestand die Chance, sein Unvermögen besser erklärt zu bekommen als bei ihm.

Man brauchte Glück, um einen Überaum mit einem intakten Instrument zu finden. Ich war darauf gefasst, an einen verstimmten Flügel zu geraten. Oder an einen, über dessen Tasten sich ein unauflöslicher Klebrigkeitsfilm gelegt hatte. An ein Instrument, aus dessen Körper gerissene Saiten hingen. Wer öfter in den Räumen übte, wusste, hinter welcher Tür ihn welches Instrument erwartete. Ich hoffte auf einen Flügel, der 88 Tasten und gute Laune hatte. Raum 311 versprach einen Bösendorfer, der selten spielfreie Minuten erlebte. Aus dem Inneren klangen perlende Läufe in Dur. Ich tippte auf Mozart, ohne Haydn auszuschließen. Vielleicht eine Fantasie. Oder der Satz einer berühmten Sonate, die ich nicht kannte. So wie niemand wissen musste, dass manche Treppen zu mir sprachen, musste niemand wissen, dass ich die meisten Mozartsonaten nicht kannte. Mozart imponierte mir, wenn andere Mozart spielten. Meine Hände taugten nicht für Mozartläufe, so wenig wie mein Gedächtnis für Geschichtsdaten taugte. Ich wünschte mir Beethovenhände. Oder Béla-Bartók-Hände, die selbst den wurmstichigsten Klimperkasten in ein Schlaginstrument verwandelten. Auch Bach- und Chopinhände waren okay, wobei die beliebtesten Hände sicher Liszthände waren, wenngleich Liszt, wie Rebecca behauptete, gerade mal eine Dezime hatte greifen können. Ich war mir sicher, es war ein Mozartsatz, der aus Raum 311 klang. *Allegro con spirito*. Und so leicht und brillant, wie er dahinging, wagte ich anzunehmen, es könnte Rebecca sein, die spielte.

Es war nicht sonderlich riskant, die Tür einen Spalt aufzuschieben. Wer in der fensterlosen Zelle übte, hörte nur sich. Das Instrument, das den kargen Raum füllte, entfaltete eine Klanggewalt, die für einen Konzertsaal gereicht hätte. Ein sparsamer Architekt musste die Fläche so berechnet haben, dass der Spieler samt Instrument genau hineinpasste und mit der Schulter die Wand berührte, während er seine Hände zur Tastatur führte. Der einzige Luxus war ein Stuhl, auf dem sich ein Zuhörer setzen konnte, falls nicht gerade ein Stapel Noten darauf lag.

Rebecca spielte so elegant, dass ich an ein Ballett der Hände dachte. Ein Funkeln in D-Dur. Ich trat einen Schritt in den Raum und zog hinter mir die Tür behutsam zu. Als Rebecca aufblickte, nickte ich und forderte sie mit stummer Geste auf, ihr Spiel fortzusetzen. Mir lag mehr daran, sie beim Mozart-spielen zu erleben, als mich auf meinen Unterricht bei Professor Dammthal vorzubereiten. In der Art, wie sie jede Nuance meisterte, trennten uns Welten. Mein Los war die Unvollkommenheit. Ihre Finger hatten jedes Sechzehntelstaccato unter Kontrolle. Zu Recht hatte sie es in die Endrunde des internationalen Klavierdebütwettbewerbs geschafft. Ich bildete mir etwas darauf ein, dass sie mir aus Salzburg eine Ansichtskarte mit Mozarts Geburtshaus geschickt hatte. Da Mozart in meinem Repertoire fehlte, würde ich nie zu einem Wettbewerb nach Salzburg reisen. Dennoch hatte Rebecca geschrieben: *Wir sollten hier einmal zusammen auftreten!* Nicht einmal in Bonn würde ich auftreten, da es in Beethovens Geburtsstadt keinen Wettbewerb für unvollkommene Beethoveninterpreten gab. Chancen hätte ich allenfalls bei einem Hammondorgel-Turnier gehabt, das freies Improvisieren erlaubte.

Rebecca trug ihr Haar offen, und mir schien, ihr Vortrag gewann, wenn sie ohne Zöpfe spielte, die sonst bei jeder Fortepassage mitwippten. Die Farbe ihres Haars war, seitdem wir uns kannten, dunkler geworden, wenn mein Eindruck nicht täuschte. Kastanienbraun, ein bisschen ins Rötliche spielend. Vielleicht auch nur, weil das Neonlicht erbarmungslos auf sie herabschien. Ich hätte ewig dastehen und zuhören können, während unter ihren Fingern die Passagen dahinzogen. Federleicht und unglaublich akkurat. Ein Pech, dass Mozartsätze kürzer waren als Beethovensätze. Unüberhörbar ging es auf die Coda zu. Ein kurzes Crescendo. Drei, vier vollgriffige Akkorde und Rebecca schwang sich vom Schemel auf und kam auf mich zu. Umarmte mich. Sie war erstklassig im Umarmen. Anders als ich, in dessen Familie es nicht üblich war, sich ständig in die Arme zu fallen und auf die Wangen zu küssen.

Wahnsinn, sagte ich.

Noch übe ich, sagte sie.

Sagte sie immer, auch wenn es längst perfekt war. So wie sie spielte, würde ich sie hinter jeder Tür finden. Rebecca nahm ihre Brille ab und legte sie in ein schwarzes Etui, das mit rotem Samt ausgeschlagen war. Schob das Etui in ihre Tasche. Sah mich an mit einem Lächeln, das mir in ihrem Gesicht einsam vorkam. Weil nur ihr Mund das Lächeln produzierte. Ich bedauerte es mehr, als ich vor ihr zugeben konnte, dass es für längere Zeit unser letztes Treffen sein würde. Zumindest an diesem Ort. Berlin war von Lippfeld aus gesehen keine Strecke, die man mit dem dunkelroten Bahnbus zurücklegen konnte. Und wenn doch, hätte er Tage benötigt. Rebecca hätte natürlich den Rest ihrer Familie allein nach Berlin ziehen lassen können. Oder versuchen können, ihren Vater zu überreden, in Essen zu bleiben. War Essen nicht – nach Gelsenkirchen – die schönste Stadt der Welt? Was dagegen war Berlin? Und konnte ihr Vater sich nicht mit dem begnügen, was er hier tat? Rebecca hatte einmal gesagt, ihr Vater sei Physiker, so wie Einstein, und wenn er auch nicht so berühmt sei wie Einstein und vermutlich auch nie den Nobelpreis gewinnen werde und auch nicht die Frisur von Einstein habe, spiele er doch wie Einstein Violine und Klavier. Nicht annähernd so gut wie ihre Mutter, die Klavierlehrerin sei. So oder so, sie würde also mit ihrem Einsteinvater und ihrer Klavierlehrerinnenmutter nach Berlin gehen. Sollte sie! Warum sollte ihr Leben nicht aufregender sein als meins? Ich gönnte ihr das denkbar aufregendste Leben! Was hatte ich mit ihrem Leben zu tun? Nichts. Meine Existenz hatte den Charme einer Abrisshalde. Mein Leben war das Glück des letzten Fisches, der in der Emscher trieb.

Dein Spiel wird mir fehlen, sagte ich.

Warte ab, sagte Rebecca, ich werde oft genug vorbeikommen!

Gib mir Bescheid!

Und wenn du mal in Berlin bist …

Oh, ganz bestimmt, sagte ich. Womöglich ein bisschen zu schroff.

Und ich werde dir schreiben, sagte sie.

Ich glaube, sagte ich, Dammthal wartet auf mich.

Sie zog ihren Kalender aus der Tasche und notierte fast so schnell, wie sie Mozart spielte, ihre Anschrift. Riss das Blatt heraus und reichte es mir.

Meine Adresse kennst du, sagte ich, Endstation Lippfeld.

He, he, sagte sie. Berührte meine Wange.

Wir traten hinaus in den Gang, und mit einem Mal spürte ich eine Härte tief im Magen, als zöge sich alles, was noch ungesagt im Raum schwebte, zu einem faustgroßen Klumpen zusammen. Ich ging stoisch weiter, ging geradewegs in Richtung Unterrichtszimmer. Drehte mich endlich noch einmal um, als der Schmerz nachließ, und hob die Finger zum Victory-Zeichen. Grotesk. Mein Ziel war Professor Dammthals Tür, und wenn ich seine Tür erreichte, ohne zusammenzubrechen, hatte ich es geschafft. Ich musste zugeben, die Freitreppe hatte sich geirrt mit ihrem Versprechen, dass der, der sie springend erobere, als Champion durch den Tag gehe. Ich ging wie ein Anti-Champion durch den Tag.

Die metallene Klinke war so kalt, dass ich im Moment der Berührung erschrak. Als ich die schwere Tür aufzog, blendete mich die Sonne, die durchs hohe Fenster über die beiden Instrumente hinweg direkt in mein Gesicht fiel. Ich musste kurz innehalten, als wäre das von fern gesandte Licht eine Barriere. Langsam, mit gewinkeltem Arm die Sonne abwehrend, steuerte ich auf den Klavierschemel zu. Professor Dammthal gab mir die Hand, deren Haut mir ledern und nachgiebiger vorkam als sonst.

Alles in Ordnung? fragte er.

Ich nickte dem gleißenden Licht zu.

Du siehst blass aus, sagte Professor Dammthal.

Ist wohl nicht mein bester Tag, sagte ich.

Setz dich erst mal, sagte er, wir können auch später beginnen.

Okay, sagte ich, das ist nett. Sehr nett. Ich bin gut mit der Appassionata vorangekommen.

Das freut mich, sagte Professor Dammthal. Ich war überrascht, dass er seine braunledrige Hand auf meine Schulter legte, zwar nur kurz, doch es war eine Geste, die ich nicht von ihm kannte.

Die Sonne blendete unvermindert und ich sagte – mehr ins Leere hinein als zu Professor Dammthal: Jetzt ist sie weg!

Das ist bedauerlich, sagte Professor Dammthal, als wüsste er, von wem ich sprach. Und natürlich wusste er, von wem ich sprach, denn von wem sonst hätte ich sprechen sollen, wenn nicht von ihr, seiner brillantesten Schülerin?

Wissen Sie, sagte ich, als ich im Krankenzimmer lag, vor einiger Zeit, hätte ich mir gewünscht, mein Gedächtnis wäre mit meiner Gehirnerschütterung leergefegt worden. Stellen Sie sich vor, einerseits eine Katastrophe, wenn Sie die Appassionata spielen wollen und die Töne aus Ihrem Kopf verschwunden sind. Aber man vergisst ja in der Regel nicht alles, sondern nur Bestimmtes. So kann man zum Beispiel durch die Gegend laufen, ohne dass man es neu lernen müsste. Bier aus der Flasche trinken. Oder Rad fahren. Im Lexikon habe ich die Arten des Vergessens unter dem Begriff *Amnesie* gefunden, wobei mir die *retrograde Amnesie* am besten gefällt. Ich hätte nicht mehr gewusst, ob dieser oder jener Mensch mein Freund ist oder eher nicht. Stellen Sie sich vor, was für Chance, wenn ich mich im Raum 311 so verhalten hätte, als wäre Rebecca meine Freundin.

Ich kann dir nicht ganz folgen, sagte Professor Dammthal. Meines Erachtens muss niemand sein Gedächtnis verlieren, um mit jemandem befreundet zu sein.

Ich würde hier und heute jeden Gedächtnisverlust hinnehmen, um ihr ein Kompliment zu machen, sagte ich. Zum Beispiel: *So wie du spielst, würde ich dich hinter jeder Tür finden.* Doch jetzt ist es zu spät. Wie Sie ja wissen. Ihr Einsteinvater kehrt samt Familie Essen den Rücken. Er soll sogar Klavier spielen können, aber es ist aus meiner Sicht kein guter Plan, wegzuziehen. Ich hoffe schwer, dass er nie den Nobelpreis in Physik oder in Klavierspielen gewinnt. Wer von Essen nach Berlin geht, ist einfach nicht nobelpreiswürdig, was denken Sie?

Dass es keinen Nobelpreis in Klavierspielen gibt, antwortete Professor Dammthal.

Leute, die mir wichtig sind, sagte ich, verschwinden einfach. Wie Jan-Henri. Wie Rebecca. Manche fahren auf einem Schlafzimmerstuhl Zug. Man soll ja, wie mir ein Holztäfelchen täglich rät, nur die heiteren Stunden zählen. Was meinen Sie? Mit Jan-Henri kann ich immerhin reden. Er kennt sich in allen Fragen aus, auch wenn ich nicht glaube, dass er jemals in seinem kurzen Leben eine Freundin hatte. Und wundern Sie sich bitte nicht, wenn er sich ungefragt einmischt. Das ist seine Art. Ich nehme gern in Kauf, dass er manchmal ein wenig besserwisserisch wirkt.

Deine Gedanken scheinen mir etwas sprunghaft, sagte Professor Dammthal aus dem gleißenden Licht.

Es wäre natürlich das Einfachste, Sie würden darauf verzichten, mir heute neue Stücke aufzugeben, etwa den zweiten Satz der Appassionata oder ein Bach-Präludium, und mir stattdessen als Übung empfehlen, als Lebensübung gewissermaßen, Rebecca, die ja schließlich Ihre Schülerin ist oder vielmehr gewesen ist, noch einmal zu umarmen und mehr als einen flüchtigen Abschiedskuss zu wagen, vorausgesetzt, sie lässt es zu, was ich weder wissen noch ausschließen kann. Gerade scheinen sich jedoch alle Bedenken in Luft aufzulösen, stellen Sie sich vor, sie wäre nicht überrascht oder könnte mit einer solchen Geste sogar gerechnet haben. Dass umgekehrt *sie* es bei Umarmungen belassen hat, muss daran liegen, dass ich, als wir uns kennenlernten, zu schrille Hemden trug. Inzwischen habe ich alle geblümten und violetten Stoffe aussortiert. Anscheinend habe ich auch ihr Spiel zu sehr bewundert, als dass ich gewagt hätte, mehr als ein Mitschüler zu sein. Im Grunde genommen, Herr Professor Dammthal, brauche ich gar keine Aufgabenstellung, ich denke, es gibt im Augenblick wenige Menschen, mit denen ich lieber zusammen wäre als mit Rebecca, und das rechtfertigt es allemal, mich so von ihr zu verabschieden, wie ich es für angemessen halte. Wissen Sie, ich komme nächste

Woche wieder, und zwar in Bestform, Sie werden hören und staunen! Dafür muss ich diesmal leider unverrichteter Dinge gehen. Es gibt Wichtigeres als Beethoven. Oder Mozart. Was ist schon das bisschen Geklimper im Vergleich zu diesem Gefühl, das einen manchmal wie mit einem Schlag trifft. Bis zum nächsten Mal, Herr Professor!

Ich fühlte mich wie auf der Flucht, als ich den Unterrichtsflügeln den Rücken kehrte und die Tasten unberührt zurückließ. Umsonst hatten sie auf die Appassionata gewartet. Meine Schritte hallten durch den Flur und trugen ihren Takt über das unruhige Fliesenmuster bis ins Treppenhaus. Wer mir entgegenkam, wich erstaunt aus. Tonleitern folgten mir, Gesangsfetzen flogen vorbei, Blechbläser schickten mir Fanfarenstöße hinterher. Ich sprang die Stufen der Freitreppe hinab und hörte sie rufen: Wer mich in Windeseile nimmt, wird sein Ziel spielend erreichen!

Rebeccas Rad war verschwunden.

Weit kann sie nicht sein, sagte ich, als stände jemand neben mir, um mir beizupflichten. Ohne Rücksicht auf den Schmerz, der sich in meiner Brust bemerkbar machte, lief ich die Straße hinunter. Selbst wenn meine Kondition es erlaubt hätte, konnte ich Rebecca nicht bis vor die Haustür folgen, um dort, nach Atem ringend, ein in jedem Fall komisches Bekenntnis abzulegen. Dann lieber zusammenbrechen. Feigling, rief ich mir im Lauf zu. Als ich die Kreuzung erreichte, sprangen die Ampellichter von Rot auf Grün. Was sie allein für mich taten, wie ich glaubte. Ich folgte dem kopfsteingepflasterten Weg, der es Radfahrern schwermachte.

An der nächsten Straßenbiegung lag das Antiquariat Meyerbeer, das nur betrat, wer gern in alten Noten oder staubigen Büchern blätterte. An der Tür hing ein Schild, auf dessen Vorderseite *Bitte eintreten* und auf dessen Rückseite *Leider geschlossen* stand. In den dämmrigen Schaufenstern lagen vergilbte Notenhefte und ein Dutzend toter Fliegen. Heute zeigte das handgeschriebene Schild seine freundliche Seite: *Bitte eintreten*.

Doch wichtiger als die Aufforderung war das Rad, das an der Platane vor dem Laden lehnte. Im tadellosen Mintgrün.

Solange Rebeccas Rad am Baum lehnte, konnte nichts passieren. Konnte ich Atem schöpfen. Mein rasendes Herz beschwichtigen und vor der Auslage pausieren, die ich nicht betrachten musste, um zu wissen, was darin lag. Bis hin zu den toten Fliegen. Was nicht mehr darin lag, war eine alte Beethoven-Ausgabe, die ich vor Wochen gekauft hatte. Alle 32 Sonaten in einem bordeauxroten Ledereinband. Der einzige Nachteil – die letzten drei Blätter fehlten. Mit ziemlicher Sicherheit würde ich es nie bis zur letzten Sonate Opus 111 in c-Moll schaffen. Falls doch, wäre ich bis dahin voraussichtlich in der Lage, mir eine neue Ausgabe zu leisten. Großzügigerweise und ohne, dass ich darum gebeten hätte, hatte der Antiquar, Herr Meyerbeer, mir noch ein vergilbtes Heft mit Beethovens *Die Wut über den verlorenen Groschen* dazugelegt. Wahrscheinlich dachte er, es sei ein guter Ersatz für die fehlenden Sonatenseiten.

Die drei Stufen zur Tür des Ladens nahm ich so langsam, dass ich mich jeden Moment hätte besinnen und umkehren können, obwohl nichts so undenkbar war, als dass ich umkehren würde. Noch einmal schöpfte ich Luft. Es schien, als sei alles bislang ein Kinderspiel gewesen verglichen mit dem, was mir bevorstand.

STAUB DER JAHRHUNDERTE

Staub stieg vor mir auf, als ich eintrat, und tanzte im einfallen-
den Sonnenlicht, als ich die Tür hinter mir schloss. Die Laden-
glocke meldete meinen Eintritt bis in die Tiefe des Raums. Was
wie eine Wolke in der Luft hing, würde sich als feiner Schleier
allmählich wieder über Schränke und Regale legen. Es war kein
gewöhnlicher Staub, es war ein Staub, der über Jahre und Jahr-
zehnte Wissen gespeichert hatte. Unerschöpfliche Kenntnisse
über alle Epochen. Er kannte uralte Mythen und Sagen, Dramen
und Chroniken. Er wusste von der Entdeckung Amerikas und
von der Errichtung ägyptischer Tempel und gotischer Kathedra-
len. Er roch, als sei er aus modrigen Tiefen aufgestiegen. Das
Licht versuchte vergeblich, ihn zu durchdringen. Er kratzte im
Hals und reizte die Schleimhäute. Ich atmete flach, solange die
Staubwolke sich nicht gelegt hatte. Zum Glück fand ich mich
blindlings im Bücherlabyrinth zurecht. Stieß nicht gegen die
Kiste mit alten Ansichtskarten neben dem Eingang. Las nicht
das Pappschild mit dem Hinweis: *Jede Postkarte 30 Pfennig*.

Mein Ziel war der hintere Raum, wo sich Regale mit Noten
reihten. Vor dem Durchgang ragte eine Leiter auf, und ehe ich
noch darunter hindurchschlüpfen konnte, rief von oben Herr
Meyerbeer: Guten Tag! Sie sind es, ich weiß, was Sie suchen!

Ich hätte in jedem Fall sagen können, was ich nicht suchte,
und zwar die letzten drei Blätter der Sonaten von Ludwig van

Beethoven. Aber bevor ich antworten konnte, sagte Herr Meyerbeer von oben: Ich glaube, Sie haben Glück, ich habe die letzten drei Blätter der Sonaten von Beethoven wiedergefunden. Wenn Sie sich etwas gedulden, schaue ich gern nach. Bitten sehen Sie sich erst einmal um. Es ist viel Neues hereingekommen.

Damit zog Herr Meyerbeer aus der obersten Regalreihe ein Buch und blies mit gespitzten Lippen Staub vom Umschlag. Mir erschien es geradezu als ein Akt der Kühnheit, wie Herr Meyerbeer, der sicher fünfundsiebzig war, auf der nicht ganz stabilen Leiter stand. Zwischen seinen Schenkeln klemmte ein Buch, ein anderes unter seinem Ellbogen. Mit der freien Hand schlug er das dritte, von Staub befreite Exemplar auf, um es bis auf wenige Zentimeter an sein Gesicht heranzuführen. So wie er auf der hohen Holzleiter stand, konnte er als Artist auftreten. Am besten hätte er dazu noch ein paar Sätze aus einem der Bücher deklamiert.

Besten Dank, sagte ich und war unter der Leiter hindurch. Trat in den hinteren Raum, in den kaum Tageslicht fiel, da Notenregale die Fenster verstellten. Rebecca ließ das Heft, in dem sie geblättert hatte, sinken und sah mich an. Hob ihre Brauen. Blickte ungläubig. Verlieh ihrem Erstaunen mehr Ausdruck als nötig. Auch ihre Sommersprossen taten erstaunt. Gern hätte ich etwas sehr Komisches oder Witziges gesagt. Immerhin wusste ich, warum ich hier stand, während sie sich wundern durfte. Oder so tat, als wundere sie sich, obwohl offensichtlich war, dass mich weder ein Zufall noch irgendeine Laune herführte.

Dein Rad ist nicht zu übersehen, sagte ich.

Nur etwas Geduld, rief Herr Meyerbeer von nebenan, wo er nach wie vor auf der Leiter balancierte. Ich schaue gleich nach den Beethoven-Seiten!

Keine Lust auf Klavierunterricht? fragte Rebecca.

Nein, nein, rief ich in Richtung Meyerbeer, nur keine Eile, was die fehlenden Seiten angeht. Es kann noch fünf Jahre oder länger dauern, bis ich sie brauche. Wenn ich überhaupt jemals die letzte Sonate spielen sollte.

Ich verstehe, sagte Rebecca und legte das Heft auf den Stapel zurück, du bist nicht wegen ein paar Noten hier.

Nicht nur, sagte ich.

Jetzt vermassle es nicht, zischte eine Stimme, die Jan-Henri gehören musste.

Wenn du wüsstest, sagte ich, wie unaussprechbar das Offenkundige ist.

Wer sagt denn, sagte die Stimme, dass du es aussprechen musst?

Von nebenan knarrten die Sprossen der Leiter, die Herr Meyerbeer langsam herabstieg, während wir nur dastanden, Rebecca mit leicht hochgezogenen Brauen, als dürfte sie etwas erwarten, ich mit leicht zusammengekniffenen Augen und mit einem Ziehen hinter der Stirn, für das ich die Einmischung der Stimme verantwortlich machte. Mir ging auf, dass die Welt an einem ganz normalen Tag stillstehen konnte. Während unter der Oberfläche Sturm herrschte. Wie beim Erwachen nach Kai Hendricksens Schlag. Alles an Gedanken und Empfinden schwoll zu einem inneren Tosen. Außerhalb meines Ichs herrschte Ruhe. Außerhalb meines Ichs geschah so gut wie nichts. Wir standen wie hingemeißelt im halbdunklen Raum, durch den der Staub schwebte. Hinter und vor uns Regale mit Noten. Scarlatti, las ich. Schubert, Sibelius. Ich stand, Staub atmend, beim Buchstaben S. Rebecca wartete, Staub atmend, bei P – wie Palestrina, Prokofjew, Purcell. Und daneben Ravel. Ich fragte mich, ob sie sich gerade – als Kontrast zu Mozart – der impressionistischen Klangzauberei zuwandte. Solange ich nicht sprach, arbeitete im Grunde die Zeit für mich, denn was sollte ich wollen, wenn ich dastand und schwieg, oder nicht schwieg, sondern nur keine Worte fand, während es in meinem Kopf brauste? Die Kluft zwischen Vorstellungs- und Wirklichkeitsniveau war grotesk. Und unüberbrückbar. Wie einfach war es, Sätze mit dem Rücken zur Welt ins Tagebuch zu schreiben, und wie schwierig, mit der ungefilterten Realität konfrontiert, ein paar brauchbare Worte herauszubringen. Hätte Rebecca

Elvis Presley gehört, was sensationell gewesen wäre, hätte ich versuchsweise *Always on My Mind* zitieren können. Ich hätte praktisch jeden Song wählen können, von Elton John und Kiki Dee, von Donna Summer oder den Hollies, denn immer und immer wieder ging es nur um eins, um genau das, was zwischen den Regalen und Schränken voller Noten und Partituren nicht in passende Worte zu fassen war.

In die brisante Szene schob sich Herr Meyerbeer und reichte mir mit zittriger Hand drei Blätter. Die engbedruckten Seiten waren beinahe schwarz. Das brüchig-braune Papier war wahrscheinlich so alt wie die Komposition selbst. Was man an Schwärze sah, war Beethovens letzte Klaviersonate oder genauer, das Ende seiner letzten Sonate, Notenlinien voller Zweiunddreißigstel. Schwere Balken, die sich aneinanderreihten, bis alles in einem C-Dur-Pianissimo ausklang. Ein Präludium des Verstummens. Laut Alfred Brendel.

Es ist etwas spät, wie ich zugeben muss, sagte ich – oder hätte ich gern gesagt, doch gelangen mir meine Sätze nur im Kopf –, es ist etwas spät, zu spät vielleicht, dass mir erst jetzt in den Sinn kommt, welches Ausmaß die Katastrophe haben wird, wenn ich in Zukunft Woche für Woche die einladende Freitreppe hochlaufe, meine Notentasche unter dem Arm und dich nirgends finde. Doch das Unglück beginnt schon mit der leeren Fassade, die ohne den Schatten deines Fahrrads auskommen muss. Nie wieder werde ich zwei Stufen mit einem Schritt nehmen, nie wieder in bester Laune die Eingangssäulen passieren und nie wieder wird mir die Treppe zurufen: Wer mich springend erobert, wird als Champion durch den Tag gehen! Nein, ich werde – wie jeder andere auch – Stufe für Stufe nehmen, und es wird mir wie eine ungekannte Anstrengung vorkommen, den schönen Treppenschwung hinaufzusteigen, denn bei jedem Schritt weiß ich, dass ich dich nirgends treffen und hören werde, dass wir nicht über Dammthal lachen oder mit dem Rad an den Baldeneysee fahren werden, um am Ufer zu rauchen. Das immerhin ist das Einzige, was mir gelungen ist –

dich zum Rauchen zu verführen. Aber, verflucht, als wäre das alles: zusammen zu rauchen! Womöglich wäre viel mehr und ganz anderes passiert, hätten wir nicht zusammen geraucht! Als könnten gemeinsame Pausen mit glimmender Zigarette Ersatz sein für das, was jetzt eine Leere hinterlässt. Unbegreiflicherweise schien mir das alles schon genug: das Lachen und Feuergeben, das Reden über die Spielkunst der Großen und das Schweigen über uns. Pardon, dass ich jetzt, wo ich es mit der Angst zu tun bekomme, kopflos reagiere. Haltlos rede. Aufgescheucht bin. Und einfach dastehe, stumm, komischerweise, während ich rede, in der Hand die albernen Notenblätter voller Zweiunddreißigstel.

Ich kann mir noch nicht vorstellen, wie es wird, wenn du auf und davon bist, sagte ich.

Keine gemeinsamen Zigarettenpausen mehr, sagte Rebecca.

Genau.

Aber zum Beispiel Briefe?

Briefe? wiederholte ich. Beugte mich vor, ohne zu wissen, was als Nächstes geschehen würde, und spürte meine Lippen auf ihrem Mund. Ich wusste nicht, ob es Verwegenheit oder Leichtsinn war, sich im dämmrigen Raum zu einer solchen Nähe hinreißen zu lassen. Was mir sicher schien: dass uns mehr als Pausenzigaretten und Gespräche über Etüden verbanden. Herr Meyerbeer wandte sich räuspernd ab. Ich ließ die Beethovenblätter, mit denen ich nichts anzufangen wusste, langsam aus den Fingern gleiten, während ich Rebecca umarmte. Was ich schon viel, viel früher hätte tun sollen. Ich fühlte mich, als fügten sich augenblicklich alle Dinge wie von selbst. Für den unbedeutenden Rest meines Lebens genügte es, wenn ich die Wärme zwischen uns spürte und wir gemeinsam den Staub ertrugen, wenn wir uns zwischen S wie Scarlatti und P wie Prokofjew küssten, zwischen all dem Wissen der Jahrhunderte, das nichts war im Vergleich zur Aufregung unserer Lippen.

ELENDSBEZIRK

Die drei Stufen zum Schulfoyer empfingen mich jeden Morgen grußlos. Manchmal wehte der Wind welke Blätter vor die Eingangstür oder trieb Nässe über den glatten Beton. Die Schultreppe blieb stumm, wann immer ich sie betrat. Auch die Stufen des Treppenhauses schwiegen unter meinen Schritten. Was auch hätten sie sagen sollen? Sei pünktlich. Kämm dein Haar. Pauke. Verhalte dich unauffällig. Sei dankbar. Jeder Schritt war ein kleiner Kraftakt, als seien die Stufen mit Leim präpariert. Manni, mein ehemals bester Freund, schlug mir von hinten auf die Schulter und sagte: Alter, was starrst du durch die Gegend? Alter, was schlägst du mich? fragte ich. Seine größte Leistung bestand in einem Zeugnis, auf dem es nur die Note *ausreichend* gab. Jeder hatte es sehen wollen, und es war tatsächlich sehenswert, wie dort zwölfmal in gut leserlicher Schrift das Wort *ausreichend* stand. Manfred Abend behauptete, nur er und Einsergenie Leo Keppler müssten keinen Taschenrechner hinzuzuziehen, um ihre Durchschnittsnote zu errechnen. Offenbar ging er davon aus, dass wir alle so schlecht im Kopfrechnen seien wie er. Sein schulischer Einsatz auf einem gerade noch ausreichenden Niveau machte ihn mir wieder sympathisch. Ich fragte mich allerdings, warum er so elend hässliche Jeansjacken trug, die wie eingelaufen wirkten und hoch über der Taille endeten. Seit neuestem kämmte er sich einen Mittelscheitel, der gelockt in die Stirn fiel und nach missglückter Föhnkunst aussah.

Ich ließ Manni den Vortritt und hörte das Quietschen seiner Sohlen auf den Stufen. Was wusste er schon von der Magie, die von Treppen ausgehen konnte? Seine Schuhe kannten nur quietschende und knirschende Geräusche. Im Klassenzimmer hing ein Geruch nach Bohnerwachs und Müdigkeit. Nach frisch gewaschenen Hemden. Nach Ariel. Alle sahen reinlich aus. Das Neonlicht flackerte und ahnte nicht, dass in vier Stunden das Wochenende begann. Doch erkannte man den Samstag an den Schultaschen, die schmaler waren als sonst und schlaff zwischen den Stuhlbeinen hingen.

Für unsere Nachmittagsprobe in der Alten Ziegelei hatte ich schon Ideen notiert. So wichtig wie die richtigen Akkorde waren die richtigen Texte. Und das richtige Singen der Texte. Sven Westerrodes Handicap war eine Stimme, die bestenfalls – wenn er drei Bier getrunken hatte – an Bob Dylan erinnerte. Aber wir wollten weder wie Bob Dylan klingen noch Bluesballaden oder alte Folksongs spielen.

Ich schob Sven das Notenblatt hin, auf dem ich meine nächtlichen Gedanken skizziert hatte. Sie waren sicher nicht perfekt, trafen jedoch, wie ich fand, einen Nerv. Wäre es so gewesen, hätte es uns in jedem Fall die Eroberung der Charts erleichtert. Vom Nachbartisch schaute Achim Klein herüber, der in der Lippfelder Blaskapelle seit kurzem Tenorhorn spielte, und tat interessiert.

Hurricane Song, las er laut.

Troll dich, sagte ich.

Am Ende will er noch bei uns Tenorhorn spielen, sagte Sven.

Hurricane war zum einen ein Hinweis auf die musikalische Turbulenz, zum anderen schwebte mir ein Song vor, in dem es weniger um Katastrophen der Außen- als der Innenwelt ging. Ich hatte gelesen, dass Wirbelstürme Geschwindigkeiten von 250 Stundenkilometern erreichen konnten. Und sie hinterließen Schneisen der Verwüstung. Dabei hatte ich vor Augen, wie Susanna und ich im Schnee auseinander gegangen waren. Ein Hurricane konnte – zumindest in meinem Kompositionsversuch – auch sehr, sehr langsam wandern, sodass der Prozess, in dem sich Glück in Unglück verwandelte, eine Ewigkeit dauerte.

Leider musste ich meinen Austausch mit Sven bis zur Pause verschieben, denn unter dem hallenden Klingelgeräusch bog Hans Poplessowitz in den Raum. Allein der Umstand, dass er so gut wie nie zu spät kam – schon gar nicht an einem Samstagmorgen –, brachte ihm wenig Sympathien ein. Niemand konnte mit so akribischer Hingabe ein Notizbuch aus der Tasche ziehen wie Hans Poplessowitz. Erst wenn er es aufgeschlagen hatte, sagte er: Guten Morgen. Ich glaubte an den seidigen Glanz seiner Haare, da ich mir nicht vorstellen konnte, er habe sie zu lange nicht gewaschen. Vor der reglos dasitzenden Klasse blätterte er in seinem Büchlein und überflog die Liste der Namen. Eigentlich schade, dass ein so vielversprechender Tag mit einer Vokabelabfrage begann. Es reichte, eine falsche Antwort zu geben, und man hatte bestenfalls noch die Aussicht auf eine Vier. Wer zwei von sechs Vokabeln nicht wusste, erhielt die Aufforderung, sich zu setzen, ohne dass Hans Poplessowitz hinzufügen musste: Das war ungenügend. Mich ärgerte, dass ein banales Notizbuch, zu dem ein vorbildlich gespitzter Bleistift gehörte, so viel Macht über das Tagesschicksal hatte. Man hätte, während Hans Poplessowitz das Schüleralphabet prüfend durchging, aufzeigen und behaupten können, man müsse dringend zur Toilette. Natürlich gehörte ein hohes Maß an Verzweiflung dazu, sich mit einem solchen Vorwand vor der Klasse zu blamieren. In solchen Fällen sagte Hans Poplessowitz gern: Wir alle sind nur Menschen! Und wir alle wussten so gut wie er, dass niemand auf Dauer seiner Abfrage entkam.

Manfred Abend, sagte Hans Poplessowitz. Alle warteten, dass Manni zum Abfrageritual aufstand. Ich schätzte jeden, der es widerstrebend oder provokativ langsam tat. Auch Manfred Abend reagierte nicht sogleich, was allerdings daran lag, dass er noch seinen Kamm verstauen musste. Nicht einmal seine Jeansjacke hatte er ausgezogen. Die Erleichterung, selbst verschont worden zu sein, war gleichwohl größer als mein Mitgefühl.

Ich blickte auf mein Notenblatt und war mir sicher, dass die Hurricane-Melodie zunächst kreisen und dann jäh ausbrechen musste. Nicht nur in Opern oder Oratorien gab es Melismen, endlose o- und i-Girlanden auf Wörtern wie *loben* oder *lieben*. Mir kamen sie wie ambitionierte Stimmübungen vor. Man konnte aber auch an Janis Joplin denken, die auf einer langen Silbe eine irre Veränderung von traurig zu schrill, von gehaucht zu geschrien zustande brachte. Ich wünschte mir Anti-Melismen. Melodiesprengend. Steinerweichend.

Aus verschiedenen Richtungen bekam Manfred Abend wie von einem Chor aus Souffleuren Unterstützung, da er schon bei der zweiten Vokabel ins Stocken geraten war. Es war für diejenigen, deren Vokabelwissen geprüft wurde, ein Glück, dass Hans Poplessowitz auf einem Ohr taub war und auf dem anderen nicht wirklich gut hörte. Das Raunen klang wie von einem schlecht eingestellten Kurzwellensender, der fortwährend von benachbarten Programmen überlagert wurde. Jeder murmelte in einer Lautstärke, von der er glaubte, sie läge unterhalb der Poplessowitzschen Wahrnehmungsschwelle. Die Unschärfe resultierte allerdings auch daraus, dass diejenigen, die soufflierten, es verdeckt taten, denn Hans Poplessowitz war zwar schwerhörig, aber keineswegs blind. Wer vorsagte, konnte sein Kinn in die Handfläche stützen und durch die Finger sprechen, um seine Lippen zu verbergen. Manche schauten steil nach unten und murmelten ihre Vokabeln ins Etui. Es war eine Kunst für sich, aus den von überall herdringenden Ungenauigkeiten etwas Brauchbares herauszufiltern.

Manfred Abend hatte offenbar Geschick, jedenfalls nickte Hans Poplessowitz und ging zur nächsten Vokabel über. Sogleich erhob sich ringsum wieder der Flüsterchor, und ich war mir nicht mehr sicher, ob es am Ende mehr schadete oder nützte, wenn man sich aufs Geraune verließ, anstatt auf sein Gedächtnis zu vertrauen.

Danke sehr, sagte Hans Poplessowitz, deine Aussprache könnte besser sein. Genus einmal nicht gewusst. Das war eine Drei! Minus!

Wow, dachte ich. Nicht jeder wuchs bei einer Vokabelabfrage so über sich hinaus, sei es dank seiner guten Vorbereitung oder dank des Zuraunens aus seiner Nachbarschaft. Mehrere applaudierten unter der Tischplatte und konnten sich darauf verlassen, dass nur wir es hörten. Den Rest der Stunde widmete ich mich meinem Hurricane-Song, während Hans Poplessowitz mit Sven Westerrode, Markus Kirschstein und Leo Keppler im dritten Gesang der Ilias las.

Dort, wo die Raucher in der Pause zusammenkamen, unter der Robinie, sah ich Tim Felsing. Man konnte ihn ohne Mühe von Weitem erkennen, denn er überragte nicht nur alle, sondern war auch auffälliger gekleidet als die meisten. Niemand sonst traute sich jedenfalls mit einer karierten Hose in die Schule. Manchmal riefen vorbeirennende Sextaner *Knickerbocker* und lachten. Ich war mir sicher, dass er, obwohl sein Saxofonspiel etwas schräg klang, zu Recht in unserer Band war, denn er konnte auf unverwechselbare Weise singen. Seine Stimme kannte alle Schattierungen von schillernden und changierenden Tönen bis zu rauen Bluesnuancen. In den besten Momenten hörte er sich an, als sei er dem Wahn verfallen oder schlucke ein Wundermittel, das seinen Stimmbändern einen metallischen Glanz verlieh.

Für die Raucher unter den Schülern hätte man keinen einladenderen Ort finden können als die Robinie, deren Blüten so weiß waren, dass niemand an Nikotin dachte. Diejenigen, die keinen Sinn für Bäume hatten, nutzen die tief gefurchte Rinde, um ihre Kippen darin auszudrücken. Wer wollte, konnte sich auf das niedrige Eisengeländer setzen, das um den Stamm verlief. Für alle, die sich hier versammelten, war die Raucherecke zweifellos die beste Idee seit Bestehen der Schule.

Wenn ich bei Hans Poplessowitz annahm, sein Haar schimmerte, weil es mit Pomade behandelt war, tippte ich bei Tim Felsing darauf, dass es glänzte, weil er es länger nicht gewaschen hatte. In krausen Strähnen hing es bis auf die Schultern. Schon weil er zweimal eine Klasse wiederholt hatte, war sein Ruf bei der Lehrerschaft ramponiert. Wer dreimal sitzen bleibe, ließ Dr. Entrup gern wissen, müsse das Gymnasium verlassen, doch ginge es nach ihm, müsse bereits ein zweimaliges Nichtversetztwerden das Ende der gymnasialen Laufbahn bedeuten. Tim Felsing hatte uns jedenfalls voraus, dass er achtzehn war und Auto fahren durfte. Wichtiger noch: Sein Onkel hatte jenseits von Lippfeld eine Ziegelei in den Ruin geführt, die uns fortan als Proberaum diente.

Tim schwenkte den Fahrzeugschlüssel und fragte: Schon nervös?

Wenn du mir einen Grund nennst, sagte ich.

Hauptsache, es regnet nicht durchs Hallendach, sagte Sven.

Gibt es überhaupt Strom? fragte ich.

Gern hätte ich noch mit Sven über meinen Hurricane-Song gesprochen. Ich hoffte darauf, dass er wie Jimi Hendrix mit dem Tremolohebel die passenden Verfremdungseffekte beisteuern konnte. Doch Josef Langhoff stand plötzlich neben mir und fasste meinen Unterarm, um mich beiseite zu ziehen. Er war vermutlich noch weniger beliebt als Tim, nicht weil er ein noch miserabler Schüler gewesen wäre, sondern weil keiner so konsequent Schule und Lehrer kritisierte und niemand so provokante Artikel verfasste. Im Regionalteil der *Ruhr Nachrichten* hatte er sogar das Petrinum als franziskanisch geprägtes Jungengymnasium infrage gestellt. Nicht zuletzt hatte er auch für die Raucherecke geworben, die nun tatsächlich ein Treffpunkt der Skeptiker und Kritiker war. Mit verschwörerischer Geste reichte er mir einen fingerdicken Stapel kopierter Blätter. Ich hatte keine Ahnung, warum er so viel Vertrauen in mich setzte, allerdings hatten wir herausgefunden, dass unsere Väter beide Maurer waren, woraus er schloss, dass unsere Ansichten nicht weit auseinander lägen. Ich ließ ihn in seinem Glauben, der ein Irrglaube war.

Als wir außer Hörweite waren, sagte er leise: Lies das! Es wird dir die Augen öffnen.

Na fein, sagte ich.

Du weißt doch, sagte er ziemlich ernst: Sei wachsam, sing nicht. Lern unerkannt gehen ...

Er trug ziemlich dick auf, wie ich fand. Jeder von uns kannte das Gedicht von Hans Magnus Enzensberger, das zur Pflichtlektüre gehörte und damit so harmlos war wie der Milchkakao in der großen Pause.

Auf dem Deckblatt seiner Kopien stand:
Stadtguerilla & Klassenkampf.

Und darüber in handgeschriebenen Druckbuchstaben: *Ulrike Meinhof. Herausgeber: Rote Armee Fraktion. Programmatisches Positionspapier.*

Das nur zum Einstieg, sagte Josef Langhoff, du weißt schon.

Wut und Geduld sind nötig, sagte ich in Anspielung auf Enzensbergers Lesebuchgedicht, doch leider entging Josef Langhoff meine Ironie. Er war fast so groß wie Tim Felsing, aber hätte zweimal in dessen karierte Knickerbocker gepasst. Auch das Cordjackett, das er trug, schien ihm zu weit. Die Taschen wirkten ausgebeult, was ich mir mit den Kopien erklärte, die er täglich darin herumtrug. Ich musste zugeben, dass mich das Logo auf dem Deckblatt irritierte. Mir war Gandhi sympathischer als ein Sturmgewehr. Niemand, der Chopin hörte oder Gedichte von Wondratschek las oder einfach nur etwas Grips im Kopf hatte – und eigentlich hatte Josef Langhoff eine Menge Grips im Kopf –, konnte eine Waffe als Symbol unwidersprochen hinnehmen. Während er mich anschaute, war ich nicht in der Lage zu sagen: Alles schön und gut, die Revolution ist mir recht, soll sie kommen, besser heute als morgen, aber bitte ohne Wildwest.

Stattdessen fragte ich nur: Was ist das für ein Logo?

Lies einfach, sagte Josef Langhoff.

Im Stillen wandte ich mich an Jan-Henri, der hundert Prozent belesener war als ich. Doch Jan-Henri sagte nur: Du bist und bleibst ein Dilettant in Sachen Revolution. Erinnere dich ans infantile Indianergeheul, das du den Zitaten aus *Dantons Tod* hinterhergeschickt hast.

Hier geht es um die Realität, sagte Josef Langhoff mit Blick auf das RAF-Papier.

Klar, sagte ich.

Das Ganze wird dir sicher einleuchten! Da, sagte er und schlug den Blätterstapel auf, hör mal: *80 Prozent aller Arbeiterkinder, die nach Ansicht ihrer Lehrer auf die Oberschule gehören, kommen nicht dahin.* Das ist keine Fiktion.

Ich nickte und Josef Langhoff las weiter: *Schulen in der Bundesrepublik beschreiben, heißt, Armut in einem reichen Land beschreiben. Das öffentliche Erziehungssystem ist ein Elendsbezirk.*

Elendsbezirk, das trifft's, sagte ich und war zugleich froh, dass die Pausenklingel über den Schulhof hallte. Ein Elendsgeläut. In einem Elendsbezirk. Es war abzusehen, dass ich bis zum Kollaps des kapitalistischen Systems nicht mehr dazu kommen würde, die engbedruckten Seiten des Positionspapiers zu lesen. Nur weil unsere Väter schufteten und Malocher waren, mussten wir keine Freunde werden und den gleichen Träumen nachhängen. Wäre Josef Langhoff nicht in der Oberprima und weltkundlich bestens informiert gewesen, hätte ich ihm eine Gandhi-Biografie geschenkt.

Na los, sagte Sven, als wir ins Schulgebäude zurückkehrten, auf in den Klassenkampf!

Wir lachten, weil es uns guttat zu lachen und weil in wenigen Stunden das Wochenende begann. Ich hoffte, dass Josef Langhoff nicht hinter uns ging. Vorsichtshalber wickelte ich das RAF-Papier zu einer schmalen Rolle, sodass der Titel samt Grafik verschwand.

Mein Vater ist einmal in Münster als Student betrunken mit Ulrike Meinhof auf dem Rad gefahren. Sie vorn, er hinten.

Dass ich nicht lache, sagte ich.

Sie haben sogar zusammen das Neue Testament gelesen.

Wahrscheinlich auch betrunken.

Und gemeinsam fürs christliche Studentenblatt geschrieben, beharrte Sven. Ich kann dir die Artikel zeigen.

Ich winkte ab und sagte: Das Einzige, was mich interessiert, sind die Tremoloeffekte, die du heute deiner E-Gitarre abverlangen wirst.

Klar, sagte Sven, sei auf alles gefasst.

CRAZY HEARTS

Die Alte Ziegelei lag im Nirgendwo, wenn das Nirgendwo ein paar Hügel und Baumgruppen hinter abgeernteten Feldern war. Vergeblich suchte man Straßennamen. Wegkreuze ragten wie Relikte aus der Vergangenheit auf und Madonnen beteten in Schreinen. Kühe standen, von Fliegen umschwirrt, an Wassertrögen. Mit großen Augen sahen die Tiere uns an. Noch nie waren Menschen mit E-Gitarren und Verstärkern durch diese Gegend gefahren.

Vielleicht war die Alte Ziegelei ein Ort der Verbannung. Auf keiner Landkarte verzeichnet. Wir konnten in der Abgeschiedenheit den Lautstärkeweltrekord brechen, ohne jemanden in den Wahn zu treiben. Oder doch nur die Schafe, die als duldsame Wesen zwischen dottergelbem Löwenzahn lagen. Allerdings würde es schwierig, Deep Purple mit einer Anlage zu übertrumpfen, die sich wie Spielzeug ausnahm im Vergleich zum Equipment einer Band, die Stadien füllte.

Welttournee, murmelte Sven neben mir, während ich hinausschaute, wo Baumwurzeln den Asphalt sprengten. Unkraut spross durch die Teerdecke. Seine Mutter hatte uns Proviant mitgegeben, als reisten wir für immer oder doch für sehr lange Zeit in ein zivilisationsloses Gebiet. Wir würden überleben dank Schwarzbrot, Salzstangen und einer Dose mit Gebäck, das nach Zimt duftete.

Für Tim Felsing schien es eine Herausforderung, einen Bulli zu fahren, in dem fünf Menschen zwischen Verstärkern hockten. Dass nicht jedes Manöver nach seinen Vorstellungen verlief, gab er durch halblautes Fluchen zu verstehen. Dabei schwitzte er. Die Madonnen am Wegrand konnten froh sein, wenn es ihm gelang, nicht von der Fahrbahn abzukommen. Zu unserem Glück gab es nicht viel, was nach Gegenverkehr aussah. Zwei Bäuerinnen mit Kopftüchern auf uralten Fahrrädern. Auch wenn wir glaubten, dass sich hinter der nächsten Wiese ein Abgrund auftat, ging es doch wundersamerweise immer weiter und wir waren bereit, Tim Felsing als Ortskundigen zu vertrauen.

Sein Onkel hatte vergeblich versucht, die Ziegelei in ein Zentrum für Naturfreunde und Künstler zu verwandeln. Mit Workshops und Ateliers für Töpfer, Maler und Fotografen. Doch weder Botaniker aus Herne noch Landschaftsmaler aus Bochum waren gekommen. Niemanden hatte er innerhalb von fünf Jahren für seine Pläne begeistern könne. Inzwischen war Tims Onkel infolge eines Schlaganfalls gelähmt und gab nur noch unartikulierte Laute von sich. Sicherlich war es kein Trost für ihn, dass wir die ersten waren, die seine stillgelegte Ziegelei als Chance sahen.

Sven sagte, als gingen ihm ähnliche Gedanken durch den Kopf: Nicht jede Band muss aus London oder Liverpool kommen.

Nowhere land, summte sein Bruder Nico und zupfte ein paar Töne auf seiner Gitarre.

Es wird euch gefallen!

Will ich hoffen, sagte Patrick Ritter, der ganz und gar unentbehrlich war, weil er Schlagzeug spielte, und das wie kein anderer, den ich kannte.

Patrick Ritter hätte praktisch überall – oder doch fast überall – Schlagzeug spielen können. Vermutlich hatte seine Schwester, die am Folkwangkonservatorium Cello studierte, uns als die angehenden Stars der Rockszene angepriesen. Warum sonst sollte er mit Leuten wie uns durchs Niemandsland reisen? Genau genommen wussten wir nicht einmal, wer wir waren, und hätten allenfalls sagen können, was uns nicht missfiel: The Doors, Deep Purple, ELP, Brian Eno. Eventuell noch Queen. Alles, was wir aus dem Radio hörten, war im Prinzip schon wieder Vergangenheit. Am besten war es, etwas zu spielen, was es noch nicht gab, auch wenn wir zur Einstimmung Rock-Klassiker probten.

Svens Bruder sagte: Niemanden wird interessieren, wo wir herkommen.

Hauptsache, wir erobern die Top Ten! sagte Patrick.

Das wäre dann das Gegenteil von gut, oder?

Mir schien, dass die Chemie zwischen Sven Westerrode und Patrick Ritter noch nicht ideal war, zumindest funktionierte sie nicht wie im Schulexperiment, wo man durch die Zusammenführung zweier Substanzen einen neuartigen Stoff mit vorteilhafteren Eigenschaften bekam.

Tim Felsing bog in einen Pappelweg ein, an dessen Ende ein riesiger Schornstein aufragte. Er wäre für einen Schriftzug geeignet gewesen, obwohl es sicher komisch ausgesehen hätte, wenn auf einem Ziegelschornstein mitten in der Landschaft der Name *Crazy Hearts* gestanden hätte. Im Schritttempo fuhren wir an moosbewachsenen Ziegelstapeln und zerbrochenen Paletten vorbei. Am Wegrand rostige Loren. Aus einigen wuchsen junge Birken. Tim bremste vor der Halle, in die ein Güterzug hätte einfahren können. Es sah nach einer lang zurückliegenden Katastrophe aus, die das geschäftige Leben in der Ziegelei beendet hatte.

Mein Gott, sagte Patrick Ritter und zündete sich eine Zigarette an.

Tim rann der Schweiß von der Stirn, sodass er immer wieder mit dem Ärmel über sein Gesicht fuhr. Hinter dem grünen Rolltor öffnete sich ein staubiger Raum von imposanter Höhe, in dem sich die Wärme des Tages gestaut hatte. Neonleuchten hingen von der Decke. Durch die Glasfenster im Dach fiel ein breiter Lichtstreif auf einen alten Orientteppich. Ich wollte glauben, das violette Mandala darauf, wenn es eins war, würde uns bei unseren Proben mit der nötigen Eingebung versorgen. Eine schmale Galerie hätte prominenten Gästen als Loge dienen können. Bislang hörte man von dort nur das Gurren von Tauben.

Groß genug ist es, sagte Patrick.

War das deine Idee mit dem Teppich? fragte Nico.

Zu trinken gibt es im Kühlschrank, sagte Tim und deute auf einen Holzverschlag, wo zwei Bretter auf Ziegeln als Tisch dienten.

Was wollen wir mehr? fragte Sven.

Ihr müsst hier ja nicht wohnen, sagte Tim.

Auch die Chemie zwischen Tim und Patrick war noch nicht optimal, und es war fraglich, ob sie jemals musikalisch so zueinander fanden, dass ein unverkennbarer Stil entstand. Solange wir nicht in den Charts waren, mussten wir unsere Instrumente und Verstärker selbst durch die Halle tragen. Die Akustik war in jedem Fall besser als in Westerrodes Hobbykeller. Es klang eher nach Kirchenschiff als nach Holzvertäfelung. Obgleich ich wusste, dass mein Spiel nicht präziser wurde, wenn ich trank, nahm ich ein Bier von Tim entgegen.

Sieben Minuten dauerte *Light My Fire* in der Albumversion der Doors. Zwölf Minuten dauerte unsere Version, die jedem Gelegenheit gab, ein Solo einzubringen. Ich hatte einige Male die LP mit Ray Manzareks Orgelspiel gehört, doch setzte ich alles daran, keine Kopie zu liefern. In jedem Fall musste der Song in unserer Fassung um einiges jünger klingen als bei den Doors.

Tim Felsing sang nicht wie Jim Morrison, was in Ordnung war. Leider war er noch etwas von seiner Bestform entfernt. Das Auffälligste an seinem Gesangsauftritt war die angestrengte Art, wie er Schweiß aus seinem Gesicht wischte. Abwechselnd mit dem linken und rechten Ärmel, bis am Ende von *Light My Fire* beide durchnässt waren.

Patrick sagte so laut, dass jeder in der Gruppe es hören konnte: Irgendwie musste ich an einen Veteranen denken.

Tim starrte uns mit weit aufgerissenen Augen an.

Okay, sagte Sven, er übertreibt.

Sing doch mehr Kopfstimme, sagte ich.

Hauptsache, sagte Nico, du versuchst nicht, schön zu singen.

Schaut mal hier! Ich gab Tim den Text meines Hurricane-Songs und händigte den anderen die Blätter mit den Harmonien aus.

So, so, sagte Patrick, las ein paar Zeilen und sagte wieder: So, so.

Ich spielte die Melodie an und schaute zu Tim. Sagte: Und nach den Introtakten trittst du lässig an den Bühnenrand und singst deinen Text, du weißt schon, Hauptsache es klingt echt. Pain!

Sind da nicht ein paar Töne zu viel? fragte Nico.

Beim Refrain, sagte ich, könnt ihr die Hintergrund-Vocals übernehmen.

Ich wusste, dass Tim trotz seiner so widerstandsfähig scheinenden Statur ziemlich leicht aus der Fassung zu bringen war. Spätestens seit seiner zweiten Nichtversetzung nahm er Mittel, die für eine ausgeglichenere Stimmung sorgen sollten. Oder ihn vor seelischen Abstürzen bewahrten.

Sing einfach etwas mehr *crazy*, sagte Nico.

Leute, ich tue was ich kann, sagte Tim und pfriemelte eine seiner Medikamentenschachteln aus der Hosentasche. Drückte zwei Tabletten aus der Folie und spülte sie mit mehreren Schlucken aus seiner Bierflasche hinunter.

Was ist mit uns? rief Patrick.

Zeig mal, sagte Nico.

Klar, Leute, sagte Patrick, das brauche ich auch.

Er ließ sich die angebrochene *Pertofran*-Schachtel geben und presste für sich und jeden, der wollte, Tabletten aus der Folie. Was immer er sich davon versprach: ein Ideenfeuerwerk oder nie geahnte Höhenflüge. Keine Ahnung. Wenn Tim das Zeug tatsächlich benötigte, um nicht vor unseren Augen in Stimmungstiefs abzudriften, schien es mir alles andere als fair, dass wir es ihm wegnahmen.

Können wir bitte weitermachen? fragte Sven.

Okay, okay, sagte Patrick.

Ich wusste nicht, ob es die Harmonien oder der Text war, aber der Hurricane-Song lag Tim mehr als der Doors-Titel. Oder es war die ungestümere Rhythmik oder auch nur eine gehörige Dosis seiner Seelenmedizin. Wenn er schrillere Falsetttöne sang, klang er einprägsam, nicht mehr nach jemandem in Knickerbockern, sondern nach einem Sänger, dem man zuhören wollte. Musste. Beinahe – oder doch ein klein wenig – wie Freddie Mercury in *Killer Queen*. Oder wie Roger Hodgson von Supertramp. Dank *Pertofran*. Oder was sonst für die Intensität seiner Stimme verantwortlich war und ihr etwas unirdisch Schillerndes gab. Sven griff immer schneidendere Töne auf seiner Gitarre und setzte den Vibratohebel ein. Ließ sich von Nicos Bässen treiben. Während ich einige glitzernde Figurationen im Diskant spielte, die gleichsam die Stimme umrankten. Wenn ich so etwas wie inneren Schmerz spüren wollte, musste ich nur an Susannas Raubkatzenaugen denken. Selbst wenn ich wusste, dass sie mir nichts mehr bedeutete, rief der Gedanke an unseren Abschied ein Gefühl hervor, als stände ich in einem Aufzug, der aus den Wolken in ein Loch stürzte.

Wie findet ihr das, rief ich: *At the end of love you take the lift from heaven to hell?*

Passt, sagte Patrick.

Und das? *At the end of love your heart is smaller than a pearl that rolls into a ...* was heißt Gulli, Leute?

Sewer, sagte Sven.

Weiter, sagte Patrick und gab den Takt für den nächsten Song vor. Möglich, dass doch das eine oder andere Vorführbare bei unserem Spiel herauskam, vor allem wenn Tim mit seiner Falsettstimme in irre Stimmlagen vordrang. Es konnte niemandem entgehen, dass er litt. Nicht nur weil er kein Liebling der Lehrer war. Nicht einmal weil ihn düstere Stimmungen heimsuchten. Oder weil es ihn ungeheure Kraft kostete, jeden Ton aus seinem Körper zu pressen. Er litt einfach so, wie er dastand.

Ich schickte ihm grelle Dissonanzen und hoffte, dass er nicht vor Ende des Songs zusammenklappte. In der *Godden Stowe* jedenfalls hatte er einmal einen Zusammenbruch erlitten und war nicht mehr ansprechbar gewesen. Schuld waren nicht Tabletten oder Drimks gewesen, sondern eine Ursulinenschülerin, mit der ich ihn mehrmals gesehen hatte. Wenn sie sich umarmt hatten, war sie mir jedes Mal wie ein sehr zerbrechliches Wesen vorgekommen. Um ihn zu küssen, musste sie sich auf Zehenspitzen stellen, wobei sie wie eine Balletttänzerin aussah. Ich verstand, dass der Abstand für sie auf Dauer gegen eine Freundschaft sprach. Oder Tim war schlicht nicht ihr Typ gewesen, sodass sie ihn kurzerhand hatte sitzen lassen, woraufhin er sich in der *Godden Stowe* in einen abgründigen Rausch gesoffen hatte.

Es war nicht falsch, wenn er sang: *At the end of love you take the lift from heaven to hell*. Er heulte, stöhnte, wankte. Egal, wie gut oder schlecht es klang, es war so, dass man glaubte, er rang mit jedem Ton. Es interessierte ihn nicht, ob er am Ende kollabierte oder nicht. Nur seine Stimme war wichtig. Und unser Song.

Nico streckte nach dem letzten Akkord beide Daumen in die Luft und deutete eine Verbeugung in Tims Richtung an.

Auf Tim, rief Patrick und hob seine Bierflasche. Es war ein beruhigendes Zeichen, dass selbst er, der sich jede Band hätte aussuchen können, zufrieden schien.

Crazy, brüllte Tim und schleuderte seine Flasche wie ein Weitwerfer in die Halle. Dort, wo sie auf den Ziegeln zerschellte, quoll dichter Schaum zwischen den Scherben hervor.

Du erschreckst die Tauben, sagte Sven.

Crazy Hearts, schrie Tim und begann wie unter Strom zu tanzen. Crazy Hearts, wiederholte er. Wir lachten und ließen ihn tanzen, was immer es für eine komische Darbietung war. Keiner hätte in dieser Sekunde bestritten, dass er ein klasse Sänger und ein ziemlich miserabler Tänzer war.

Eine der bedeutendsten oder doch aufwändigsten Anschaffungen, die meine Eltern sich je geleistet hatten, war eine schwarze Sitzgarnitur aus Leder. Sie füllte die Hälfte des Wohnzimmers aus und konkurrierte mit der Schrankwand. Was die Front mit ihren Läden, Klappen und Fächern in der Vertikalen war, waren Sessel und Couch in der Horizontalen. Es schien ein Kräftemessen zwischen Höhe und Breite, Nützlichkeit und Komfort. Die straffen Sesselpolster erinnerten an Waben einer prallen Luftmatratze. An den Nähten hingen Stoffzungen, auf denen *Echt Leder* stand. Was sie nicht verrieten: Das Leder war selbst im Sommer so kalt, dass man bei einer Berührung schauderte. Ließ man sich in die Polsterfülle sinken, hatte man das Gefühl, auf nachgiebige Art in Gewahrsam genommen zu werden.

Wir saßen wie viel zu kleine Menschen in einer zu großen Polstergarnitur: mein Vater, mein Bruder und ich. Meine Mutter hatte nicht ihre Stola um die Schultern gelegt, um sich vor der Kälte des Leders zu schützen. Sie sah uns nicht in den schwarzen Polstern und schenkte sich keinen Tee ein, sondern zog das Alleinsein auf ihrem Schlafzimmerstuhl vor.

Mein Vater sagte aus dem Ledersessel heraus: Ich verstehe das nicht. Er sagte es mehr zu sich als zu uns und schüttelte den Kopf. Die Miene meines Bruders zeigte keinerlei Regung. Mein Plan wäre es gewesen, ein paar Songs zu hören oder

Beethoven zu spielen, solange ich nichts an der Situation ändern konnte. Stattdessen musste ich das Kopfschütteln meines Vaters ansehen, wobei ich mich fragte, ob es möglich war, dass er es vergessen hatte. So wie man vergaß, dass man ein trauriges Gesicht machte oder grinste. Es gab in der Appassionata knifflige Passagen, die ich hätte üben können. Anstatt im schwarzen Lederpolster zu sitzen und über das Kopfschütteln meines Vaters nachzudenken, das zu keinem Ergebnis kam oder allenfalls nach endlosen Minuten zu einem Satz wie: Ich verstehe das nicht.

Keinen anderen Satz konnte man so oft guten Gewissens und vollkommen glaubhaft wiederholen. Dazu kamen Varianten, geringfügige Modifikationen, die einer Steigerung oder Generalisierung gleichkamen. Wie etwa: Kein Mensch kann das verstehen. Oder: Wie soll das jemand begreifen? Am Ende kehrte mein Vater zuverlässig zur Grundvariante zurück. Mein Bruder prüfte verstohlen seine Fingernägel. Ich strich über das glatte Leder und sah uns alle drei tiefer in die Polster sinken. Je tiefer ich sank, umso bedrohlicher kamen mir Schrankwand, Kronleuchter und Gummibaum vor. Irgendwann würden wir zu bewegungslosen Wesen mutieren, durch deren Adern kein Blut mehr floss, sondern flüssiges Metall.

Mein Bruder sagte nach einer geschätzten halben Stunde ins Kopfschütteln meines Vaters hinein: Ich glaube, eine Kur könnte etwas bewirken.

Neulich, sagte mein Vater, hat Herr Jablonski erzählt, dass sie am Heggenkamp auf der Bank gesessen habe, allein, nur einen Regenschirm habe sie dabei gehabt, obwohl die Sonne schien. Sie hätte ihn nicht erkannt und einfach geradeaus geschaut, als er sie angesprochen habe.

Ich kann mich natürlich um die Formalitäten kümmern, sagte mein Bruder.

Eine Kur? wiederholte mein Vater.

Dort gibt es Fachleute, sagte Paul.

Und manchmal, sagte mein Vater, ist alles wie weggeblasen.

Sie lacht. Als wäre nichts gewesen.

In einem seltsamen Anflug von Optimismus rief er in den Raum: Morgen kann alles schon wieder ganz anders sein!

Weder die monumentale Schrankwand noch der Gummibaum noch ich glaubten ihm so richtig. Ich überlegte, welche Substanz es war, die durch unsere Adern floss, wenn es kein Blut war. Etwas Bleiernes vielleicht. Oder Quecksilber. Ein ätzendes Schwermetall, das unser Herzmuskel durch den Körper pumpte. In der Luft hingen klebrige Spinnweben, die sich über die Lippen legten. Ich atmete so flach es ging. Es machte wenig Sinn, dass mein Vater Details schilderte, die wir selbst kannten. Sogar besser kannten als er, der die meiste Zeit arbeitete und erst kurz vor der *Tagesschau* zurückkam. Vermutlich arbeitete er umso mehr, je schweigsamer meine Mutter wurde. Oder umgekehrt: Meine Mutter wurde umso schweigsamer, je mehr mein Vater arbeitete. Am Ende bestand das Leben meines Vaters nur noch aus Arbeit und das Leben meiner Mutter nur noch aus Abwesenheit.

Immer noch schüttelte mein Vater seinen Kopf. Ich hatte im Grunde nichts gegen sein Kopfschütteln, das, wie seine Ratlosigkeit, ein dauerhaftes Phänomen war. Es bedeutete nicht mehr, als dass alles gesagt war. Soweit alles gesagt sein konnte. Niemandem gelang es, die Stille, in die meine Mutter sich zurückzog, zu durchdringen. Was immer man an Fragen, Bitten oder Wünschen äußerte. Man konnte mitteilen, das Wetter sei herrlich und es bestehe kein Grund zur Betrübnis. Man konnte sich wünschen, dass ein Abgesandter der höchsten Instanz mit Glorienschein auftauchte und durch bloßes Handauflegen den Bann brach. Natürlich konnte man auch rufen, dass es ein Schrecken sei. Eine Katastrophe. Man konnte jemanden, der in der Stille saß, an die Schulter greifen, als wolle man ihn aus der Starre wecken.

Es war gut, dass mein Vater hier und jetzt den Kopf schüttelte. Er hätte für den Rest seines Lebens den Kopf schütteln können, und mein Bruder und ich wären irgendwann, nach zwei

Stunden oder drei Tagen, aufgestanden und davongeschlichen, hätten meinen Vater kopfschüttelnd in der wuchtigen Ledergarnitur zurückgelassen, um das zu tun, was wir auch sonst taten, Verabredungen treffen oder Ideen nachhängen, wir hätten uns die Haare wachsen lassen und Bier getrunken, während mein Vater seinen Kopf geschüttelt und meine Mutter stumm auf ihrem Stuhl gesessen hätte. Ich dachte daran, dass mein Vater, hätte er früher schon den Kopf geschüttelt, nie außer sich geraten wäre und nie etwas in die Stille gerufen hätte, was an düstere Familiendramen erinnerte. Doch wenn er angenommen hatte, dass Drohungen, gleich welcher Art, meine Mutter aufrütteln oder auch nur beunruhigen könnten, hatte er sich getäuscht. Egal, was er rief, es hatte den gleichen Effekt, als hätte er gerufen: Ich hole Kamillentee. Oder: Es regnet Gold. *Ich hole die Axt* oder *Ich hole Kamillentee* waren für meine Mutter keine Sätze, die sich unterschieden. Und obwohl mein Vater sogleich hätte einsehen müssen, dass der Einfall mit der Axt nicht erfolgversprechend war und nichts an der Haltung meiner Mutter änderte oder sie gar auf der Stelle aus ihrer Schwermut holte, lief er schon mit Riesenschritten in Richtung Keller, nochmals rufend, er hole die Axt, während meine Mutter mit weltverlorenem Blick dasaß, ganz gleich, ob mein Vater die Axt holte oder Wasser in Wein verwandelte, es spielte keine Rolle, und ich fragte mich, wie mein Vater aus der aberwitzigen Nummer wieder herauskommen wollte, denn spätestens, wenn er ohne Axt aus dem Keller zurückkehrte, würde sich seine Drohung als leere Drohung erweisen. Überhaupt: Wie sollte er mit einer Axt ins Schlafzimmer stürmen, wo die Welt nur gedämpft über einen feinen Teppichflor aus Velour Einlass fand? Wo die glattgestrichene Tagesdecke in Blau und die Spiegelkommode zum Ambiente einer friedvollen Szenerie gehörten, in der die Zeit stillstand? Wo der gold-grüne Eau-de-Cologne-Flakon einen Hauch Luxus verströmte? Und was hätte er, wenn er wider alle Vernunft ins Schlafzimmer gestürmt wäre, mit der Axt tun wollen? Ich hatte großen Respekt vor der Axt und hätte sie nie in die Hand genommen, als könnte schon das Anheben ein Unheil heraufbeschwören. Während ich reglos dastand, unschlüssig wartete, fiel es mir schwer, an einen dramatischen Verlauf zu glauben. Genau wie meine Mutter, die ungerührt das 4711-Fläschchen betrachtete, das wie ein unverrückbares Requisit auf der Kommode glänzte. Mein Vater kehrte nicht zurück. Weder mit noch ohne Axt. Viel später am Abend, als wir am Küchentisch saßen, fragte er: Und wie war's heute in der Schule? Okay, sagte ich. Na, das freut mich! Du kannst dir nicht vorstellen, wie mich das freut, sagte er und tauchte sein Messer ins Rübenkrautglas, drehte es darin und ließ die klebrige Masse auf sein Schwarzbrot sinken.

Obwohl ich schon nicht mehr damit gerechnet hatte, dass mein Vater jemals aus seiner Nachdenklichkeit herausfand, seufzte er unversehens und sagte: Es hilft ja alles nichts. Keiner widersprach. Wir atmeten auf, als er die Nachrichten einschaltete und Karl-Heinz Köpcke mit wohltuender Sachlichkeit sagte: Hier ist das *Erste Deutsche Fernsehen* mit der *Tagesschau*. Immerhin geschah in der Welt Schlimmeres als bei uns zwischen Schrankwand und Spiegelkommode. Anschläge, Hungersnöte, Massenkarambolagen. Was dagegen war die Weltverlorenheit meiner Mutter? Es folgte ein Bericht über ein Erdbeben in der chinesischen Stadt Tangshan mit Zehntausenden von Opfern. Als sei selbst meinem Vater das zu viel, schaltete er um, und wir hörten Karel Gott, der mit Gitte ein Duett sang: *True Love*. Natürlich hätte ich mich längst davongemacht, wenn es möglich gewesen wäre, aber es gab eine stille Übereinkunft, die es nicht erlaubte, sich an solchen Abenden vorzeitig davonzuschleichen.

Da es längst Zeit gewesen wäre, den Abendtisch zu decken, rief mein Vater in einem Ton, der aufmunternd klingen sollte: Wie wäre es mit einem Eis? Es war Sommer, keine Frage, und sicher hatte niemand Lust auf ein ausgiebiges Essen. Selbst Karel Gott und Gitte hatten in ihrer Schlagerseligkeit kein Interesse an einem Abendessen. Ich ließ sie unbehelligt singen und ging hinunter in den Keller, wo, nicht weit von der Axt entfernt, die Gefriertruhe stand. Beim Griff in die Kälte sah ich zur Axt. Rührte sie nicht an, sondern zog die Eispackung hervor, auf der in goldenen Lettern *Königsrolle* stand.

Mein Vater schnitt dicke Scheiben von der Eisrolle, als handle es sich um Graubrot. Unsere Löffel klackten auf dem Porzellan, wenn wir aus der gefrorenen Masse Stücke schälten. Die Portionen waren so kalt, dass es an den Zähnen schmerzte. Weil es uns zu lange dauerte, bis das Eis schmolz, kauten wir es. Mein Vater war als erster mit seiner Portion fertig und schnitt sich eine neue Scheibe von der *Königsrolle*.

Mein Bruder sagte: Ich glaube, ich würde dann noch ein paar Dinge für die Uni erledigen.

Wenn es niemanden stört, sagte ich, spiele ich noch etwas Klavier.

Wenn ich euch nicht hätte, sagte mein Vater.

Als ich die Klaviernoten vor mir sah, fühlte ich mich mit einem Mal zu müde, um auch nur die Hände zur Tastatur zu heben. Ich starrte ins aufgeschlagene Notenheft und durch die Noten hindurch, schaute aufs Klavier, auf dem ich nicht spielte, blickte durch die Mauern bis in den Garten, wo die Mondsichel sich im Geäst der Schattenmorellen verfing, sah bis zur Alten Ziegelei und vom Schornstein der Alten Ziegelei bis zum Antiquariat, wo immer noch Staub in der Luft wirbelte und Rebecca und ich uns küssten. Mir fielen Sätze ein, die ich variierte, während ich an das Quecksilber in unseren Adern dachte. Die Worte verbanden sich mit Takten und Harmonien, die zwischen Dur und Moll schwebten und nach einer Licht und Schatten durchlaufenden Modulation klangen.

WISH YOU WERE HERE

Lieber Ben! Von meinem Schreibtisch aus schaue ich auf eine Linde, von der ich nicht weiß, ob es eine Sommer- oder Winterlinde ist. Du könntest natürlich fragen, was spielt das für eine Rolle? Im Sommer ist es eine Sommer- und im Winter eine Winterlinde. Nichts einfacher als das. Wenn mein Lexikon recht hat, wird das Jahr 2976 die Linde noch in voller Pracht erleben, da sie mehr als tausend Jahre alt werden kann, während von uns jede Spur verschwunden sein wird. Es sei denn, wir wären berühmt wie Mozart. Oder Einstein. Oder Jimi Hendrix, würdest Du sagen.

Die Sommerlinde hat, wie es heißt, einen dichteren Wuchs als die Winterlinde. Ihre Blätter sind samten und auf beiden Seiten gleich grün. Gut so. Es gibt, wie Du Dir denken kannst, nicht nur Bäume in dieser Stadt. Ich sehe alles aus ungewohnter Perspektive, nicht mehr aus dem Bredeneyer Parterre, sondern auf Augenhöhe mit den Baumkronen. Als würde ich in der Straße residieren. Vom vierten Stock kann ich bis nach Amerika schauen.

Amerika ist ein kleines Café, in dem es Donuts in allen Farben gibt, auf glitzernden Goldfolien und in knallbunten Kartons, die in Disneyland produziert sein müssen. In einer anderen Auslage kannst du Marzipan in Gestalt von Dinosauriern und Engeln bestaunen. Ich lebe also ein bisschen gefährlicher als in Essen.

Was die Verführungen angeht. Es gibt alles, was es in Bredeney nicht gab. Ich könnte in dieser Gegend alte Gemälde mit idyllischen Landschaften oder exklusive Schals aus Wildseide kaufen. Oder Knöpfe aus Horn, Holz oder Metall für den Rest meines Lebens. Wer weiß, was es alles noch zu- und aufzuknöpfen gibt. Wenn Du mich besuchst, kann ich Dir die schneeweiße Beethovenbüste im Schaufenster des Salons *Ludwig* zeigen, der für exquisite Haarmoden wirbt. Die 32 Klaviersonaten wirst Du dort allerdings nicht finden. Selbst ein See liegt in der Nähe, wenn auch durch eine Straße in zwei nierenförmige Hälften getrennt. Er ist nur ein Tümpel im Vergleich zum Baldeneysee und für Segler ungeeignet. Du wirst sehen! Bisher denke ich seltener ans Spazierengehen oder Schwimmen als an meinen neuen Lehrer, dessen Unterrichtsstil mir einiges abverlangt. Wenn ich am Instrument sitze, kann ich in den Innenhof schauen. Tatsächlich steht dort eine Kastanie, an der schon stachlige Früchte hängen und die mir im nächsten Frühjahr verrät, ob sie weiß oder rot blühen wird.

Ich schwärme nicht länger von dieser Stadt, denn es wäre gemein, weiter von ihr zu schwärmen, während Du *am Ende der Welt* lebst, um es mit Deinen Worten zu sagen. *Am Arsch der Welt* müsste ich eigentlich schreiben, wenn ich es mit Deinen Worten sage. Ich wäre – glaub mir – lieber in Essen als in Berlin, obwohl es hier schöner ist. Wie absurd. Dass man so paradox sein kann, muss ich von Dir gelernt haben. Denn ganz nebenbei: Was war das bei Meyerbeer? Berechnung? Entgleisung? Oder beides? Der Versuch, jede Erwartung in unerhörter Weise zu unterlaufen? Es kann nicht *wirklich* gewesen sein. Mir ist bis heute unbegreiflich, wie Du am letzten Tag auf diese Form des Überfalls kommen konntest, nachdem Du Wochen und Monate hast verstreichen lassen. Dazu fällt mir ein Wort ein, das meine Tante aus Essen-Kettwig in solchen Fällen als eine Art Superlativ von *verrückt* benutzt hatte: ballaballa! War es verrückt? Ballaballa? Verwegen? Oder doch einfach nur blauäugig?

Jetzt jedenfalls ist die Entfernung zwischen uns größer, als sie hätte sein müssen! Sie ist nicht mehr nur eine Entfernung zwischen Freunden, zwischen guten oder sehr guten Freunden, sie ist eine Entfernung zwischen Dir und mir! Wärest Du nicht kopflos hinter mir hergelaufen und ins Meyerbeer-Antiquariat gestürmt, wären wir beide jetzt zufriedener. Freunde eben, Freunde zwischen denen fünfhundert Kilometer liegen. Und die bestbewachte Grenze, die es gibt. Man reist durch ein anderes Land, von dem man nicht weiß, ob es ein anderes Land ist. Immerhin sind dort Berühmtheiten wie Schumann und Bach geboren. Oder Mendelssohn! Meine großen Lieben. Clara Wieck! Jetzt also sitzt Du in Deinem Am-Ende-der-Welt-Kaff oder meinetwegen in Deinem Am-Arsch-der-Welt-Kaff und ich in dieser abgeschnittenen Stadt, in der es so wunderbare Bäume gibt, von denen ich nicht weiß, ob sie zur Sommer- oder Winterkategorie gehören. Das scheint mir überhaupt das Auffallendste. Straßen und Alleen mit prachtvollen Bäumen. Hier lässt man zu, was in Essen als Luxus gelten würde. Selbst Mozart war schon da! Stell Dir vor. Aber Zufriedenheit ist sicher das Schlimmste, was wir uns antun könnten, oder? Zufriedenheit wäre für mich die letzte Haltestelle vor dem Nichts. Jetzt, lieber Ben, bin ich ganz und gar unzufrieden und ich bin beinahe glücklich darüber, dass ich ganz und gar unzufrieden bin. Denn ich weiß ja, dass Deine Kopflosigkeit im Grunde auch meine Kopflosigkeit hätte sein können und dass ich alles, was Du von Dir aus getan hast, zugelassen habe. *Zugelassen habe* schreibe ich und denke: *gewünscht habe*.

Reden wir lieber wieder über die Linden. Der einfachheithalber. Ich kann mich an bewährte Pflanzenbücher halten, die genauestens erklären, worin sich Winter- und Sommerlinde unterscheiden. Sind die Blätter gezackt oder eher gerundet? Auf der Unterseite heller als auf der Oberseite? Wie viele Früchte trägt die Dolde? Mein neuer Lehrer heißt Karol Zajac und ist halb so alt wie Professor Dammthal, also gut dreißig, vor zwei Jahren aus Warschau gekommen und schon dreimal in der Philharmonie aufgetreten. Brahms, Chopin, Chatschaturjan. Nicht schlecht, oder? So oder so, ich lebe gefährlich. Also die Kopflosigkeit. Oder war es ein Plan? Wäre ich ehrlich, müsste ich zugeben, dass meine Unzufriedenheit nur ein Gran vom Unglücklichsein entfernt ist. Jetzt bin ich also ohne Dich hier und kann – und das tue ich nur Deinetwegen – jeden Abend Pink Floyd auflegen. Ich schätze Pink Floyd nicht unbedingt und höre *Wish You Were Here* nur, weil ich weiß, dass Du *Wish You Were Here* magst und vielleicht zur selben Zeit hörst wie ich.

Dass ich nicht alles liebe, was Du liebst, ist schon mal gut, oder? Ich liebe aber ja auch Schubert und Bartók. Ganz so schlimm finde ich auch Pink Floyd nicht. Es ist mir nur zu selbstverliebt. Ein bisschen gespreizt. Ich bin mir relativ sicher, dass in tausend Jahren, wenn die verdammte Linde immer noch vor diesem dann nicht mehr existierenden Fenster aufragt, niemand mehr Pink Floyd kennt. Anders als Mozart. Du Idiot! Pardon. Deine Kopflosigkeit kann einen um den Verstand bringen. Ich hoffe, sie bringt auch Dich um Deinen Verstand, den Du ja offenbar nicht hast. Das solltest Du nämlich wissen, ich bin ohne Ende rachsüchtig und wünsche Dir all die Empfindungen, die Hochgefühle und mehr noch die Verwirrtheit, die ich Dir zu verdanken habe. Bleiben wir sachlich. Ich denke, die Linde vor dem Fenster ist eine Sommerlinde. Warum? Nicht weil Sommer ist, sondern weil Blätterober- und unterseite gleich grün sind, wie zu sehen ist, wenn der Wind in die Baumkrone fährt. Ich verstehe ja, dass es in Situationen, wo es um mehr als Freundschaft geht, nicht auf rationales Handeln ankommt. Warum also nicht am letzten Tag ins Antiquariat Meyerbeer stürmen und eine Art Liebeserklärung abgeben, die mir den Boden unter den Füßen wegzieht? Gab es vorher nicht zahllose Gelegenheiten, weitaus bessere Momente, über uns zu sprechen? Darüber, was sich zwischen uns anbahnte. Oder bestand Deine von mir bis dahin unentdeckte Liebeserklärung darin, dass wir zusammen rauchten? Und meine, dass ich mir das Rauchen angewöhnt habe? Dir zuliebe? Oder nur, weil ich wie jeder vernünftige Mensch auch an meiner Unvollkommenheit arbeiten muss? Du hast die Unvollkommenheit schon mit Deinem Auftritt zur Vollkommenheit gebracht. Gut, ich übertreibe. Aber ich bin erschöpft, lieber Benni, mir ist zum Heulen zumute. Scheiße Scheiße Scheiße Scheiße Scheiße Scheiße. *Wish you were here!* Die Sommerlinde also, ich will nicht den Eindruck erwecken, ich würde in dieser berühmten Allee wohnen, die *Unter den Linden* heißt und im Übrigen ja auf der anderen Seite der Stadt liegt, sodass ich sie nicht einmal kenne. Bislang. Der Bezirk, in dem ich gestrandet bin, heißt Charlottenburg, was auch wieder irreführend ist, denn es gibt keine Burg, sondern nur ein Schloss. Doch was interessiert mich ein Schloss? Ich brauche ja im Prinzip kein Schloss. Mir reichen die Linden vor dem Fenster, die Kastanie im Hof und irgendwo dazwischen ein Klavier und ein Schreibtisch zum Briefeschreiben.

Ich frage mich, ob es überhaupt eine Chance für ein funktionierendes Miteinander gibt. Unsere Vorlieben sind nicht nur verschieden, sondern konträr. Oder täusche ich mich? Beethoven gegen Mozart. Improvisation gegen Notengläubigkeit. Schwanenteich gegen Schauspielerei. Roter Bahnbus gegen grünes Fahrrad. Unberechenbarkeit gegen Besonnenheit. Aber dann fällt mir glücklicherweise ein, dass wir beide über das Gleiche lachen. Über Dammthal. Beispielsweise.

Wärest Du hier, könnten wir jetzt über *uns* lachen. Über uns im Meyerbeer-Antiquariat. Ich gebe zu, ich habe nicht weniger Schuld als Du. Es war übrigens nie mein Plan, ohne Zwischenstopp von Raum 311 nach Hause zu fahren. Das Antiquariat stand fest auf meinem Nachmittagsprogramm. Allzu lang hätte ich es in den schlecht gelüfteten Antiquariatsräumen nicht ausgehalten, während ich mir unter anderem Ravels *Vales nobles et sentimentales* anschaue. Vorn im Notenheft das schöne Zitat: *Das köstliche und immer neue Vergnügen einer nutzlosen Tätigkeit*. Ich hatte darauf gehofft, der Bösendorfer bliebe eine Weile frei, weil ich die Ravel-Walzer gern darauf ausprobiert hätte. Kein anderes Instrument scheint mir für die klangmalerischen Effekte besser geeignet. Ich wäre also – mit Ravels Walzern – zur Musikschule zurückgekehrt. Wäre mit etwas Glück wieder im Raum 311 gelandet und Du hättest mich nach Deinem Unterricht ein weiteres Mal an meinem Spiel erkennen können. Auch wenn Du keinen Ravel von mir erwartet hättest. Spätestens unten im Hof hättest Du ja mein Rad gesehen. Ich hätte Dich natürlich auch vor dem Überaum oder im Flur abfangen können. Welch ein Zufall! Wir wären uns also auch ohne Deine Kopflosigkeit noch einmal begegnet. Alles Weitere bleibt Spekulation. Vermutlich wäre ich nicht so leichtsinnig gewesen, Dich zu küssen. Dumm! Oder auch nicht.

Linden wachsen nicht einfach aufs Geratewohl und ohne Feinde in den Himmel! Niemand wird einfach so tausend Jahre alt! Es gibt laut Pflanzenbuch eine Menge Fraß- und Saugschädlinge. Ein Befall mit der Kleinen Lindenblattwespe führt dazu, dass die Blätter verdorren und sich einrollen. Ich bilde mir ein, vom Fenster aus einige solcher Stellen in der Krone zu erkennen. Die Wespe, die in Wahrheit eine schleimige Schnecke ist, frisst das Blattgewebe von der Unterseite, sodass nur die verbräunende Oberhaut stehen bleibt. Nicht sehr schön. Ein winziges Insekt zerstört die ganze Pracht. Typisch! Als wir nach geschätzten fünfzehn Minuten, in denen wir uns eigentlich nur geküsst hatten, endlich aus dem staubigen Antiquariat ans Licht traten, kam ich mir vor wie eine Schauspielerin, die auf eine Lichtbühne tritt. Okay, lass mich etwas sentimental sein: Du neben mir, wir beide im Licht, das uns empfing, als seien wir gerade aus dem Staub des meyerbeerschen Antiquariats geboren. Gäbe es eine Romantikzensur, hätte sie jetzt einschreiten müssen. Doch es gibt keine Romantikzensur in Charlottenburg. Ein Glück! *Wish you were here.*

Wir könnten zusammen die von der Lindenblattwespe befallenen Linden retten! *Wish you were here*. Wir könnten um den Lietzensee spazieren und nach dem Dorf Ausschau halten, das dort, der Legende nach, versunken ist. Wir könnten in der

Philharmonie einen Komponisten hören, den wir beide nicht mögen, damit wir nicht mit unseren unterschiedlichen Vorlieben in Konflikt kommen. *Wish you were here*.

Ich würde sogar Pink Floyd für Dich auflegen. Jimi Hendrix hören. Zu Deep Purple tanzen. Wobei ich zugeben muss, dass mir die Rhythmen zu monoton und die Riffs zu simpel sind. Magst Du das wirklich? Ich sehe dazu bekiffte Jungs mit sehr langen Haare hammerartig mit dem Kopf nicken. Kniend. Als beteten sie einen in Stein gehauenen Guru an. Diese Wucht aus den Boxen. Du musst hochgradig schizophren sein, um das Verstummen in Beethovens letzter Sonate und gleichzeitig Deep Purples *Machine-Head*-Getöse zu mögen. Da bin ich Dir unterlegen.

Was uns übrigens verbindet – sieh an! –, dass wir beide ganz und gar von Mythen und Himmelsmächten unabhängig sind. Mein Vater ist Physiker und glaubt an das Messbare. Ans Nachweisbare. Er glaubt natürlich auch an die Musik. Sie lässt sich ja messen. Ist Physik. Plus Empfinden. Gern zitiert er den Einstein-Satz, ohne Musik sei die Welt sinnlos. Ich finde, dass der Musik diese Exklusivität nicht zusteht, man könnte jede Kunst und natürlich die Liebe anstelle der Musik setzen. Oder einen anderen Menschen. Du kannst sogar jedes Wort der Welt nehmen und der Satz bleibt wahr. Du kommst doch? Sonst muss ich noch so oft *Wish You Were Here* hören, bis die Nadel stumpf ist und die Plattenrille ausgeleiert. Bis die Lautsprecher auseinanderfallen. Bitte!!! Ich gehe dann mal hinüber, schaue der Kastanie beim Windfangen zu und leiste meinen Mozartdienst am Flügel ab. Du kennst diesen elenden Versuch, jeden Lauf mit einer Konzentration zu spielen, als müsse alles wie aus Glas gegossen klingen. Bitte, bitte, bis bald. *Wish you were here*. Aus unzumutbarer Ferne, Rebecca.

FROZEN HERO

Langsam kroch die Dämmerung herab und verwandelte die Weiden in gespenstische Gestalten. Sie kamen mir wie stille Leidensgefährten vor. Kein Blatt rührte sich in den Zweigen. Neben mir redete Mick und pausierte nur, wenn er aus seiner Bierflasche trank. Es war ein Irrtum, dass ich nicht zu Hause an einem neuen Song schrieb, sondern mir am Schwanenteich die nie wahrwerdenden Träume anhörte. Irrsinnige Hoffnungen füllten die Sommerabendluft. Es war ein Irrtum, dass ich nicht Schubert oder Chopin spielte, sondern mit den anderen rauchte, von Myriaden von Mücken umschwirrt. Es war ein Irrtum, dass ich der Dämmerung bei der Arbeit zusah.

Dennoch fühlte ich mich beinahe wohl. Es spielte keine Rolle, dass die anderen nicht müde wurden, Träume zu spinnen. Ich gönnte Mick die abenteuerlichsten Trips, gratulierte Vickie und Kuddel zur großen Schwanenteichliebe und verlieh Jörg im Stillen den Titel eines *Mr. Universe*, wenn es ihn für Leute gab, die täglich Bierkästen stemmten. Ich wünschte Theresa und Ulf, dass sie auf ihrer Honda den Kontinent erkundeten. Ich wünschte allen alles und konnte mir dennoch Beglückenderes vorstellen, als lauwarmes Bier zu trinken und Träumern zuzuhören. Oder als mit diesem oder jenem Mädchen etwas für einen Abend anzufangen, was vielleicht Trost gewesen wäre, doch wusste ich nicht, ob ich Trost wollte oder brauchte. Die

Entfernung zu Rebecca blieb – was immer um mich her geschah – unzumutbar.

Was gab es Unsinnigeres, als auf die Teichfläche zu starren, die zu trübe war, um die eigenen Vorstellungen zu spiegeln? Es war ein Irrtum, dazusitzen, auch wenn es mir an anderen Orten nicht besser ergangen wäre. Ich dachte an einen Song, in dem die Menschen wie an unsichtbaren Fallschirmen aus den Wolken fielen und nicht wussten, dass ihre einzige Rettung darin bestand, im Sturz alles aufzugeben. Egal, wo ich war, war ich nie da, wo ich gern gewesen wäre, dachte ich, logischerweise, und selbst wenn es ein perfektes Leben gegeben hätte, wäre es nicht das ersehnte gewesen.

Kuddel und Vicki schwankten wie auf den Bohlen eines Schiffes, während sie versuchten, zu den Rhythmen aus Jörgs Kassettenrekorder zu tanzen. Einige applaudierten. Johlten. Aus dem vibrierenden Lautsprecher schallte *Moviestar*. Kuddel strahlte wie ein Glückskind. Mit kleinen Gesten signalisierte Vickie, dass sie nichts Romantisches im Sinn hatte. Verdrehte ihre Augen, wenn Kuddel sie anschaute. Küsste an ihm vorbei, wenn er die Lippen spitzte. Es war komisch gedacht und selbst Kuddel lachte, doch es sah letztlich aus, als sei es unter ihrer Würde, für seine Freundin gehalten zu werden.

Ich zog eine neue Flasche aus dem Bierkasten, weil es für alles andere zu spät war, und stimmte mit Mick und den anderen in den *Moviestar*-Refrain ein. *You think you are a movie star*, hallte es durch die dämmrige Idylle, wo nur Wasservögel uns hörten. Jeder sang in einer anderen Tonart und jeder hätte sich in den Zeilen wiedererkennen können. In Musikshows sah man Harpo als Stummfilmstar nach Chaplin-Vorbild mit einer Weste und einem Spazierstock, den er singend an der Hand herumwirbelte. *Frozen hero*, krächzte Kuddel, *your words are zero*. Mick sprang auf und schmetterte mit schrillem Pathos: *Your dreams are vanished into dark and long ago!* Parodierte er sich? Oder wusste er nicht so genau, was er sang? Glaubte er nicht mehr an seine Träume, an die fernen Erdteile, die es zu erobern galt? Am Ende schrumpften seine Hoffnungen vom Welteroberungsmaß auf Tümpelgröße. Blieb von ihnen nichts als Schlick. Zugegeben: Auch am Schwanenteich konnten sich Wunder ereignen, wenn sich die Seerosen in der Sonne öffneten und ihre zartrosa Blüten in einer unwirklichen Vollkommenheit leuchteten, als wären sie eine Botschaft aus tropischen Regionen. Es gab sie wirklich, wie immer es möglich war, dass sie aus der Schwanenteichbrühe hervorsprossen, und ich wünschte für Mick, dass seine Träume eines Tages ähnlich wie die leuchtenden Seerosen aufgingen.

Noch während Vickie und Kuddel sich unter Beifall als Tänzer versuchten, fuhr ein gelber Opel vor. Bremste scharf. Staub wirbelte auf. Der Motor dröhnte wie der eines Rennwagens. Es war unmöglich, *nicht* hinzuschauen. Mindesten so komisch wie die beiden Rallyestreifen auf der knallgelben Karosserie war der Fuchsschwanz, der an der ausgezogenen Antenne baumelte. Das Fahrerfenster wurde heruntergekurbelt und aus dem Innern des Autos schepperte in Konkurrenz zu Harpo *Lady Bump*. Musikalisch keine Offenbarung, aber Disco pur: *It's a Saturday night and I feel alright*. Alex streckte seinen Kopf aus dem Fenster und drehte die Lautstärke höher, um Harpos *Moviestar* mit seiner *Saturday-Night*-Botschaft zu übertrumpfen. *So come on, let's dance*, schallte es aus seinem Kadett. Es war schwer zu entscheiden, welcher Song mehr Stimmungspotenzial hatte. In Lippfelds Disco jedenfalls schlug Penny McLeans Tanznummer sensationell ein, sodass die Bereitschaft, sich mit Versuchen im Bumptanz zu blamieren, von Woche zu Woche wuchs.

Mick war als erster am Wagen und riss mit einem theatralischen Jubelschrei die Fahrertür auf. Alex sprang heraus und streckte seine Faust in den Schwanenteichhimmel. Zur Begrüßung lieferten sich Mick und Alex einen Schaukampf, wobei sie sich gegenseitig auf Brust und Oberarm boxten. So musste es aussehen, wenn sich zwei Freunde, die zusammen Denkwürdiges erlebt hatten, nach Jahren wiedersahen. Auch wenn die beiden sich erst seit Micks Jim-Beam-Auftritt in der Klinik kannten. Ich war erleichtert, dass Alex nicht meinetwegen kam. Der showmäßige Überschwang ihrer Begrüßung ging an Glanz und Getue über das hinaus, was wir uns an Freundschaftsgesten leisteten. Vor zwei Jahren, selbst noch vor einem Jahr, hätte ich Mick meinen besten Freund genannt, obwohl an Gemeinsamkeiten nicht mehr geblieben war, als dass wir Deep Purple oder Pink Floyd hörten. Und weg wollten. Weit weg. Nur irgendwie anders.

Mister Bump! rief Mick.

Ich gab Alex die Hand und sagte: Wie schön, dass du uns von Harpo erlöst.

Und? fragte Alex. Tippte mit dem Zeigefinger gegen meine Stirn: Alles wieder klar?

Ich hoffe nicht, sagte ich.

Alter, sagte Mick, Hirn defekt, Leber kaputt, was seid ihr für Krüppel.

Er schwenkte ein wenig seine Hüften zu *Lady Bump*, ließ sich aber nicht zu einer echten Parodie hinreißen. Seitdem alle wussten, dass wir eine Band auf die Beine gestellt hatten und nicht nur Luftnummern spielten, hatte seine Luftgitarrenshow an Magie verloren. Wirkte plötzlich wie ein Teenager-Spleen. Natürlich konnten wir ihn nicht als Vortänzer in die Gruppe holen, obwohl genau genommen auch Bobby Farrell von Boney M. mehr für die Show zuständig war als für die Musik.

Weitgehend unbeachtet von den anderen war auf der Beifahrerseite Alexanders Schwester Lina aus dem Auto gestiegen. Mit ihr schlüpfte ein Schatten aus dem Wagen. Tommy, rief Lina, bei Fuß. Doch Tommy jagte aufgeregt zwischen unseren Beinen herum, um diesen oder jenen wahllos anzuspringen, als wären wir eine große Familie. Ich fragte mich wieder einmal, wie Lina und Alex zusammenpassten, abgesehen davon, dass sie Geschwister waren. Alex in einem ärmellosen Shirt mit seinem wundgekratzten Anker am Oberarm, sie, als sei sie als Mannequin zu einem Event geladen, wobei sie sich gleichwohl verirrt haben musste und versehentlich am Schwanenteich gelandet war. Ich war mir allerdings nicht sicher, ob ihre leuchtend rote Bluse ein Kunstfaserprodukt von der Stange oder ein Designerstück war. Dazu trug sie eine schwarze Hose, die sich von den Knien abwärts weitete und mit ihrem breiten Schlag die Fußknöchel umspielte. Ihr Haarband hielt Schläfen und Stirn frei, während das Haar als lockere Welle auf die Schultern fiel. Ich glaubte nicht, dass Lippfelds Friseurmeister eine so kunstvolle Frisur hinbekommen hätte, egal wie viele Diplome an den Wänden seines Salons hingen.

Da Lina niemanden außer mir kannte – und keiner sie offenbar anzusprechen dachte –, kam sie zögernd auf mich zu. Gab mir die Hand.

Na, fragte ich, Langweile?

Schön hier, sagte sie.

Ich hätte sie mir an einer Rezeption vorstellen können, so wie sie es raus hatte, Höflichkeit mit Distanz zu verbinden. Oder es war einfach nur das, was man in Lippfeld gute Manieren nannte. Bei ihren Krankenhausbesuchen hatte sie uns allen von dem Gebäck angeboten, das sie für ihren Bruder mitgebracht hatte. Später hatte sie mit Interesse die Bücher auf meinem Nachttisch betrachtet. Überraschender noch war für mich ihre Bitte gewesen, einmal in das Buch *Als das Wünschen noch geholfen hat* von Peter Handke hineinschauen zu dürfen. Ich hätte ihr gern abgeraten, da ich fürchtete, es könne enttäuschend sein, nicht das Märchen vom Froschkönig darin zu finden.

Geht so, sagte ich

Na ja, sagte sie leise, du hast recht. Eigentlich nur ein Teich mit einer kaputten Mühle.

Sehr nüchtern wirkt dein Bruder nicht, sagte ich.

Nüchtern ist Alexander nie, sagte sie.

Auch eine Möglichkeit, sagte ich.

Und du?

Wie ... und ich?

Was machst du so?

Tommy, rief Alex, komm her!

Das nahe Aufflattern der Enten verriet, dass Tommy ins Schilf gestürmt war. Ich hätte mir gewünscht, dass dort ein geschupptes Monster auf Lauer läge, das alle Geschöpfe verschlang, die dem Teich zu nahe kamen.

Lina sagte: Alexander hat erzählt, dass du dir öfter Notizen machst.

Muss ein Irrtum sein, sagte ich.

Dass du aufschreibst, was so am Tag passiert, sagte sie unbeirrt, oder wo du dich mit wem getroffen hast.

Erzählt er das? fragte ich und dachte, dass ich bei nächster Gelegenheit ins Tagebuch schreiben würde: Der belangloseste Abend meines Lebens endete mit dem belanglosesten Gespräch meines Lebens. Und: Gott hat einen Grad von Schönheit geschaffen, der mich befangen macht. Diese Schönheit kann unverhofft am Schwanenteich auftauchen, sich Lina nennen und völlig sinnfreie Fragen stellen. Du solltest lachen oder dich in ein Kaninchen verwandeln oder wenigstens etwas Blamables erzählen, denn zu verlieren hast du so oder so nichts!

Ich verfasse alles in einem Geheimcode, sagte ich.

Es muss ein ziemlich einfacher Code sein, sagte sie, denn Alexander hat mir alles verraten.

Glaube ich jetzt nicht, sagte ich und zog an meiner Zigarette.

Was du so machst und wer dir gefällt, sagte Lina. Sperrte ihr Wimpern weit auf und griff ungefragt meine Camel, um sie an die gespitzten Lippen zu führen.

Wer mir gefällt?

Ja, klar, sagte sie.

Niemand, sagte ich.

Interessant, sagte Lina.

Wer weiß, was ich über dich schreiben werde, sagte ich.

Du weißt doch, sagte Mick zu Lina, er ist ein bisschen plemplem seit seinem Sturz.

Kann es sein, dass dein Bruder mit Popeye, dem Seemann, verwandt ist? fragte ich.

Eigentlich, sagte Lina, kriegt jeder Ärger mit mir, der schlecht über Alexander spricht. Aber bei dir mache ich heute vielleicht eine Ausnahme.

Habe ich gar nicht verdient, sagte ich.

Aus dem Autoradio drangen nach wie vor Penny McLeans Discoklänge. Man musste kein Experte sein, um den Eindruck zu gewinnen, dass sich die Songs nicht großartig unterschieden, ob sie *Lady Bump, Devil Eyes* oder *1-2-3-4-Fire* hießen. Während neben uns einige spaßhaft ihre Hüften schwenkten, bewegte Lina nur leicht ihre Füße in den Sandalen. Ein Pluspunkt.

Es gefällt dir nicht? fragte sie.

Wäre ich vernünftig gewesen, hätte ich natürlich gesagt, klar, es gefällt mir, denn was sprach dagegen, mit einem zukünftigen Model zu sprechen oder gar zu tanzen oder was auch immer anzustellen. Doch ich war einfach nicht schlau genug zu sagen, es gefällt mir, sondern sagte: Taubheit wäre in dem Fall eine Gnade Gottes.

Ach? sagte Lina.

Wir wären dann mal kurz weg, rief Mick in die Runde.

Ich will mit, rief Kuddel.

Du bist hier als Kasper unabkömmlich, sagte Mick.

Musst du gerade sagen, sagte Vickie.

Na los, rief Mick und ehe ich noch begriff, was er meinte, legte er seinen Arm um meine Schulter und zog mich zum Wagen.

Mal langsam, sagte ich.

Nobody leaves his best friend in misery, sagte Mick.

Es rührte mich ein wenig, dass er die Best-Friends-Karte aufspielte. Am Ende machte es vermutlich keinen Unterschied, ob ich am Schwanenteich hockte und *Movierstar* hörte oder mit Mick, Lina und Alex zu Bumprhythmen durch die Nacht fuhr, wohin auch immer. Es war gleich, welchen Irrtum ich wählte, und vielleicht war der Irrtum, in Alexanders Kadett zu steigen, der angenehmere, wenn auch riskantere, da Mick mich auf die Rückbank neben Lina schob, die man sicher bald auf Covern von Hochglanzillustrierten würde bewundern können, selbst wenn sie jetzt nur neben einem unbekannte Keyboarder in einem frisierten Opel saß. Es war ein Irrtum, dass ich es reizvoll fand, ihre Nähe zu spüren und einen Hauch ihres Parfüms aufzufangen, das mich an flirrende Farben eines Impressionisten erinnerte.

Den Zurückbleibenden blieb nur der Blick auf die Staubwolke, die hinter uns aus dem Schotter stieg. Natürlich hätte ich in diesem Augenblick zu Lina sagen können, wie kunstvoll ihr Haar sei, das als sanfte Messingwelle auf ihre Schulter sank. Was von ihren Ohren zum Vorschein kam, schien so fein strukturiert, dass man an eine intovertierte Muschelform denken konnte. Dazu die weißen Perlen. Ich war darauf gefasst, dass dies die letzten Eindrücke meines Lebens waren, ehe wir in einem Graben oder vor einem Baum landeten.

Alex fuhr mit einem Tempo, das uns bewies, wie klein Lippfeld war. Praktisch waren wir sofort am anderen Ende des Ortes. Vorbei am *Café Rinaldo*, am Elektrohandel *Vengels* und am Wirtshaus *Zur Linde*. Alexander musste glauben, dass es in Lippfeld um diese Uhrzeit keine anderen Autos gab. Jedes Mal wenn aus den überforderten Lautsprecherboxen der eingängige Refrain des *Lady-Bump*-Hits dröhnte, wippten Mick und Alexander auf ihren Sitzen, was sich spürbar auf die Federung des Wagens auswirkte. Ich wunderte mich, wie entspannt ich im Fonds saß und wie entspannt ich blieb, als Lina meine Hand griff und sie ein bisschen drückte. Dabei unterstellte ich, dass ihre Absicht allein darin bestand, mich zu beruhigen.

Ich sah hinaus in die beginnende Nacht, in der nur wenige Lichtpunkte existierten. Am Ortsausgang warf das Aralschild als Abschiedsgruß einen blauen Schimmer auf den Asphalt. Wir bogen scharf rechts in den Kapellenweg, der geradlinig an Hallen und Lagern vorbeiführte. Ich vermisste die idyllische

Kapelle, die der Straße den Namen gab. Richtigerweise hatte jemand *Dead End* auf ein Hallentor gesprüht. Wer die Gegend kannte, wusste, dass hinter den letzten Gewerbebauten, wo eigentlich nur noch Brache zu erwarten war, eine kleine Siedlung lag. Alex bremste so scharf, dass ein Ruck unsere Körper nach vorn warf.

Danke auch, sagte Mick.

Wir standen im gelben Licht einer Peitschenleuchte vor der schmucklosen Fassade eines Reihenhauses. Schräg gegenüber ahnte man die Umrisse des Betonwerks, auf dessen Gelände Trucks mit Röhren standen, die ein Erwachsener aufrecht durchqueren konnte. Auf den Klingelschildern las man Namen, die kaum einer aus dem Dorf aussprechen konnte, Namen von Leuten, die zwar hergezogen waren, um in den Fabriken zu arbeiten, aber sonst nichts mit Lippfeld zu tun hatten oder haben sollten. Seitdem Mick und sein Bruder ihr Elternhaus hatten räumen müssen, hausten sie in der Kapellenwegsiedlung, wo der Name Palmer geradezu fremd wirkte neben Yilmaz und Özkan. Vor allem störte hier niemanden das Chaos in Micks Räumen oder was er darin an milden oder weniger milden Rauschmitteln deponierte. Wir warteten im Wagen, während er etwas Taugliches für die Nacht holte, ein Pülverchen oder das Stück einer brüchigen Schuhsohle, das er als *Grünen Afghanen* ausgab.

Es war ein Irrtum, dass ich *Lady Bump* hörte und Lina sich an mich lehnte, um irgendwas in mein Ohr zu flüstern. Ich spürte, wie mein unruhiges Herz mit den Beats aus den Lautsprechern konkurrierte. Es war das Ende aller Irrtümer, dass ich zur Klinke griff, etwas Unsinniges wie *Bin gleich wieder da* rief und die Tür aufstieß, um in die gelb beschienene Nacht hinauszustürmen. Vorbei an den Straßenlaternen und den Klingelschildern von Palmer, Yilmaz und Özkan in Richtung *Dead End* oder Kapelle, falls es sie gab, es war egal wohin, Hauptsache fort, und wenn ich lang genug lief, gleich in welche Richtung, würde ich eines Tages oder eines Nachts vielleicht dort ankommen, wo ich zu sein wünschte. Wo immer es war.

2

Was sich als Landschaft bis zum Horizont erstreckte, kam mir wie ein Bild der Erschöpfung vor. Der Wind musste auf fernen Kontinenten unabkömmlich sein. Kein Hauch, der durch die Baumkronen strich. Kühe lagen reglos unter dem Hochsommerblau. Strommasten wachten über gelbbraune Felder. Der Zug glitt unbeeindruckt dahin. Die Dörfer, in denen sich nichts rührte, schienen vergessene Kulissen zu sein. Nur die Ampeln wechselten im Takt ihre Lichter.

Das Rentnerpaar mir gegenüber öffnete eine Plastikbox, die in unserem Haushalt *Tupperdose* hieß, und zog zwei halbe Brote hervor, die im Abteil schlagartig einen Geruch nach Leberwurst verbreiteten. Ich konzentrierte mich auf mein Tagebuch und begriff, dass eine Zugfahrt etwas Unzumutbares haben konnte. Selbst wenn ihr Zielort Berlin hieß. Zu zweit hätten wir die Unzumutbarkeit halbiert. Wie leicht wäre es gewesen, sich mit jemandem, der neben einem saß, wortlos zu verständigen. Im Einvernehmen die Augen zu verdrehen. Wie fantastisch wäre es gewesen, mit Rebecca hinter vorgehaltener Hand zu lachen, obwohl am Ende die Beherrschung schwergefallen und die Heiterkeit aus uns herausgebrochen wäre. Wegen zwei halber Leberwurstbrote in einer Frischhaltebox.

Immerhin würde ich ihr später von den Unzumutbarkeiten der Fahrt berichten können. Davon, wie sehr ich sie neben mir vermisste. Wie die Landschaft ihr Grün an die Hitze abgab. Wie das Abteil sich mit Wärme auflud und die Luft sich in etwas Atemlähmendes verwandelte. An ihrer Seite zu sitzen, hätte bedeutet, ein sinfonisches Konzert zu erleben, das niemand außer mir hörte.

Ich schloss die Augen, um die Sonne auszublenden, und sagte unhörbar ins Dunkel hinein: Die Linden vor deinem Fenster werden genauso leiden wie die Landschaft, die der Zug durchquert. Wahrscheinlich weitaus mehr. Wegen der Lindenblattwespe. Natürlich würde ich sie mit dir bekämpfen, denn es wäre schade, nur noch nacktes Geäst in den Charlottenburger Himmel ragen zu sehen. Was ich mich mit zunehmender Entfernung frage, warum es mir bisher nicht gelungen ist, mich von der Schwanenteichwelt zu verabschieden. Von den sich allabendlich berauschenden Dorfteichrebellen. Ich fürchte fast, dass ich für immer dazugehören werde, obwohl die Fremdheit von Mal zu Mal wächst. Als sei ich fehl am Platz, sodass ich aus Fahrzeugen springe, in denen Discobeats aus dem Radio tönen. Glaub mir, nichts ist schöner als ein Irrweg durch die Nacht, allein unter den verstreuten Sternen, die keine Übertrumpfungsgebärden kennen.

Das Ehepaar goss dampfenden Kaffee aus einer Thermoskanne in zwei kleine Plastikbecher. Die jüngere Frau, von der mich der leere Mittelsitz trennte, las in einem Buch, dessen Titel ich nicht erkennen konnte. Ich war erleichtert, dass nicht nur thermoskannenkaffeetrinkende und leberwurstbrotessende Rentner nach Berlin fuhren, sondern auch bunt gekleidete Menschen mit Halstüchern, langen Ohrringen und Lederarmbändern, Menschen in einem Alter, in dem Janis Joplin ihre Laufbahn und ihr Leben im Landmark Hotel beendet hatte. Die Frau im Janis-Joplin-Alter trank nicht und aß nicht, sie redete nicht, doch sie lebte, sonst hätte sie nicht die Seiten ihres Buches gewendet.

Ich knipste die Sonne wieder aus und sagte zu Rebecca: Du hast recht, mein Auftritt bei Meyerbeer war ein Überfall, aber kein ganz missglückter, wie du zugeben musst. Wenn du dir eine Form der Panik vorstellen kannst, die nicht unmittelbar ausbricht, sondern allmählich anschwillt, dann weißt du, was in mir vor sich ging. Von den ersten Tönen, die ich aus Raum 311 von dir hörte, bis zu meinem Eintritt in Professor Dammthals Unterrichtszimmer. Nein, noch darüber hinaus, als ich auf dem Klavierstuhl saß und Dammthal mir seine Hand auf die Schulter legte. Erst dann brach die Angst hervor, als wirbelte ich in einen Abgrund. Was daraufhin folgte, geschah blindlings: dass ich Hals über Kopf aus dem Raum rannte und die Straßen entlangstürmte bis zum Antiquariat, wo ich dein Rad entdeckte. Wo ich für Konfusion sorgte und das Programm deines geordneten Nachmittags durchkreuzte. Nach unserem geglückten Abschied, den du *Überfall* nennst und den ich *meine Rettung* nenne, war ich zu nichts mehr zu gebrauchen. Doch ich fühlte mich, als hätte ich die Gravitation besiegt. Der Bahnbus und die in ihrem Missmut erstarrten Fahrgäste konnten mir nichts anhaben. So wenig wie der Geruch nach Schweiß, Plastik und Benzin. Mein Herz spielte verrückt. Im Innern war ich ausgelassen bis zur Albernheit. Jede und jeder konnte sehen, dass ich mit dem beglückendsten Erlebnis meines Lebens zurückfuhr. Zu Hause rannte ich ans Klavier, donnerte ein paar Appassionatatakte und ging zu einer wilden Rockrhythmik über. Dabei spielte ich mit den Unterarmen und Ellbogen. Setzte Cluster und probierte Glissandos, all das, was man an Spieltechnik braucht, um klassische Perfektion durch Vehemenz zu ersetzen.

Es musste die Hitze sein, die mich mit jedem Zugkilometer benommener werden ließ, bis es mir kaum noch gelang, die Lider zu heben. Ich redete ins Dunkel, als könnte Rebecca all das interessieren: Diese Improvisations- und Experimentierlust, sagte ich, ist letztlich das, was mich hindert, in der Klassik ganz heimisch zu werden. So brillant am Instrument zu werden wie du. Eine bis ins kleinste Detail festgeschriebene Musik ist mir im Grunde fremd. All die tausend Töne jedes Mal richtig zu spielen, beunruhigt mich. Macht mich zum dauernden Prüfling.

Sobald ich für mich oder mit anderen improvisiere, lösen sich die Fesseln, und ich weiß, es ist egal, ob ich diese oder jene Variante spiele. Nicht dass die Töne nicht richtig sein müssten, doch es ist eine Stimmigkeit mit Variablen. Eine nicht unabänderliche Korrektheit. Warum muss es immer nur *eine* Version geben? Du kannst lauter oder leiser spielen oder ein Tempo entgegen den Erwartungen wählen, aber am Ende darf kein Ton fehlen oder dazukommen. Dein Mozart ist für mich trotz allem kein Perfektionismus, sondern Zauberei: Dir gelingt es, dich mühelos in die Strukturen hineinzudenken und darin deine spielerischen Vorstellungen zu entfalten. Mir fehlt der Glaube an die variationslose Niederschrift. An die Endgültigkeit. An ein So-und-nicht-anders. Oder es mangelt mir einfach an Fantasie, aus einer Beethovensonate per Interpretation ein neues Stück zu machen.

Unser Abschied, der ein Anfang war, hat mich an diesem Nachmittag zu den verrücktesten Spielideen inspiriert. Und das beweist mir, wie richtig es war, dir zu folgen. Wie unvorstellbar armselig dieser Tag verlaufen wäre, wäre ich nicht aus Dammthals Unterrichtsstunde gestürmt. Es wäre der verfehlteste Tag meines Lebens gewesen, so wurde er zum Glückstag. Und ich weiß – auch aus deiner Sicht war es kein Unglück. All der Staub konnte uns nichts. Mit jeder Stunde wird sich die Fahrt trotz lähmender Hitze mehr und mehr wie ein Triumph anfühlen. Hoffe ich! Du wirst mich am Taumel erkennen, mit dem ich aus dem Zug steige. Am Herzschlag, der die Bahnsteigansage übertönt.

Die Grenzer hinter Helmstedt traten so auf, als bestehe ein begründeter Verdacht, es werde gegen Vorschriften verstoßen. Gegen welche, das würde sich beim Blick in die Tasche oder in die Gepäckablage herausstellen. Oder während eines kurzen Verhörs. Oder bei der Konfiszierung meiner Tagebuchkladde. Die Frau im Janis-Joplin-Alter musste ihren Handkoffer öffnen. Das ältere Ehepaar schaute ungeniert zu, als säße es in der ersten Reihe eines kleinen Theaters. Da die Frau ihr Buch auf den Sitz zwischen uns legte, konnte ich den Titel lesen: *Erica Jong. Angst vorm Fliegen.* Wenn das *WAZ*-Feuilleton recht hatte, war der Titel in den USA ein Bestseller und zugleich ein literarischer Skandal. Mir gefiel es, neben der Leserin eines skandalösen Romans zu sitzen.

Der Koffer meiner Nachbarin enthielt Dutzende Kästchen und Dosen und ein Set filigraner Werkzeuge. Auf Anweisung des Grenzers musste sie mehrere Schachteln öffnen, in denen Perlen, Ringe und metallene Verschlüsse zum Vorschein kamen. Der Grenzer nickte zu allem sehr ernst. Beim vierten oder fünften Kästchen, dessen Deckel klemmte, sprangen drei, vier Perlen heraus und rollten über den Abteilboden. Der Grenzer sagte: Schöne Weiterreise. Und schob die Abteiltür zu. Ich beugte mich vor, da ich zwei der Perlen entdeckt hatte, die unter dem Sitz des Ehepaars gelandet waren. Offenbar hoffte ich, der Frau mit dem *Erica-Jong*-Buch zu zeigen, dass ich das Vorgehen der Grenzer als anmaßend empfand und nichts gegen ihre offensichtliche Leidenschaft für Perlen einzuwenden hatte.

Ach, sagte sie, lass nur.

Schon tauchte ich mit den beiden Perlen auf.

Sehr lieb, sagte sie.

Die dritte Perle fand ich unter den Heizrippen, die vierte blieb verschollen. Die Frau reichte mir ein Kärtchen, das den Namen eines Geschäfts oder Ateliers trug: *Azuras Perlenwelt.* Sollte ich das Kärtchen als Einladung verstehen, in ihrem Laden auf Perlensuche zu gehen? Es wäre immerhin der erste verheißungsvolle Job meines Lebens. Die Frau wandte sich wieder ihrem Roman zu, den die Grenzer nicht konfisziert hatten, ebenso wenig wie meine Kladde. Oder die Zeitung des Herrn uns gegenüber. Zum Lesen hatte er eine Brille hervorgeholt, durch deren Gläser die Welt vermutlich nur mit wachsender Skepsis betrachtet werden konnte. Er hatte die Zeitung mit einer Umständlichkeit entfaltet, als komme ihr etwas Respektables zu. Die Titelschlagzeile, die zu plakativ war, als dass man ihr entkommen konnte, lautete: *Russland hungert!* Wahrscheinlich schmeckte das Leberwurstbrot angesichts solcher Schlagzeilen noch besser. *Vom Elend der Planwirtschaft* war der Nachrichtenkommentar überschrieben.

Als die ersten Vororte heranrückten, schloss ich vorsichtig mein Tagebuch, in das ich nichts geschrieben hatte. Ich hätte notieren können, wie das Gefühl der eigenen Bedeutungslosigkeit wuchs, wenn man von Lippfeld nach Berlin fuhr. Ich dachte an einen Meteoriten, der durchs Weltall glitt, ehe er sich der Erde näherte. Was ihn dabei erwartete, war bekannt – völliges oder teilweises Verglühen bis hin zum Aufprall im ewigen Eis oder zum Sturz in den Ozean. Irgendwo am Grund blieb er als herzgroßer Fremdkörper für alle Zeiten unentdeckt. Wenn er nicht zuvor im vollständigen Verglühen ein schönes Schauspiel am Nachthimmel entfaltet hatte. Okay, ich saß nur im Zug, der eher langsam als schnell von einer Landschaft aus vertrockneten Wiesen in eine aus grauem Stein hinüberglitt. Der mit etwas Verspätung in Häuserschluchten eintauchte und nur noch ruckelnd über Brücken und quietschend durch Tunnel vorankam. Nichts glühte, brannte, verdampfte.

Es war eitel zu glauben, das Leben oder zwei Tage des Lebens, die nur eine Lebenswinzigkeit waren, könnten missglücken. Vielleicht gab es Meteoriten, die trotz aller sich an ihnen entzündenden Kraft den Erdboden unversehrt erreichten.

THE SPEED OF LOVE

Ich war in einem Film, der alles an Möglichkeiten zuließ. Rebeccas Hand winkte aus der Menge und ich winkte zurück. Sie rief etwas, was nach einer Begrüßung klang. Die Frau im *Janis-Joplin*-Alter sagte: Viel Glück! Und war mit ihrem Perlenkoffer im Strom der Reisenden verschwunden. Der Bahnsteig sah aus, als wäre alle Welt nach Berlin gereist. Jede Sekunde streifte mich ein Ellbogen und jede zweite traf ein Koffer meine Knie. Im Durcheinander fiel zum Glück niemandem auf, dass ich kein Weltreisender war und nicht wusste, wohin mit meiner Aufregung, nur weil ich ein Mädchen traf, das Mozartsonaten spielte und über Sommerlinden schrieb.

Rebecca strahlte, als fiele alles Licht von der gläsernen Front gebündelt auf ihr Gesicht. Dass wir uns küssten, ohne einen Augenblick zu zögern, war ein beruhigendes Zeichen. Keine Ahnung, ob ein Lidschlag oder Ewigkeiten zwischen der dämmrigen Stille des Antiquariats und dem Gedränge am Bahnsteig lagen.

Es war die längste Zugfahrt meines Lebens, sagte ich so leichthin wie nur möglich. Natürlich hätte ich ganz andere Dinge sagen können, wenn ich an mein Tagebuch dachte, doch im Zweifelsfall war es vielleicht klüger, sich auf Sätze zu konzentrieren, die nicht mit dem Alltag kollidierten. Die sich ohne große Theatralik an einem Bahnsteig unter Lautsprechern sagen

ließen, aus denen eine unbeirrbare Stimme Gleis- und Zug-
nummern verlas.

Du bist eine halbe Stunde zu spät, sagte Rebecca.

Pardon, sagte ich und musste zugeben, dass auch sie mit
ihrer Bemerkung souverän jede Romantikzensur unterlief.

Viel Gepäck hast du nicht, sagte sie.

Ich fragte: Wofür brauche ich Gepäck?

Mir reichte das Blinzeln in ihrem Gesicht, in dem ich aus der
Nähe jede Sommersprosse unterscheiden konnte. Ohne dass
ich sie hätte zählen müssen, war ich mir sicher, es fehlten einige. Was nur daran liegen konnte, dass Rebecca häufiger am
Klavier saß als am Ufer eines Sees.

Heute Abend jedenfalls, sagte ich, kannst du deiner Pink-
Floyd-LP eine Pause gönnen.

Nichts lieber als das, sagte sie.

Dabei hätte es mich nicht gestört, mit ihr gemeinsam *Wish
You Were Here* zu hören.

Möchtest du zuerst die Lindenblattwespe sehen, fragte
Rebecca, mein Zimmer oder die Stadt?

Na, sagte ich, die Lindenblattwespe läuft nicht weg! Was
unlogisch war, denn auch ihr Zimmer lief nicht weg und die
Stadt schon gar nicht.

Die Rolltreppe zum Vorplatz teilte die Menge der Reisenden
in einen Strom von Auf- und Abwärtsfahrenden, die alle in dem
Moment, da sie getragen wurden, nicht mehr so unglücklich
aussahen. Auf einem rostigen Schild stand: *Rechts stehen,
links gehen*. Bereitwillig stellte ich mich hinter Rebecca. Uns
reichte das Tempo der Treppe. Vor mir schimmerte die silberne
Spange, mit der Rebecca ihr Haar hochgesteckt hatte. Mir gefielen die züngelnden Sonnenflammen darauf. Sacht strich ich
mit den Fingern über ihren Nacken und glaubte, dass sie, geradeaus schauend, lächelte. Ich wusste nicht genau, ob Roll-
treppen etwas mitzuteilen hatten und mir gegenüber redselig
waren. Falls die Bahnhofsrolltreppe sprach, tat sie es in einem
sehr monotonen Takt. Ich war mir sicher, kein Herz schlug

schneller als meins. Als Rebecca ihr Gesicht zu mir drehte, hörte ich die Treppe sagen: Wer sich auf meinen Stufen nicht küsst, verschenkt die schönste Gelegenheit des Tages. Es gelang mir, Rebeccas Lippen zu berühren, ehe die stählernen Stufen uns ins Freie entließen.

Gleich hinter dem Bahnhof gab es einen Ort, dessen Ruhm fast legendär war und bis Lippfeld reichte. Ich war mir nicht sicher, ob wir genau dort vorbeigingen, ich wusste nur, dass es nach allem roch, was es an Ausscheidungen gab. Die schäbigen Eisenpfeiler, an denen der Rost nagte, schienen vom Urin unzähliger hoffnungsloser Gestalten geätzt. Jemand, den ich auf Achtzehn schätzte, saß vor einer gekachelten Wand zwischen Scherben und hatte eine leere Pommesschale vor sich aufgestellt: *Habe Hunger und kein Geld.* Ich stoppte. Es fiel mir schwer, solche an die Welt adressierten Sätze zu überlesen. Jedes Mal wenn ich mit meinem Vater durch eine belebte Straße gegangen war, wo vor Kaufhauseingängen Bettelnde saßen, hatte er mir ein paar Groschen zur Weitergabe zugesteckt. Ich kramte ein Markstück aus meiner Tasche.

Nicht alles, was man liest, muss stimmen, sagte Rebecca.

Manches ist zu traurig, um nicht wahr zu sein, wollte ich sagen, aber es war vernünftiger zu fragen: Wo führst du mich überhaupt hin?

Warte ab! sagte Rebecca.

Sie zeigte hierhin und dahin, und mir fiel die Rolle zu, alles interessant oder toll zu finden und immer dorthin zu schauen, wo ihre Finger meine Aufmerksamkeit hindirigierten. Im schattenlosen Licht kamen ihre Arme mir blass vor. Ihr schwarzer Rock ließ ihre helle Haut ungeschützt erscheinen. Vor allem die Knie. Ihre Füße steckten in Stoffschuhen, die eher ballett- als straßentauglich waren.

Besonders wichtig war ihr ein Gebäude, an dem ein Messingschild mit der Aufschrift *Hochschule der Künste* glänzte. Immerhin hatte die Frontseite drei Eingangstüren. Natürlich ging es nicht um die Eingänge, sondern um ihren Lehrer Karol

Zajac, der hier unterrichtete. Mir fehlte das grüne Rad an der Fassade. Und die folkwangsche Freitreppe, die so viel von mir wusste.

Ich nickte und ließ Rebecca von Karol Zajac schwärmen, dessen Namen sie überraschend melodisch aussprach und der sie inzwischen auch über Mozart hinaus zu Debussy und Ravel angeregt hatte. Das einzige Handicap sei – für beide gleichermaßen –, dass er während des Unterrichts rauche und mit Hustenanfällen zu kämpfen habe. So könne er jederzeit eine Arabeske von Debussy ruinieren.

Ich sollte ihn zum Arzt schicken, sagte Rebecca und lachte. Gut, ich lachte mit. Verstand, dass sie die Schwärmerei nicht übertreiben wollte, damit ich nicht gleich am ersten Tag aufgrund mangelnden Selbstwertgefühls aus dem Fenster sprang.

Debussy, sagte ich, toll.

Und dort irgendwo, sagte Rebecca und wies zu den Bürofassaden, sitzt mein Vater und grübelt über die ungelösten Rätsel der Physik.

Ich sah mehrere Fontänen auf einem Patz, der etwas größer war als Lippfeld, und dachte, dass Rebeccas Vater als Physiker den Druck berechnet hatte, der nötig war, so viel Wasser in den Himmel zu schießen. Wäre nicht Samstag gewesen, hätte er sicher aus einem der Hochhäuser auf uns herabschauen können. Er hätte gesehen, dass ich Rebeccas Hand nahm, auch wenn es viel zu heiß war, um Hand in Hand zu gehen. Am Ende musste ich ihm danken, dass er seine Forschungen nach Berlin verlegt hatte, denn wäre Rebecca nicht fortgezogen, hätte ich sie nicht im Antiquariat Meyerbeer geküsst. Und wenn ich sie nicht an genau dem Tag geküsst hätte, hätte ich sie möglicherweise nie geküsst.

Siehst du, sagte Rebecca, die ersten Linden! Wir können ihnen bis zum Schloss folgen. Noch sind sie grün. Und da drüben gibt es ein Pianohaus, das ich dir nicht zeigen werde, weil dort kein einziger Steinway oder Blüthner steht – nur seelenlose Apparate. Angeblich hat Swjatoslaw Richter ja schon einmal auf einem Yamaha gespielt und das Instrument gerühmt, weil es ein so tolles Pianissimo möglich macht! Pah!

Ich behielt für mich, dass auch Patricks Schlagzeug einen Yamaha-Schriftzug trug. Es war ein tadelloses Schlagzeug. So fantastisch wie die Keyboards. Ich hätte Rebecca von einem Yamaha-Modell erzählen können, das kein gewöhnliches Instrument mehr war, sondern ein Synthesizer, ein Tonstudio mit Tasten, eine Weltneuheit! Es lag mir fern, Loblieder auf Yamaha zu singen. Oder Pianohäuser zu besichtigen. Auch wenn ich gern mein altes Ibach gegen ein Yamaha-Fabrikat getauscht hätte, egal ob es eine Seele hatte oder nicht.

Professor Dammthal, sagte ich, hat neulich erklärt, wenn er Swjatoslaw Richter höre, wisse er, dass er im Grunde seinen Beruf verfehlt habe. Ein professioneller Laie bleibe. Ich kann dir leider nicht sagen, auf welchem Fabrikat er Richter gehört hat.

Das sollte ein Lehrer nicht sagen.

Er ist vielleicht nur realistisch.

Findest du ihn so schlecht?

Verglichen mit Swjatoslaw Richter ist vermutlich jeder Klavierlehrer Mittelmaß, sagte ich. Ein professioneller Laie! Ich hielt an, lachte und flüsterte dicht an Rebeccas Ohr: Einmal abgesehen von Karol Zajac!

Sehr witzig, sagte Rebecca.

Du, sagte ich und entzog ihr sanft meine schwitzende Hand, ich gönne dir den besten Lehrer der Welt.

Als ginge es darum! Rebecca bremste ihren Schritt und kreuzte ihre Arme theatralisch vor der Brust. Unter ihrem Blick konnte man sich wie etwas ziemlich Missratenes vorkommen. Wie ein Instrument, das im Innern Schaltkreise und Generatoren ohne Magie besaß. Sie wusste, dass ich niemanden unter den klassischen Spielern mehr schätzte als Swjatoslaw Richter, vor allem wegen der rhythmischen Brillanz seines Spiels, das jede Apparatur in eine Art beseeltes Wesen verwandelte. Richter war in jedem Fall ein Phänomen, ein Besessener, der, laut

Dammthal, unter dem Flügel seines Lehrers geschlafen hatte, und das nicht nur, weil es ihm Umwege zum täglichen Studium ersparte, sondern weil ihm die Mittel für eine eigene Unterkunft gefehlt hatten. Je mehr ich mir Richters Genialität vergegenwärtigte, umso banaler fand ich, dass Rebecca Karol Zajac überhaupt erwähnte, da er weder unter dem Flügel seines Lehrers schlief noch für die Dynamik seines Anschlags bekannt war, sondern sich allenfalls rühmen durfte, in der Berliner Philharmonie aufgetreten zu sein.

Die nächsten Minuten gingen wir stumm und ich hatte Gelegenheit festzustellen, dass wir an relativ gleichförmigen Fassaden vorbeikamen, die nicht viel anders aussahen als das, was ich aus anderen Städten kannte.

Da drüben, sagte Rebecca, siehst du das Schloss, aber ich sage besser nichts, denn es muss anstrengend sein, immer erzählt zu bekommen, hier ist dies und dort ist das, als wäre alles so furchtbar wichtig. Ich glaube, alles ist gar nicht so wichtig. So unwichtig wie die Lehrer, die so oder so spielen. Es war ein echter Schock, Essen zu verlassen, mit all meinen Freundinnen und Lehrern und natürlich der Schule, und die einzige Hoffnung war, dass mein neuer Lehrer kein Reinfall würde und ich mit ihm so gut wie mit Dammthal zurechtkäme, insofern ist mein neuer Lehrer ja der einzige Glücksfall, wenn er nicht demnächst an seinen polnischen Zigaretten zugrunde geht. Was ich sonst noch mag, sind, wie du weißt, die Linden, ein paar Bäume, all das andere ist mir vollkommen fremd, und was soll dieses alberne Schloss, selbst der Garten ist todlangweilig. Lass uns weitergehen!

So schlimm sieht es nicht aus, sagte ich beschwichtigend.

Es ist schlimm! sagte Rebecca. Wir wandten uns einander zu, Rebecca schloss ihre Augen und ich küsste sie unter der blendenden Sonne, die hoch über der grünen Kupferkuppel des Charlottenburger Schlosses stand. Ich konnte mir nicht vorstellen, dass ich jemals, gleich wo ich war, mit Sehnsucht an Lippfeld zurückdachte. So wie Rebecca an Essen. Das Einzige wären die blühenden Seerosen gewesen. Oder das feinsandige Ufer der Becke.

Vom Dach eines VW-Busses schmetterte ein hagerer Mann mit schriller Stimme die *Königin der Nacht*. Ein Zuhörerkreis hatte sich um den Sänger gebildet, und eine verschwitzte Frau in einem mohnroten Kleid sagte zu einem blonden Mädchen an ihrer Hand: Mozart! Der Geruch von Räucherkerzen wehte heran. Hinter den Bäumen waren Stände mit Trödel zu erkennen, mit Geschirr und Spielzeug, mit bunten Hüten und Tüchern. Eine Ansammlung von allem, was man nicht benötigte. Mal abgesehen von einigen Büchern und Schallplatten. *70 Pfennig jedes Exemplar* stand an einem Karton mit angestaubten Taschenbüchern. Ich zog Hermann Hesses *Unterm Rad* hervor. Mein Bruder, der selbst Hesse gelesen hatte, war dazu übergegangen, *Siddhartha* und andere Titel aus seinem Regal zu verbannen. Jedes Mal wenn ich ein Hessebuch in die Hand nahm, musste ich daran denken, dass er ihn einen altmodischen Idylliker und Schwärmer nannte. Auf dem Foto des Covers war Hesse noch Gymnasiast. Auf der Rückseite las ich: *Ein Schulmeister hat lieber zehn notorische Esel als ein Genie in seiner Klasse …* Klar, das war *mein* Buch. Ich kramte ein Markstück hervor und reichte es dem zeitungslesenden Verkäufer.

70 Pfennig, sagte er.

Rebecca sagte: Das Buch ist total abgegriffen, 40 Pfennig.

Na, sagte der Verkäufer, 60 Pfennig.

50, sagte Rebecca, alles andere wäre Wucher. Außerdem hat es Eselsohren!

Wahrscheinlich wollte sie dafür bewundert werden, wie versiert sie mein Buch herunterhandelte. Ich zweifelte allerdings, ob es ein gutes Zeichen war, wenn mein Hermann-Hesse-Exemplar immer billiger wurde.

Eselsohren? wiederholte der Händler, zog seinen Hut vom Kopf und wischte sich den Schweiß von der Stirn: Na, dann 50 Pfennig. Beim nächsten Mal geht ihr besser in die Stadtbücherei.

He, sagte ich, so ein tolles Buch!

Jetzt erzähl nicht, schon dafür hat sich die Reise gelohnt.

Das wäre übertrieben.

Rebecca kniff mir in den Oberarm und ich tat, als wäre ihr harmloser Angriff schmerzhaft. Komischerweise gefiel es mir, dass sie ihren kleinen Racheimpulsen nachgab. Mehr noch als das Angebot an Büchern interessierten mich die Schallplatten, unter deren Last sich die provisorischen Verkaufstische durchbogen. Geduldig schaute Rebecca mir zu, während ich in Kisten mit Beat- und Rockalben blätterte. Das Beste, was ich fand, war eine LP von David Sancious mit einem an Dali erinnernden Wolkenhimmel.

Schau mal, sagte ich und hob die Schallplatte an.

Rebecca las: *The Speed of Love*.

Eine Rarität.

Immerhin ein Titel, der mir gefällt.

Ich schenke sie dir, sagte ich und schaute auf den Preis, der mir für eine gebrauchte Schallplatte viel zu hoch schien: Du müsstest sie nur vorher noch etwas herunterhandeln.

Obwohl ich Rebeccas Vater nicht zum ersten Mal sah, war ich wieder einmal überrascht, wie wenig er dem berühmten Vorbild Albert Einstein glich. Er hatte weder das weiß lodernde Haar noch den buschigen Schnurrbart noch den listigen Blick. Trotz allem wollte ich nicht ausschließen, dass er genauso kühn dachte, nur verbarg sich seine Geistesmacht hinter einem unscheinbaren Äußeren. Einer größeren Strenge. Das millimeterkurze Haar schimmerte wie Samt. Das Auffälligste war die schwarze Brille, deren Einfassungen kreisrund waren. Doch das alles musste niemanden beunruhigen. Ich konnte mich nicht erinnern, jemals freundlicher an der Tür begrüßt worden zu sein. Vor allem wenn ich an Lippfeld dachte, an Nachbarn oder an Vickies Vater, der die Hälfte seines Lebens in einem blauen Overall unter einem rostigen Mercedes-Benz lag.

Mir war es recht, dass Rebeccas Vater gleich wieder in sein Arbeitszimmer zurückkehrte, da ihn ein Anruf erwartete. Aus Cambridge, rief er. Sicher wollte er niemanden beeindrucken, sondern nur seine Eile erklären.

Dafür hielt Rebeccas Mutter zur Begrüßung meine Hand länger als nötig. Viel länger als nötig. Auch wenn ich nicht gewusst hätte, dass sie Musikerin war, hätte ich sie für eine Künstlerin gehalten. Schon wegen der großen Blüten auf ihrem langen Kleid. Oder weil sie barfuß durch die Wohnung ging.

Ich musste glauben, sie habe nach ihren Begrüßungssätzen einfach vergessen, dass sie noch meine Hand hielt. Was andererseits nicht sein konnte, da unsere Hände mit jeder Sekunde mehr Wärme produzierten. Sie sprach einfach weiter, als sei das Handfesthalten ihre Methode, sich die Aufmerksamkeit ihres Gegenübers zu sichern. Ich hätte allem, was sie sagte, zugestimmt, solange sie meine Hand in der ihren gefangen hielt und mich damit in einen Zustand der Wehrlosigkeit versetzte. Die Wärme, die in mir aufstieg, würde irgendwann meine Wangen zum Glühen bringen. Als ich mich hilfesuchend nach Rebecca umschaute, sagte sie in Richtung ihrer Mutter: Jetzt reicht's!

Im Flur hing eine Reihe kleinformatiger Musikerporträts, von denen ich im Vorbeigehen Schubert und Schumann erkannte. Ich hätte Rebecca fragen können, wer die anderen Komponisten waren, hätte sie mich nicht schon in ihr Zimmer geschoben. Dort wies sie gleich zum Fenster, vor dem die Sommerlinde aufragte.

Die Linde, sagte ich.

Richtig, sagte Rebecca.

Wie gut, dass die Linde noch nicht der Lindenblattwespe zum Opfer gefallen war. Jedenfalls wirkte sie prachtvoll, nur vereinzelt etwas gelblich, woran auch der August schuld sein konnte. Komisch, dass all das, was ich woanders sah, immer etwas großartiger war, als das, was ich kannte. Wie diese Sommerlinde, die es auf tausend Jahre bringen konnte, während die Schattenmorellen in unserem Garten gerade mal fünfundzwanzig Jahre wurden. Was im Grunde auch reichte, wenn ich bedachte, wie viele Eimer voll Sauerkirschen sie der Menschheit damit bescherten.

Eigentlich, sagte sie, kennst du dich ja hier aus, wenn du meine Briefe gelesen hast.

Ich beugte mich zum Fenster und sagte, wenngleich ich nicht viel mehr als Baumkronen sah: Von hier kann ich bis nach *Amerika* schauen.

Interessant, sagte sie.

Ich erkenne Donuts in allen Farben, sagte ich, und Engelsfiguren aus Marzipan.

Knöpfe für den Rest meines Lebens!

Deines oder meines?

Unseres, sagte ich.

Ist dir eigentlich bewusst, wie viel mehr du von mir weißt als ich von dir?

Darin würde ich keinen Nachteil sehen.

Oh doch, sagte sie, irgendwann werde ich dich am Ende der Welt besuchen.

Irgendwann, sagte ich und dachte: nicht so lange die Linden leben.

Warum sollte mir das Ende der Welt nicht gefallen?

Ich wüsste einige Gründe.

Komm, sagte sie.

Ich spürte ihre Lippen und wäre glücklicher gewesen, hätte ich nicht das Gefühl gehabt, langsam ins Bodenlose zu fallen.

Möchtest du etwas trinken? fragte Rebecca.

Ich habe gerade überlegt, sagte ich, wer die anderen beiden Komponisten im Flur neben Schubert und Schumann sind.

Mendelssohn Bartholdy und Carl Maria von Weber, sagte Rebecca.

Offenbar gab es noch mehr, was mich beschäftigte oder mir sogar Kopfzerbrechen bereitete. Beispielsweise der Gedanke, wie unmöglich ein Besuch Rebeccas in Lippfeld war. Unvorstellbar, mit ihr durch die Ortschaft zu gehen, wo jeder uns beobachtete, bis wir am Ende der Mittelstraße am Schwanenteich landeten. Wenn ich sie nicht auf halber Strecke ins *Café Rinaldo* einlud, wo mich Kai Hendricksens Kinnhaken niedergestreckt hatte. Ich zweifelte, dass sie es auch nur eine Sekunde unter den Schwanenteich-Rebellen aushalten würde. Bestenfalls fände sie es auf sympathische Weise schräg, wenn Alex in seinem Opel Kadett vorführe und aus seinem Autoradio *Lady Bump* abspielte.

He, sagte Rebecca, komm!

Während wir uns wieder küssten, kam mir alles zu hell, zu sommerlich und seltsam unwirklich vor. Es half nichts, die Augen zu schließen. Sobald ich sie einen Spalt öffnete, sah ich eine Wand mit Postkartensträndern und der Skyline von Städten, die Rebecca sicher alle besucht hatte. Der ovale Schminkspiegel auf ihrem Tisch zeigte uns gerahmt vor der Linde im Fenster. Klar, Rebecca wohnte noch keine Ewigkeit in diesem Zimmer, das mir zu aufgeräumt schien. Ich hätte ihr ein Riesenposter von Suzi Quatro in schwarzer Lederkluft mitbringen sollen oder eins von Jimi Hendrix. *Craziness is like heaven*, hätte er uns zugerufen.

Du willst sicher den Flügel sehen, sagte Rebecca.

Mehr als alles andere, sagte ich.

Und die Kastanie!

Vor allem die Kastanie!

Und das Gästezimmer zeige ich dir.

Ich füge mich meinem Schicksal.

Na fein!

Wenngleich die Kastanie im Hof nicht mehr blühte, gefiel sie mir besser als die Sommerlinde an der Straße. Und besser als der Flügel, der das kleine Zimmer beherrschte und auf dessen Deckel die Steinway & Sons-Lyra schimmerte. Ich beneidete Rebecca nicht um ihr tägliches Spiel an diesem Ort trotz des Ausblicks auf die immer gegenwärtige Kastanie. Der Baum welkte zu ihren Etüden, verlor seine Blätter und warf seine stachligen Schalen zu Balladen ab, sammelte Schnee und erblühte zu Debussy – und schon waren 365 Übetage vorbei.

Bitte, sagte ich, spiel etwas.

Ich würde lieber einen deiner Songs hören, sagte sie.

Ich ließ mich in den Sessel fallen, der wahrscheinlich für erschöpfte Zuhörer wie mich gedacht war, und sagte: Glaub mir, ich bin heute nicht mehr fähig, irgendeine Note zu spielen.

Außerdem – und das sagte ich nicht – hörten sich meine Songs natürlich besser auf einer Hammondorgel oder auf einem

Yamaha-Keyboard an. Auf dem Notenpult lagen Debussys *Children's Corner* und tatsächlich spielte Rebecca daraus den *Cake-walk*. Ich war verblüfft, wie gekonnt sie den Ragtime-Rhythmus umsetzte. Ihr Talent reichte eben nicht nur für Klassik-Highlights. Ich hätte sie auf der Stelle weg für unsere Band engagiert.

Bitte weiter, sagte ich, wenn sie aufhören wollte. Dass ich zeitweilig die Lider schloss, sah, wie ich hoffte, nach konzentriertem Zuhören aus und nicht nach Erschöpfung. Keine Ahnung, wer und was alles durch Debussys Stücke geisterte, Puppen und Elefanten, Hirten und Schneeflocken. Es war angenehm, geradezu beglückend, einfach dazusitzen und Rebecca spielen zu hören. Wenn ich spürte, dass sie herschaute, nickte ich, um ihr zu signalisieren: Bitte nicht aufhören. Für Sekunden sah ich ihr Profil im Licht. Vor der Kastanie mit ihren sich spätsommerlich färbenden Blättern. Die Kastanie hörte gemeinsam mit mir zu. Sie war die beste Zuhörerin überhaupt.

Dass Rebecca weniger von mir wusste als ich von ihr, fand ich beruhigend. Zu ihrem Nichtwissen gehörte in jedem Fall, dass ich vor Jahren aus meinem Fenster auf eine Birke hatte schauen können. Nie hätte ich sagen können, was meine Lieblingsfarbe gewesen wäre, während ich sofort wusste, dass die Birke mein Lieblingsbaum war. Gepflanzt hatte sie mein Bruder in einer unbestreitbar kühnen Aktion. Wer immer ihn auf die Idee gebracht hatte, nahe der Hauswand ein Loch auszuheben, um dort einen Baum zu pflanzen, der zwischen Sauerkirschen und Stachelbeeren fremd wirkte. Mir war die Anpflanzung wie eine kleine Zeremonie vorgekommen. Zum Abschluss hatte Paul sich den feuchten Sand von den Händen geschlagen und erklärt: Siehst du, das ist der erste Baum in unserem Garten. Mit *Baum* konnte er nur meinen, dass die Birke kein Gewächs war, an dem etwas reifte, was für die Einmachgläser meiner Mutter taugte. Ein Baum gegen jedes Nützlichkeitsprinzip. Erst Tage später bemerkte mein Vater die Birke – vermutlich an einem Samstagnachmittag – und kam kopfschüttelnd ins

Haus gelaufen. Wo kommt dieser Baum her? rief er. Schaute uns an und lachte ungläubig, als habe sich jemand einen Spaß mit ihm erlaubt. Welcher Baum? fragte meine Mutter. Das gibt's doch gar nicht, rief mein Vater. Paul räusperte sich einige Mal, ehe er, recht umständlich, die Anpflanzung als ein Experiment ausgab, das im Zusammenhang mit dem Biologieunterricht stehe. Ganz nebenbei mindere die Birke nicht den Erholungswert des Gartens. So Paul. Wir staunten über seine Erklärung. Immerhin galt sein Wort einiges, da er bereits die Oberstufe besuchte. Dass man dort das Pflanzen von Birken zur Aufgabe machte, nahm ihm allerdings keiner ab. Wäre es ein schulisches Projekt gewesen, hätte man über die Entwicklung fortlaufend Protokoll führen können. Im ersten Jahr wuchs die Birke so gut wie nicht. Im zweiten konkurrierte sie mit den Stachelbeersträuchern und im dritten überragte sie die Schattenmorellen. Im vierten reichte sie an die Dachrinne und im fünften überragten ihre Wipfel alle Bäume in der Nachbarschaft. Von da an sagte mein Vater jedes Mal, wenn er aus dem Garten kam: Die Birke wird die Fundamente des Hauses sprengen! Er als Maurer musste es wissen. Natürlich hätte Paul den Baum weniger dicht an die Hauswand pflanzen können. Denn es ging nicht darum, zu beweisen, dass Wurzeln Fundamente sprengten. Mir erschien die Birke trotz ihres rasanten Wachstums wie eine schützenswerte Pflanze. Man hätte glauben können, dass sie fortwährend litt, da sich ihre Haut in Streifen vom Stamm löste wie dünnes Papier, unter dem schwarze Vernarbungen zum Vorschein kamen. Dort, wo man sonst hellgrüne Birkenblätter sah, ragte eines Samstags, als ich aus der Schule kam, nur noch ein Stumpf aus der Erde. Ich ging auf mein Zimmer und beschloss, für den Rest meines Lebens zu schweigen. Oder mein Schweigen nur zu brechen, um meinen Vater zur Rede zu stellen.

Ich erschrak ein wenig, als Rebecca sich plötzlich herbeugte und leise *Hallo* sagte. Während mein Vater, Tage später, den Baumstumpf ausgrub, stellte ich mir vor, dass die Wurzeln aus ihrer Reglosigkeit erwachten und seine Beine umschlangen, um ihn in die Tiefe zu ziehen. Tatsächlich erinnerten sie an schlangenartige Reptilien, die, aus der klumpigen Erde gerissen, zu gefährlichen Kreaturen werden konnten.

Viel zu lang habe ich dich nicht spielen hören, sagte ich.

Und du? fragte Rebecca: Was ist mir dir?

Ich überlege noch, sagte ich, ob ich im nächsten Leben lieber eine Linde oder eine Kastanie wäre.

Du kannst gern so bleiben, wie du bist, sagte Rebecca.

Oh, sagte ich, glaube nicht, das wäre so einfach.

ABEND MIT BRAHMS

Im Hintergrund spielte Brahms – zum Glück so leise, dass es niemanden stören musste. Keine Ahnung, welcher Zufall mich an diesen Ort verschlagen hatte. Ich glaubte mich in eine Szene versetzt, die nicht für mich geschrieben war. Allein die Schwerkraft hielt mich auf meinem Stuhl. Der Tisch, an dem wir saßen, war zweifellos echt. Wie die Kerzen darauf und der prächtige Blumenstrauß aus Färberdisteln und Chrysanthemen.

Spätsommerblumen, hatte Rebeccas Mutter gesagt. Was für ein Wort! Mir schien, alle vertrauten darauf, dass ich meine Rolle so souverän spielte, als sei es meine eigene. Dazu gehörte, dass ich freundlich in die Runde blickte. Wie die Färberdisteln. Dass ich Worte, die man mir zuspielte, mit einem Lächeln zurückspielte. Dass ich mich nicht zu unbedachten Bemerkungen hinreißen ließ. Etwa über die Bilder an der Wand, die wie kleine Mondriantäfelchen aussahen oder auch nur Malübungen aus Kindergartentagen Rebeccas oder ihrer Schwester Maren waren. Dass ich nichts Falsches über die Musik sagte, die nach einem Brahms-Quartett klang. Und nicht nach Deep Purple. Und es gehörte dazu, dass ich mich nicht mit dem Messer verletzte. Mein Glas nicht umstieß. Dass ich nicht quer über den Tisch nach dem Salzstreuer langte. Ich fühlte mich wie in einem Kammerspiel mit unabänderlichen Rollen. Immerhin hatte ich Rebecca an meiner Seite. Ihre jüngere Schwester saß wie nicht dazugehörig auf ihrem Stuhl und tat, als seien wir alle Luft. Vielleicht waren wir alle Luft. Ich ganz besonders.

Gern hätte ich zu Rebeccas Mutter gesagt, nett, mit Ihnen bei Brahmsmusik am Tisch zu sitzen, doch wir benötigen im Grunde nichts, solange wir uns haben. Danke für den festlichen Aufwand! Wir würden uns lieber aus dem abendlichen Kammerstück verabschieden. Natürlich konnte ich nur für mich sprechen. Ich saß in meiner Fremdheitsgloriole und sah die Spätsommerblumen und die Mondrianmosaike, die mir auf jeden Fall besser gefielen als gemalte Sonnenuntergänge. Hörte ein Streichquartett, das meiner Stimmung weniger entsprach als *Smoke on the Water*, aber besser war als die *Tagesschau*.

Wahrscheinlich erkundigte sich Rebeccas Mutter aus Höflichkeit nach dem Fortgang meines Unterrichts und den Stücken, die ich gerade übte, denn worüber sonst sollten wir sprechen? Rebecca erwähnte sogar, dass Professor Dammthal mir gegenüber erklärt habe, er glaube, seinen Beruf verfehlt zu haben, wenn er Swjatoslaw Richter höre.

Nein, rief Rebeccas Mutter mit gespieltem Erstaunen, das glaube ich nicht!

Ich hütete mich, ihr nicht recht zu geben. Ich gab allen recht. Ich nickte, egal welcher Name fiel, und sicher waren schon alle Namen der Weltgeschichte gefallen. Es war ein harmonisches Abendstück. Kein dissonierendes. Johannes Brahms saß wie eine geisterhafte Erscheinung unter uns samt wallendem Bart und betrachtete uns wohlwollend.

Ich dachte daran, der Höflichkeit halber zu fragen, welches Quartett wir im Hintergrund hörten, als Rebeccas Schwester etwas schroff in die Runde warf: Könnt ihr eigentlich immer nur über Musik reden?

Dazu stocherte sie mit der Gabel in ihrem Salat, der, seitdem die Schüssel vor ihr stand, nicht weniger geworden war. Hätte ich doch lieber sagen sollen: Liebe Frau Vanhardt, nichts gegen dieses wundervolle Streichquartett, aber können wir nicht mal was Richtiges hören?

Ben spielt nicht bloß Beethoven ..., sagte Rebecca zu ihrer Schwester, zögerte, während alle herschauten, ... er spielt in einer echten Band! Und er schreibt sogar Songs!

Ach, wie schön! rief Rebeccas Vater.

Das hast du mir nicht erzählt, sagte Rebeccas Mutter.

Der Salat ist einfach grässlich, sagte Maren.

Er hat eben mehr Talent als ich, sagte Rebecca. Oder als du, Mama.

Toll, sagte ihr Vater.

Und was ist das für ein Stil? fragte ihre Mutter.

Ich blickte zu Brahms, der stumm über seinen Bart strich. Mir fiel ein historischer Beitrag ein, den wir mit Dr. Noll gelesen hatten und der den bezeichnenden Titel trug: *Brahms the Progressive*.

Progressive Rock, murmelte ich.

Rebecca wird mir sicher etwas vorspielen, sagte ihre Mutter.

Hat die Band einen Namen? fragte Maren.

Crazy Hearts, gab Rebecca bekannt.

Ups, sagte ihre Schwester.

Ihr Vater fragte: Und das bedeutet?

Ich dachte, du könntest Englisch, sagte Maren.

Brahms zündete sich eine Zigarre an und wiegte den Kopf, als höre er seiner eigenen Musik zu.

Ich finde es ausgesprochen interessant, sagte Rebeccas Mutter.

Ich habe früher Bill Haley gehört, sagte ihr Vater in meine Richtung, und natürlich Chuck Berry.

Dann kam Mama, und Papa durfte nur noch Brahms hören, sagte Maren.

Was ist heute nur mit dir los? fragte ihre Mutter.

Magst du eigentlich Queen? fragte Maren. Es war die erste Frage, die sie direkt an mich richtete, und dabei sah sie sogar von ihrer Salatschüssel auf.

Natürlich, sagte ich, schon weil Freddie Mercury toll Keyboard spielt und super singt.

Ja, genau, sagte Maren, er sieht auch super aus.

Nimm noch etwas vom Lachs, sagte Rebeccas Mutter.

Lass ihn doch, sagte Rebecca, ich glaube, Ben mag keinen Lachs.

Ihre Mutter sah mich an, hob ungläubig ihre Brauen, und ich versicherte: Doch, doch, ich mag Lachs!

Schwindler, sagte Rebecca.

Jetzt ist gut, sagte ihr Vater.

Ich gebe zu, erklärte ihre Mutter, zu viele Musiker in einer Familie erleichtern den Alltag nicht.

Genau, dachte ich und biss in den Lachs, der mir nicht schmeckte, und kaute darauf, als könnte er mir schmecken, und suchte nach einem brauchbaren Satz, um das Thema zu wechseln.

Stimmt es eigentlich, dass du jünger bist als Rebecca? fragte Maren.

Irgendwie war das zwar ein Themenwechsel, sogar ein ziemlich kühner, allerdings keiner, der in eine wünschenswerte Richtung führte.

Den Eindruck habe ich nicht, sagte ich.

He, fragte Rebecca, ist das ein Kompliment?

Sie ist nämlich zwei Monate älter! Maren sah triumphierend zu ihren Eltern, als sei ihre Bekanntgabe eine Sensation.

Mein Gott, sagte Rebecca, du klingst wie deine Großtante! Was hast du nur im Hirn? Ben ist ein Genie!

Rebeccas Vater sagte zu ihrer Mutter: Wenn du mal so von mir schwärmen würdest. Dann hob er sein Weinglas und sagte: Cheers!

Auf euch, sagte ihre Mutter. Jetzt mussten auch Rebecca und ich unser Glas heben, um mit ihren Eltern anzustoßen.

Ich hoffe, sagte Maren zu mir, *deine* Eltern sind keine Alkoholiker.

Nicht dass ich wüsste, sagte ich.

Garantiert ist dein Vater Cellist, sagte Maren.

Eher nicht, antwortete ich.

Na, fragte Maren, was ist dein Vater denn, wenn er weder Alkoholiker noch Cellist ist?

Mein Lieblingssong von Queen ist übrigens *Killer Queen*, sagte ich.

Das nenne ich mal keine Antwort, sagte Maren.

Iss endlich deinen Salat und halt die Klappe, wäre aus meine Sicht die passende Antwort gewesen. Ich schaute aufs Mondrianmosaik, das mir wie ein missglücktes Spielbrett für Schachpartien vorkam. Dabei dachte ich an meine Behauptung, das Leben sei ein Spiel, und musste zugeben, dass es auch anstrengende Spielphasen gab, die sich eher wie ein Kampf anfühlten. Es wäre bedauerlich gewesen, wenn ich der Ansicht meines Vaters, das Leben sei ein Kampf, nicht mehr aus voller Überzeugung würde widersprechen können.

Ihr werdet sicher noch Pläne haben, sagte Rebeccas Vater.

Haben wir, bestätigte Rebecca.

Klavier spielen! sagte Maren und gähnte ungeniert.

Seitdem wir in Berlin wohnen, sagte Rebecca, hat sie schlechte Laune.

Ich hasse Berlin, sagte Maren.

Jetzt übertreibst du, sagte ihre Mutter.

Ich möchte zurück nach Essen!

Sei nicht albern!

Unvermittelt sprang Maren auf und rannte aus dem Zimmer, wobei ich mir sicher war, der letzte Laut von ihr sei ein Schluchzen gewesen. Ihre Mutter zögerte einen Moment, entschuldigte sich dann und folgte ihr. Vorsichtig stupste ich Rebecca unter dem Tisch an.

Rebecca sagte: Na, herrlich! Ich glaube, wir gehen dann mal.

Crazy Hearts, sagte ihr Vater, den Namen werde ich mir merken!

Tu das, sagte Rebecca. Also dann!

Mir entging nicht, dass Brahms ein wenig erschrak, als Rebecca sich aufschwang und meine Hand nahm, um mich mit sich fort- und hinauszuziehen.

Die abendliche Stadt glich einer Bühne unter freiem Himmel. Vor den Cafés reihten sich Tische, an denen die Gäste auf Abkühlung hofften, von Reklamen und Straßenlaternen beschienen. Über allem wölbte sich die schon nachtdunkle Kuppel, in die man ab und zu hinaufsah, leise seufzend, als sehne man sich nach Regen, der aus der Schwärze fiel. Wir liefen über das Kopfsteinpflaster, als wäre es kein Kopfsteinpflaster, sondern ein geheimnisvoller Weg, auf dem die Schwerkraft ihren Einfluss verlor. Wenn wir nur lang genug weitergingen, würden wir im Sternengewirr landen, das Lichtjahre entfernt war. Aber Lichtjahre galten allein für Sterbliche. Sterblichkeit, dachte ich, ist nichts, was uns betrifft. Mir fielen Tagebuchsätze ein, die nur mit Musik funktionierten. Übersetzte man sie, konnten Songtexte daraus werden: *When love becomes real, light years turn into seconds.*

Als sich zwischen den Häuserfassaden eine abschüssige Fläche mit Bäumen auftat, sagte Rebecca: Der Lietzensee!

Der Weg zum Wasser glich einer Inszenierung mit weitläufigen Treppen und Kaskaden. Dabei galt der Aufwand weniger einem See als einem Teich mit sanft geschwungener Uferlinie. Ein schimmerndes Auge, das ins Weltall sah. Die Trauerweiden, deren tiefhängende Zweigspitzen den Wasserspiegel durchbrachen, kannte ich aus Rebeccas Briefen.

Hinter den Weiden startete ein gelbes Hochhaus in den Sternenhimmel.

Großartig, sagte ich.

Dass die Kaskaden kein Wasser führten, störte uns nicht. Man konnte an eine feierliche Musik denken, während man die Stufen hinabschritt. Am Fuß der Anlage ragte eine Buche auf, in deren mächtiger Krone sich etwas rührte. Ich glaubte an ein Blätterrascheln. An den ersehnten Wind. Rebecca lehnte sich an den Stamm, als stehe er nur da, damit sie sich an ihn lehnte und ich mich zu ihr hinbeugte, um sie zu küssen. Während ich ihre Lippen spürte, hörte ich hinter mir das gedämpfte Rauschen des Verkehrs. Aus einer anderen Ferne das Geräusch von Sirenen.

Komisch, dass ich jetzt daran denken muss, sagte Rebecca, damals vor unserer Prüfung habe ich mich gewundert, als du plötzlich anfingst, deine Hemdsärmel aufzukrempeln. Als hätte dir jemand zugerufen, du müsstest vor dem Spiel noch rasch einige Umzugskartons transportieren. Ich habe mich dauernd gefragt, wofür das gut sein sollte. Und wie das Hemd aussah! Wellenmuster in Grün und Orange. Was mir sofort gefiel, war dein Haar, gekämmt das letzte Mal an einem Kommunionssonntag. Jedenfalls viel zu wirr, als dass es nach einer Frisur aussah. Entschuldige, ich hätte dir gleich verraten sollen, dass mir das, bei aller Verwunderung, sympathisch war. Nur fand sich keine passende Gelegenheit.

Ich sagte nicht: Mein Hemd war nicht grün-orange. Mein Haar war nicht ungekämmt. Und ich erklärte nicht, dass ich, wenn auch spät, ziemlich viel daran gesetzt hatte, sie für mich einzunehmen. Hätte ich ihr sonst das Rauchen beigebracht?

Na komm, sagte sie, das ist der ideale Ort für eine Zigarette.

Der ideale Ort war eine Wiese mit Maulwurfshügeln und einigen Schilfbüscheln. Ich staunte, dass es immer noch funktionierte: das Rauchen als Ritual, das uns zu Verbündeten machte, angefangen mit dem Aufflammen des Streichholzes bis zum ersten Zug. Gemeinsam zu rauchen war mehr, als zu denken, man sei verliebt. Fand ich. Wir bliesen den Rauch in Richtung Wasser und sahen, wie er auf dem Weg im Halbdunkel zerstob.

Es macht mir den See sympathisch, dass darin ein Dorf versunken sein soll, sagte ich.

Lützow, sagte sie.

Andererseits scheint mir, dass der See, der ja nur ein Teich ist, nicht sehr tief sein kann. Wo soll das versunkene Dorf sein? Ein paar Dachfirste oder eine Kirchturmspitze müssten schon sichtbar sein. Oder einst sichtbar gewesen sein. Oder war es nur eine Art Lilliput?

Sei nicht kleinlich, sagte Rebecca.

Ich legte meinen Arm um sie und zog an unserer Zigarette, deren Spitze von Weitem wie ein gelbglimmendes Nachtinsekt aussehen musste.

Was wir am See taten, war letzten Endes ohne Bedeutung. Egal, ob wir rauchten, über die Farbe meiner Hemden sprachen oder zum Seeufer blickten. Oder über uns herfielen. Mir war alles recht, was ihr recht war. Ich wäre selbst mit ihr ins trübe Wasser gesprungen. Wäre mit ihr ertrunken. Oder hätte mit ihr auf dem Seegrund nach dem versunkenen Dorf gesucht.

Rebecca führte ihre Hand an meinen Hemdkragen, um gemächlich Knopf für Knopf zu öffnen. Ich blies den Rauch des letzten Zugs sacht an ihr vorbei. Sehr langsam wandte ich mich den großen Knöpfen ihrer Bluse zu. Rebeccas Sicherheit war meine Unsicherheit. Sie kannte die Regeln besser als ich und war mit allen Spielarten der Lebenswirklichkeit vertraut. Sollte ich bedauern, dass ich jeden Impuls darauf prüfte, ob die daraus resultierenden Handlungen für sie akzeptabel waren? Es hatte etwas von einer Geschicklichkeitsübung, die Blusenknöpfe durch die viel zu kleinen Knopflöcher zu zwängen. Ich schob den Stoff von ihren Schultern und blickte auf ihre bleiche Haut. Auch wenn mir die Situation schwindelerregend vorkam, erweckte Rebecca zum Glück den Eindruck, als wäre alles so normal wie ein Gespräch über Mozart. Sie blieb die Schauspielerin mit dem Talent, jede Lebenslage ohne erkennbare Mühe zu bewerkstelligen. Als hätte sie alle Augenblicke des Lebens schon einmal erlebt. Oder doch schon einmal geübt.

Sieh mal, sagte sie, als ein großes Blatt vor uns herabtaumelte und im Gras landete.

Ich nickte, aber was kümmerte mich ein Blatt – egal wie spätsommerlich schön es war –, wenn sie halbentblößt vor mir saß? Von ihrem Kinn wanderte ich mit meinen Lippen hinab über ihre Halslinie bis zur Brust. Hörte, dass sie schneller atmete. Ahnte, wie aufkommender Wind die Wasserfläche krauste. Registrierte ferne Stimmen, die Passanten oder anderen Parkbesuchern gehörten.

Rebeccas Finger fuhren über meine Jeans, unter deren Stoff sich mein Geschlecht bemerkbar machte und mir, so erwartbar seine Reaktion war, eigensinnig und fremd vorkam. Ohne jede Spur von Hast öffneten sie den Gürtel, während ich meine Aufregung zu kontrollieren versuchte, und schob so ruhig wie entschlossen den hinderlichen Stoff beiseite. Was in der Dunkelheit sperrig aufragte, schien auf Befreiung gewartet zu haben. So oder so, nichts von dem was geschah, war abgesprochen. Doch wen interessierte schon, was ich von all dem hielt? Das hast du also davon, sagte ich mir im Stillen, wenn du nachts durch fremde Städte läufst. Dunkle Parks betrittst. Dich auf noch dunklere Wiesen niederlässt. Was andererseits kann dir Besseres passieren, als verführt zu werden, auch wenn es dir angenehmer wäre, nicht jede Initiative zu verlieren? Aber es ist, wie es ist, sieh es ein: Rebecca kann besser Klavier spielen und besser schauspielern, sie kann besser reden und Rad fahren und dich besser verführen als du sie.

Unsinn, rief ich mir zu, als käme es darauf an! Wer wollte im Übrigen behaupten, dass ich nicht besser Songtexte schreiben konnte? Besser Ragtimes spielen und besser Bahnbus fahren konnte? Zum Beispiel. Und war ich nicht derjenige, der sie zuerst geküsst und alles erst ermöglicht hatte, sodass ihre Verführungskünste im Prinzip nur eine Fortführung meiner Kopflosigkeit waren? War nicht mein Überfall im Antiquariat weitaus riskanter gewesen, als das, was sie tat, auch wenn ich zugeben musste, dass es mich frappierte, wie sie mit ihren Fingern meine Gefühlswelt durcheinander brachte?

Das mit dem ungekämmten Haar, sagte Rebecca plötzlich, war nur so dahingesagt. Sicher habe ich das nicht mehr genau in Erinnerung. Aber deine Ärmel hast du in jedem Fall aufgekrempelt!

Bestreite ich nicht, sagte ich.

Und es sah komisch aus, sagte sie.

Es gibt einen wiederkehrenden Traum, sagte ich, eine merkwürdige Szene, in der du als Zauberkünstlerin vor mir auftauchst. Zumindest trägst du etwas auf deinem Kopf, das mich an eine umgedrehte Schultüte erinnert.

Wie schmeichelhaft, sagte Rebecca.

Egal ob Zauberhut oder Schultüte, sagte ich, jedenfalls reichst du mir allerhand Nützliches daraus: Buchstabenkekse, einen Malkasten und Fruchtgummis. Ein rotes Federmäppchen, das tatsächlich mein bekritzeltes Etui wunderbar ersetzen könnte. Zum Schluss bietest du mir eine echt aussehende Zigarette aus Schokolade an. Probier mal, sagst du. Als ich vorsichtig hineinbeiße, schneit Konfetti auf uns herab, bis wir in einem bunten Papierschnipselberg sitzen. Ich bin mir sicher, dass uns darin niemand finden wird, wenn es uns gelingt, die Schokoladenzigaretten mit kleinen hamsterartigen Bissen in unserem Mund verschwinden zu lassen.

Und dann? fragte Rebecca.

Und dann? Ich redete weiter, obwohl es kein Und-dann und keine Varianten im Zigarettentraum gab, erfand Niegeträumtes, um Rebeccas Erwartungen nicht zu enttäuschen, erzählte, was mir in den Sinn kam, und fürchtete, dass alles in Konfusion endete. Zuverlässig gelang es ihr, mich zu verunsichern und um den Verstand zu bringen, indem sie nicht abließ, meinen im

Halbdunkel aufragenden Schwanz in Aufruhr zu versetzen. Während ich haltlos fabulierte, brachte sie mich an einen Punkt, wo mir alles egal sein musste und ich den letzten Widerstand aufgab, wo ich mich fügte und mich ihrer Hand überließ, nicht mehr fähig, an Kontrolle zu denken. Als ich vorhersehbar stürzte, ganz so, als wäre der Nachthimmel unversehens unter mir, unterbrach sie meinen Redestrom, indem sie ihre Lippen auf meine legte. Alles war nur ein Kuss, ein langer Kuss, der unsere Schatten zusammenführte und dem auch der schimmernde Käfer nichts anhaben konnte, der über meinen Handrücken krabbelte.

OZEANISCHE NACHT

Das Branden des nächtlichen Verkehrs hörte sich an, als grenze das Zimmer an einen Ozean. Ich verstand, dass das Geräusch sagte: Du bist in der Welt. Auch wenn man mit seinen Gedanken allein in der Dunkelheit war. Allein mit den Echos der Nacht. Durch den Fensterspalt strich kühlere Luft herein. Ich sah in ein abgestuftes Grau, das bis zu den Vorhängen reichte. Dabei war es gut zu wissen, dass ich, wenn die Müdigkeit mich nicht einholte, aufstehen und hinausschauen konnte. Was immer es draußen zu sehen gab: den Widerschein von Reklamen oder ein Heer von Antennen. Genauso gut konnte ich in einem Taschenbuch lesen, das 50 Pfennig gekostet hatte, oder ins Tagebuch schreiben. Sätze schwebten mir vor, mögliche und weniger mögliche, wo immer sie herkamen. Vermutlich war es leichter, in den Schlaf zu finden, wenn man sich seiner Gedanken entledigte. Ich war bereit, eine Form von Sucht darin zu sehen, wenn man Sätze in ein Heft schrieb, um sich besser zu fühlen.

Störe ich? fragte eine Stimme leise ins Dunkel hinein. So leise, dass ich nicht erschrecken konnte, und wenn ich doch erschrak, lag es daran, dass meine angespannten Sinne auf Ferne und nicht auf Nähe ausgerichtet waren.

Der Holzboden knarrte, und aus deutlich geringerem Abstand hörte ich die Stimme fragen: Alles okay?

Ich sagte so gelassen es ging: Es drohte gerade, langweilig zu werden.

Hauptsache, ich laufe nicht gegen einen Stuhl, sagte die Stimme.

Warum hört deine Mutter beim Abendessen eigentlich Brahms? fragte ich.

Weil sie Brahms liebt? antwortete die Stimme.

Kann man Brahms lieben?

Sei unbesorgt.

Brahms war schwermütig.

Ich kann sie auch bitten, das nächste Mal *The Speed of Love* aufzulegen.

Rebecca schlüpfte unter meine Decke und flüsterte nahe an meinem Ohr: Ich konnte nicht einschlafen. Wegen der Katzen. Draußen. Mal kreischen sie und mal fauchen sie. Manchmal hört es sich an, als seien es winselnde Kinder, und manchmal, als seien es entlaufene Raubtiere. Wie gut, dass du mich beschützt.

Darin bin ich erstklassig, sagte ich.

Ich weiß, sagte Rebecca und legte ihre Hand auf meine Brust.

War es möglich, dass sie nachts in ihrer Gefühls- und Ver-standeswelt auf eine Stufe zurückfiel, die eher einem kindli-chen als erwachsenen Verhalten entsprach? Wie sonst ließ sich erklären, dass sie sich vor ein paar Katzenschreien fürchtete?

Hörst du das? fragte sie.

Aus der Tiefe drang tatsächlich ein Fauchen herauf, das allerdings zu harmlos klang, als dass man es furchteinflößend hätte nennen können.

Ein Segen, dass du da bist, sagte Rebecca.

Irgendeinen Sinn muss mein Leben ja haben, sagte ich.

Songs für die Crazy Hearts schreiben!

Das kommt dazu.

Im Ernst, sagte Rebecca und senkte mit einem Mal ihre Stimme, meine Eltern müssen uns nicht bemerken. Aber keine Angst, sie haben noch keinen Gast umgebracht.

Großherzig, sagte ich und fragte mich, wer all die Gäste gewesen sein konnten, die sie nicht umgebracht hatten.

Du musst mir glauben, sagte Rebecca, ich wollte, ich wäre fähig, so zu improvisieren wie du. Ich kann doch nur, was andere aufgeschrieben haben.

Wenn du spielst, sagte ich, muss ich immer aufpassen, dass ich bei den Übergängen nach Moll nicht anfange zu heulen.

Echt? fragte Rebecca.

Absolut, sagte ich.

Das ist unnatürlich, sagte sie.

Zum Glück muss ich bei Deep Purple nicht heulen.

Hast du schon einmal mit einem Mädchen geschlafen?

Was hat das mit Deep Purple zu tun?

Da war es wieder, das Fauchen.

Ich denke nicht, dass wir deshalb sterben werden.

Wie beruhigend, sagte Rebecca. Habe ich dir eigentlich schon erzählt, dass meine Mutter gerade mal achtzehn war, als ihr das passierte, was ich ein folgenreiches Missgeschick nenne? Es ist natürlich eine persönliche Interpretation unserer Beziehung, doch sicher gab es einige Momente in ihrem Leben, in denen sie glaubte, ohne mich wäre aus ihr eine große Pianistin geworden. So richtig mit Tourneen durch alle Konzertsäle der Welt. Mit Plattenaufnahmen in berühmten Studios. Eine von allen angehimmelte Solistin, die sich Allüren zulegen kann. In Kleidern auftritt, die in Paris oder Mailand für sie geschneidert werden. Eine Saaltemperatur von exakt 22,5 Grad verlangt. Die ihren eigenen Flügel mitbringt.

Die barfuß auftritt, sagte ich, um auch mal was zu sagen.

Ja, genau, sagte Rebecca, wie immer sie mit schuhlosen Füßen die Pedale bedienen will. Als wäre es nicht genug, eine gute Klavierlehrerin zu sein! Immerhin hat sie ja mich und natürlich meine Schwester, die spätestens mit *ihrer* Geburt das Ende der Laufbahn eingeleitet hätte und zur Karrierevereitlerin geworden wäre. Nun gibt meine Mutter Acht, dass niemand und nichts mich behindert. Dabei gibt es aus ihrer Perspektive verdammt viele Risiken: dass man vom Rad stürzen und sich das Handgelenk brechen kann, dass man plötzlich die Lust am Üben verliert, dass man sich in jemanden verliebt, der Pink Floyd hört statt Brahms, dass man am Ende nicht musikalisch genug ist oder nicht genügend Fingerfertigkeit oder Konzentration aufbringt oder dass man quasi aus heiterem Himmel ein Kind bekommt, das die Laufbahn vielleicht nicht zwingend ruiniert, doch gewaltig erschwert.

Klingt nicht, als hätte deine Mutter die Sorglosigkeit erfunden, sagte ich.

Gerade übt sie Ravel, sagte Rebecca.

Immerhin könnt ihr vierhändig spielen!

Kennst du *Gaspard de la nuit*? Einige halten das Stück für unspielbar.

Da Rebecca den französischen Titel so toll aussprach, gab ich mich ahnungslos und fragte: Wie heißt das Stück genau?

Gaspard de la nuit, sagte sie und erläuterte: Es geht um einen Kobold, der in der Nacht durch das Zimmer schwirrt und Pirouetten dreht.

Sie rückte mit ihrem Gesicht so nahe an mich heran, dass sich unser warmer Atem mischte. Es war schwierig – und sicher auch nicht erforderlich – aus einer solchen Nichtdistanz normal miteinander zu sprechen. Also horchte ich auf unseren Atem, der lauter war als das anbrandende Rauschen der Stadt. Hin und wieder drängten sich andere Akzente auf. Das Kläffen eines Hundes. Das Surren eines Insekts. Das am Horizont verhallende Rattern eines Zugs. Maurice Ravel hätte die Klänge mühelos vertonen und in ein magisches Nachtstück verwandeln können. Das Grundrauschen als endlose Repetition mit viel Pedal. Eine impressionistische Komposition mit Vogelschreien aus Baumkronen. Einer schlagenden Wagentür. Ich wusste nicht, ob Ravel das Aufheulen eines Motorrads kannte. Oder das Gelächter Betrunkener, die über die Straße schwankten. Und ganz in der Nähe der ruhige, gleichmäßige Atem Rebeccas. Von Kobolden keine Spur.

Schade eigentlich. Hätte es Kobolde gegeben, hätte ich Gelegenheit gehabt, Rebeccas Daliegen zu beschützen. Dass sie sich nicht rührte und den Katzenlauten keine Beachtung mehr schenkte, zeigte zumindest, dass sie sich neben mir sicher fühlte. Eine Annahme, die mir sympathischer war als der Gedanke, sie sei eingeschlafen, weil unser Zusammensein so wenig aufregend war. Ich horchte und fragte vergewissernd ins Dunkel hinein: Hallo? Wartete. Ihr Atemtakt änderte sich nicht. Was nichts anderes hieß, als dass sie mich ohne Bedenken zum Zeugen ihres Schlafs machte.

Sie lag, wie ich hoffte, bequem. Im Unterschied zu mir. Wollte ich ihren Schlaf nicht stören, blieb mir nur die Unbeweglichkeit. Wie viel einfacher wäre es gewesen, Dämonen zu verscheuchen! Dennoch war ich entschlossen, mich keinen Millimeter zu rühren. Dass ihr Kopf auf meinem Arm ruhte und schwerer wurde, nahm ich bereitwillig in Kauf. Was immer dahinter steckte, Magie oder Physik, nie hätte ich geglaubt, dass ein Körper im Schlaf sein Gewicht vervielfachen konnte.

Während die Taubheit sich langsam in meinen Gliedern ausbreitete, herrschte in meinem Kopf Turbulenz. Die Bilder des Tages versammelten sich zum Tanz. Mit Perlen, die aus Schmuckdosen sprangen, und einer Königin der Nacht auf dem Dach eines Bullis. Mit Färberdisteln und Chrysanthemen. Natürlich, rief ich mir im Stillen zu, hätte ich in jeder Lage gelassener reagieren können. Anstatt Marens Berufsverhör auszuweichen, hätte ich freundlich antworten sollen: Stell dir vor, mein Vater ist weder Physiker noch Musiker, er geht weder barfuß durch die Wohnung noch telefoniert er mit Cambridge, sondern – um es mit seinen Worten auszudrücken – schuftet bei Wind und Wetter am Bau. Rebeccas Mutter hätte gerufen: Wie interessant! Ihr Vater hätte sein Weinglas gehoben und verkündet: So einen tollen Beruf wünsche ich mir auch! Es hätte geklungen, als glaubten sie, was sie riefen. Leider waren meine Fähigkeiten in Sachen Höflichkeit nicht so weit ausgeprägt, doch schien es höchste Zeit, sich darin zu üben, um sich gegenüber dem Rest der Menschheit zu behaupten und sich mit nichts als Diplomatie zu wehren.

Selbst wenn mein Arm für alle Zeiten gefühllos bleiben würde, hatte ich keinen Grund, mich zu beklagen. Draußen raunte der Ozean. Auch die längste Nacht konnte nicht ewig dauern. Irgendwann würde die Sonne sich zaghaft in der Ritze zwischen den Vorhängen zeigen und das ferne Branden würde zu einem nahen Wogen. Zum Crescendo der erwachenden Stadt. Ich musste nur warten, bis die ersten Lichtstrahlen Rebeccas Gesicht trafen und sie weckten. Sehr vorsichtig würde ich meinen Arm, sofern er mir noch gehorchte, unter ihrem Kopf wegziehen. Sicher würde mir gefallen, wenn sie mich erstaunt betrachtete. Ein vorstellbarer erster Satz wäre, dass sie wie eine Tote geschlafen habe. Was ganz nebenbei die Schwere ihres Kopfes erklärte. Ich würde antworten: Siehst du, wir haben die Nacht überlebt. Weder Katzen noch Kobolde konnten uns etwas anhaben. In der Sekunde bräche die Sonne mit ganzer Kraft durch den Spalt und brächte Rebeccas Sommersprossen zum Leuchten.

ENDSTATION HOLLYWOOD

Vermutlich gab es für jeden Abschied die richtigen Worte. Meine Mutter hätte sie jedenfalls gewusst. Manchmal sagte sie ganze Strophen auf, als habe ihre Schulzeit im Wesentlichen darin bestanden, Verse berühmter Dichter auswendig zu lernen. Niemand hatte sie allerdings darauf hingewiesen, dass die meisten Zeilen für den Alltag zu feierlich klangen. Vor allem wenn man sie im Perlonkittel zitierte. Zu ihrem Repertoire gehörte ein Abschiedslied, das mir insgeheim gefiel, obwohl es ganz aus der Zeit gefallen war: *Vergiss mein nicht, du treues Herz. Ohn' dich sind dunkel die Sterne.*

Natürlich hätten die Zeilen noch komischer geklungen, wenn man sie in einer Bahnhofshalle ausgesprochen hätte. Andererseits war das Vergiss-mein-nicht ein schöner Kontrast zu einem Satz wie *Türen schließen selbsttätig.* Es fiel mir schwer, zu verschweigen, dass ich gern noch geblieben wäre. Mein Stummsein bestand aus Sätzen, die zu groß oder zu klein waren. Sich zu umarmen war einfacher, als Worte zu suchen. Ich sagte nichts von der viel zu schnell vergangenen Zeit. Schade, dass Sätze, die man immer und überall hörte, falsch klangen, selbst wenn sie stimmten. In Brentanos Abschiedslied waren nicht nur die Sterne dunkel, sondern die ganze Welt sah ohne den anderen freudlos aus. Fortan würden wir öfter Gelegenheit haben, das Abschiednehmen zu üben. In Berlin. Oder

Essen. In Lippfeld gab es nur Bushaltestellen, an denen Abschiede missglücken mussten.

Der Zug, sagte Rebecca. Wir blickten in die Richtung, aus der die Lok in die Halle fuhr. Ihr stählerner Bug kam mir majestätisch vor, und ich wünschte und fürchtete zugleich, dass unter seiner dröhnenden Last der Bahnsteig einbrechen würde.

Der letzte Kuss dauerte länger als alle anderen Küsse und fühlte sich an, als schwände der Boden unter unseren Füßen. Vielleicht reisten wir ins Erdinnere, wo uns Dunkelheit und Wärme umgab. Am liebsten wäre ich in der Versenkung geblieben. Aus den Lautsprechern folgte keine Melodie von Pink Floyd und kein Lied von Brentano. Nur die Aufforderung zum Einstieg. Die Unruhe, die um uns herum entstand, holte mich aus der Umarmung. Also dann, sagte ich. Mit dem gellenden Abfahrtspfiff sprang ich in den Zug. Ich war weit von der Gelassenheit entfernt, die ich mir wünschte oder mir eigentlich nicht hätte wünschen dürfen, wenn unsere Abschiede nicht zur Routine werden sollten. Ehe ich einen Platz fand, glitt der Zug aus der Halle, und ich bedauerte, als letztes Bild nicht Rebeccas winkende Hand zu sehen, die am Bahnsteig immer kleiner würde.

Am Ende des Wagens entdeckte ich ein unbesetztes Abteil, dessen Leere ich als freundliche Einladung verstand – ohne Leberwurstgeruch und Thermoskannenkaffee. Als ich saß, glaubte ich, mein Arm, der eine halbe Nacht Rebeccas Kopf getragen hatte, würde allmählich schwerer. Es musste eine Art Phantom- oder Erinnerungsschmerz sein, der sich ins muskuläre Gedächtnis eingeprägt hatte. Oder es war eine Form von Trennungsleid, das immer dann auftreten würde, wenn ich Rebecca verließ.

Ich zog Hesses *Unterm Rad* hervor, auch wenn ich nicht in der Stimmung war, zu lesen. Über das Cover hinweg blickte ich in die Landschaft, die wie ein rätselhafter Film an mir vorbeizog. In den Hauptrollen: Horizont und Ackerfurchen. Offensichtlich war ich selbst nicht von dieser Welt. Nur eine Figur, die in einen fremden Film geraten war. Die lieber dort geblieben wäre, wo sie nicht bleiben konnte. Hesse hatte die Arme verschränkt und schaute zu mir herauf. Glücklich sah er nicht aus. Immerhin wuchs hinter ihm eine Birke. Ich sah die Grenzbeamten und wusste, dass auch sie nicht von dieser Welt waren. Was machte es für einen Sinn, mich, der ich durch einen abwechslungslosen Landstrich fuhr, zu kontrollieren? Mein Passbild mit mir zu vergleichen? Gern hätte ich gesagt, ich bin nicht der, für den Sie mich halten. Gute Fahrt, sagten sie. Sie suchten niemanden, der Songs über Hurricanes schrieb. Der Hammondorgel spielte. Ich durfte weiter durch die Einöde reisen. Auch in Helmstedt ließ man mich passieren. In Wolfsburg war jedes Interesse an meiner Person verflogen. Nirgends war die Ansage freundlicher als in Hannover. Zwischen Bielefeld und Bochum las ich ein paar Sätze aus Hesses Erzählung, die mich in eine andere Zeit katapultierte. Ich aß den roten Apfel, den Rebecca mir mitgegeben hatte und der mir als Proviant reichte.

In Essen, wo der Zug voller wurde, stieg ich um in den Bahnbus, der mich über Bottrop und Gladbeck nach Lippfeld schaukelte. Die Araltankstelle grüßte mit ihrem blauen Schild. Das Gasthaus *Zur Linde* stand noch. Die Linde atmete mühsam unter der Sonne. Der Sonntagspätnachmittag hatte sich als glühende Last auf Lippfeld gelegt. Kein Mensch auf den Straßen. Nur eine Katze, die schläfrig im Schatten einer Mauer lag. Nach langem reglosem Dasitzen ging ich wie auf Gummisohlen. Vorbei an Görtlers Haus, in dessen Wohnzimmer kein Ibach mehr stand. Ich begegnete weder meiner toten Feindin Frau Nickel noch Vickies im Küchenkittel umherirrender Mutter.

Meine Eltern saßen in der Hollywoodschaukel, als säßen sie dort schon seit letztem Sommer. Und ich käme jeden Sommer einmal vorbei, um kurz Hallo zu sagen. Damit die Schaukel nicht hin und her schwang, hatten sie trotz Windstille den Sturmhaken eingespannt, der die Schaukel zur reinen Sitzbank machte.

Mein Vater blätterte in der WAZ und trank *Vitamalz*. Meine Mutter hatte eine Plastikschüssel vor sich stehen und schälte und viertelte Augustäpfel, die mein Vater unter den Bäumen aufgelesen hatte. Wenn sie die fauligen Stellen und wurmstichigen Teile herausgeschnitten hatte, blieb von jedem Apfel nur ein kleiner Rest. Am Ende war die Plastiktüte, in der sie die Abfälle sammelte, voller als die Schüssel, in der sie die essbaren Teile legte.

Alles in Ordnung? fragte mein Vater. Blickte auf.

Alles bestens, sagte ich.

War's schön? fragte meine Mutter leise. Schälte weiter. Sah mich nicht an.

Ein bisschen heiß, sagte ich.

Hitzerekord, sagte mein Vater und deutet auf die Zeitungsseiten, die vor ihm auf dem Tisch lagen.

Wahnsinn, sagte ich.

Hast du Hunger? fragte meine Mutter.

Nein, sagte ich und wandte mich zur Tür: Muss noch was für die Schule erledigen.

Mein Zimmer kam mir vor wie ein Museum, das meiner Person gewidmet war. Jimi Hendrix erkannte mich wieder. Grüßte lässig. Der *Nordmende*-Radiorekorder war zwei Tage älter geworden. Ich drückte den Startknopf und Deep Purple setzte mit *Stormbringer* ein. Die Schulhefte bewiesen, dass der Albtraum, dem ich für kurze Zeit entronnen war, kein Albtraum war, sondern Realität. Ich schlich mich zum Bett, ließ mich fallen und fiel, bis es dunkel wurde. Wenn diese Dunkelheit ein Zuhause war, war ich zu Hause. Das Letzte, was ich spürte, war mein Arm, der sich schwer und taub anfühlte. Solange ich von Rebeccas Atem getrennt war, musste ich mir keine Sorge machen, dass mir die Wünsche und Themen ausgingen. Im Traum rauchte ich eine Schokoladenzigarette mit ihr und schrieb einen Song, der keinen Titel trug.

CALIFORNIA

Dort, wo der Neon-Schriftzug *California* leuchtete, hatte vor einem halben Jahr noch ein Schild mit dem Namen *Sportler-klause* gehangen. Die früheren Gäste, die nie Sportler gewesen waren, kamen nicht mehr, obwohl sie das gleiche Bier hätten trinken und am selben Tresen sitzen können. Doch an den Wänden hingen Poster von den Beach Boys und den Rolling Stones, darunter ein Plakat, das ihre *Tour of Europe 1976* ankündigte. Auffälligste Neuerung war das Surfbrett, das über dem Eingang schwebte. Wo die Vitrine mit Silberpokalen und Vereinswimpeln gestanden hatte, blinkte ein Flipper. Statt Karel Gott und Wencke Myhre sangen Mick Jagger und Suzi Quatro. Damit konnte man leben.

Mick saß auf einem der Barhocker, ein Bierglas vor sich, und wippte mit dem Fuß zum Takt der Musik, während Peer, der neue Chef, die Langspielplatten durchblätterte. Mir war nicht klar, was jemand, der aus Amsterdam kam und Kalifornien gesehen hatte, in Lippfeld zu finden hoffte. In einer Eckkneipe, die, auch wenn sie sich *California* nannte, im Grunde eine Eckkneipe geblieben war. Möglich, dass es sein Plan war, Lippfeld zu missionieren und das Dorf aus dem Zeitalter der Blasmusik in die Ära der Beach Boys zu führen. Aus dem Zeitalter der Skatturniere in die Ära der Spielautomaten.

Ein Pils für meinen besten Freund, rief Mick.

Der Geruch hat sich kein bisschen geändert, sagte ich und fand tatsächlich, dass der Raum immer noch so roch, als säßen an den Tischen alte Männer mit Zigarren.

Geduld, Geduld, sagte Mick.

Ich schwang mich neben ihn auf den Hocker und fragte – denn immerhin war er es gewesen, der mich angerufen hatte –: Wo brennt's?

Alter, sagte Mick, *schönen guten Abend* heißt das und nicht *wo brennt's*.

Schönen guten Abend, sagte ich.

Geht doch, sagte Mick. Wie war's in der großen weiten Welt?

Anders als hier, sagte ich.

Schlechte Laune? fragte Mick

An einem der wenigen Tische, die besetzt waren, hatte ich beim Hereinkommen Gabi entdeckt. Sie redete ziemlich angeregt mit jemandem, den ich nicht kannte. Lachte einmal so hell, dass man fürchten musste, die Beach Boys, die zu fünft ein Surfbrett trugen, könnten erschrecken. Auf dem Poster sahen sie wie freundlich gescheitelte High-School-Absolventen aus, die nicht wussten, dass sie bald Weltstars waren.

1962, Los Angeles, sagte Peer, der offenbar meinem Blick gefolgt war.

Wieder lachte Gabi, als sei sie allein im Raum oder eben nur mit ihrem Gast, dem sie zu gefallen oder zu imponieren dachte. Über kurz oder lang, sagte ich mir, werden wir mit den Crazy Hearts Lippfeld und den Rest des Kontinents erobern, sodass uns jeder begeistert zuwinkt. Auch wenn wir keine Songs über das Surfen schrieben.

Peer setzte das Bier vor mir ab und sagte: Am besten bezahlst du Micks Bier gleich mit, sein Deckel ist voll.

Immer gern, antwortete ich.

Neulich, sagte Mick, war halb Gelsenkirchen hier. Wir sind jetzt Metropole. Dank Peer.

Oh, sagte Peer, der Junge übertreibt.

Ich bin schwer beeindruckt, sagte ich.

Und es war nicht einmal reine Ironie: Es gab erträgliche Musik, keine Gäste, die Frikadellen mit Senf bestellten, keine Frauen, die in einem Nebel aus billigem Parfüm saßen, und keine bitteren alten Männer, die Schnaps tranken. Wer es richtig anstellte, konnte bei Peer sogar ein paar Gramm Grünen Marokkaner oder Schwarzen Afghanen bekommen, was vermutlich die Gäste aus Gelsenkirchen erklärte.

Ich deutete mit dem Bierglas in Richtung Flipperautomat und sagte: Solange du nicht weißt, warum ich hier bin, könnten wir flippern.

Mick sagte sehr leise: Wahrscheinlich hat Alex wieder seinen armseligen Terrier dabei, aber egal, wir fahren mit oder ohne Kläffer nach Boy, schöne Gegend bei Nacht, alles so simpel, wie ein Eis kaufen.

Wer sind *wir*? fragte ich.

Du, Alex und ich und hoffentlich nicht sein Terrier, sagte Mick. Ich musste nicht fragen, was Mick meinte, wenn er sagte: So simpel, wie ein Eis kaufen. Höchstens hätte ich mich erkundigen können, ob Boy schon das Tor zum Jenseits war oder irgendein vergessener Ortsteil von Bottrop.

Jetzt flippern wir natürlich erstmal, sagte Mick, okay? Ich spürte seine Hand, die sich auf meine Schulter legte und mich daran erinnerte, dass wir so etwas wie Freunde auf Lebenszeit waren.

Muss nicht sein, das mit Boy, sagte ich. Und mit dem Eis.

Jammere nicht rum, sagte Mick, klopfte die letzte Zigarette aus seiner Schachtel, knüllte die Packung zusammen und warf sie ungenau in eine Richtung, wo ein Abfallkorb stehen konnte, aber nicht musste. Peer war mit einem Cocktail auf dem Weg zu Gabis Tisch. Seitdem Mick auf Stuyvesant umgestiegen war, hatte sich die Schnittmenge unserer Gemeinsamkeiten rapide verringert. Mir gefiel der Stuyvesant-Slogan so wenig wie der Camel-Spruch, egal ob es der Duft der großen weiten Welt war oder eine einsame Steppe, die man mit abgelaufenen Sohlen durchquerte.

Der Flipper begrüßte uns freudig mit dem Aufflackern Dutzender Lämpchen und benahm sich, als würde er uns kennen. Mick konnte, wenn er gerade zu Geld gekommen war, abendelang vor dem Automaten stehen. Mir fehlte die Ausdauer. Oder der Sinn für das reflexhafte Bedienen zweier Knöpfe. Ich warf ein Markstück in den Schacht und wählte die Zahl der Player. Es rasselte, klickte und klingelte. Mick ließ mir großzügigerweise den Vortritt, was sicher so viel heißen sollte wie: Der Verlierer darf anfangen.

Als ich die erste Kugel losschickte, hörte ich Gabis hochspringendes Lachen. Es hatte vermutlich genügend Energie, den Lauf der Metallkugel zu beeinflussen. Dabei klang es härter als früher. Als läge eine Bitterkeit dahinter. Ich dachte daran, dass sie irgendwann gegen Ende des Frühjahrs mit dem Rad gestürzt war und den Sommer über mit einer gezackten Narbe herumlief, die wie ein violetter Blitz unter ihrem Rocksaum hervorsah.

Go on, sagte Mick.

Die Kugel zischte zwischen den zuckenden Lichtern hin und her und ließ den Zähler auf 1000 schnellen. Ehe ich ganz begriff, wo sie als Nächstes hinschoss, war sie zwischen den Flipperfingern hindurch. Die Anzeige des zweiten Players leuchtete auf und die nächste Kugel rollte in den Abschussschacht.

Mist, sagte ich.

Mick spielte gewohnt routiniert und ließ während des Spiels die Stuyvesant zwischen den Lippen. Wenn ihm ein sicherer Pass misslang, stöhnte er wie im Schmerz auf und drehte sich fassungslos weg. Drohte eine Kugel ins Aus zu rollen, stieß er mit dem Handballen gegen die Automatenkante. Tat er es zu heftig, meldete das Gerät *Tilt* und stellte sich tot. Mick sagte dann sofort mechanisch: *A tilt does not disqualify a player*.

Wenn man auf die Front des Flippers schaute, durfte man sich wie ein Pionier fühlen. Man blickte auf Heroen der amerikanischen Geschichte vom Trapper bis zum Astronauten. Der Flipper, der sich *Spirit of 76* nannte, feierte das zweihundertjährige Bestehen der USA. Mick gelang es sogar, reihum die Targets anzuspielen, sodass jeweils das Jahr der Unabhängigkeit und des Jubiläums erschienen. Planwagen zogen vorbei. Die Steppe wurde erobert. Der Weltraum erkundet. Der Mond betreten. Vor lauter Sternenbanner wurde einem schwindelig. Wir waren der fernste und treuste Bundesstaat Amerikas, hörten die Beach Boys, träumten vom kalifornischen Palmenstrand und flipperten um die Wette.

Du rechts, ich links, rief Mick und rückte ein Stück zur Seite, sodass wir Schulter an Schulter vor der Front Platz fanden. Bevor er den Ball ins Spiel schickte, krempelte er seine Hemdsärmel auf. Er bevorzugte seit neustem ein Hemd mit Leopardenmuster. Der Stoff schimmerte in einer Art luxuriöser Satinoptik, sah tagsüber allerdings nach hundert Prozent Polyester aus. Hätte ich mich mit einem solchen Teil am Portal der Folkwangschule hingestellt, hätten alle, die dort aus- und eingingen, gedacht, es sei Rosenmontag.

Ich fand, wir spielten nicht allzu schlecht zusammen, vor allem wenn wir uns die Kugel ohne Eile über die Fingerflipper zupassten. Wir waren ein unschlagbares Team. Besser als jeder für sich. In einem Match ohne Sieger. Der Flipper würdigte unseren Einsatz und bescherte uns einen Extraball.

Klingt, als hättet ihr Spaß, sagte Gabi, die mit einem Mal hinter uns stand, ohne dass einer von uns sie hatte näherkommen hören.

Wüsste nicht, wobei man mehr Spaß haben könnte, sagte Mick.

Offenbar hatte sich ihr Gelsenkirchener Freund vorübergehend abgesetzt, um seinen *Afghanen* zu rauchen, oder sie hatte ihn am Ende mit ihrem Lachen vertrieben.

Kann ich dir verraten, sagte Gabi und küsste Mick in den Nacken. Ziemlich ausgiebig, was am reizvoll gemusterten Leopardenhemd liegen musste. Mick tat, als interessiere es ihn nicht, und konzentrierte sich voll und ganz auf die Flipperkugel, deren rasanter Lauf sich an seinem Blick ablesen ließ. Was gingen uns im Stich gelassene Gäste an? Was juckte uns der kleinkrämerische Rest der Welt?

Darf ich auch mal? fragte Gabi.

Wenn du eine Runde ausgibst, sagte Mick.

Ganz bestimmt, sagte Gabi.

Ich kramte ein weiteres Markstück hervor, schob es in den Münzschacht und drückte, bis drei Player im Display aufleuchteten. Damit hatte ich Gabis Lippen an meinem Nacken. Nichts, was ich erwünscht hätte, und zugleich nichts, worunter ich litt. Da sie noch weniger Flippererfahrung hatte als ich – wenn sie überhaupt jemals geflippert hatte –, durfte sie beginnen.

Und jetzt? rief Gabi, während die Kugel ihren Abwärtslauf nahm. Mick sah zu Peer, streckte zwei Finger in die Luft und deutete auf mich als den, der fürs Zahlen zuständig war. Gabi warf sich gegen den Automaten, als sei es eine bewährte Methode, die Kugel in die gewünschte Richtung zu lenken. Hätte man nur ihre Aktionen gesehen, hätte man den Eindruck gewinnen können, sie versuche, ein Möbelstück vom Fleck zu rücken.

Jetzt kann dir nur noch der *Pinball Wizard* zum Sieg verhelfen, sagte ich.

Wer? fragte Gabi.

Klar, niemand erwartete, dass sie das blinde Kind kannte, das The Who in ihrem Song *Pinball Wizard* mitreißend besangen und das mit dem Gerät verschmolz. Zum Teil der Maschine wurde. Mit Susanna hatte ich ein einziges Mal geflippert, wobei ich mich hinter sie gestellt und meine Finger über ihre Finger gelegt hatte. Jedes Mal wenn die Kugel zwischen den Bumpern ratterte und die Lichter aufblinkten, hatte Susanna lächelnd ihr Gesicht zu mir gedreht, als wäre uns gemeinsam etwas Besonderes geglückt. Außer Mick kannte ich niemanden, der halbwegs routiniert flipperte. Ich hätte mir Flipperautomaten in den Überäumen der Folkwangschule gewünscht zur Erinnerung daran, dass das Leben nicht allein aus Klavierspielerei bestand. Zweifellos hätte Mick es dort unter all den

Klassikspezialisten als Pinball-Virtuose zu beträchtlichem Ruhm bringen können.

Alex kam, als Mick und ich schon wieder an der Theke saßen, die Kinks *Lola* sangen und vor uns das vierte oder fünfte Bier stand, jedenfalls vorerst unser letztes, da ich kein Geld mehr in der Tasche hatte. Mir war klar, ich hätte längst unter dem Poster von Jimi Hendrix träumen sollen, statt *Lola* zu hören und Bier zu trinken. Doch es wäre kleinlich gewesen, sich mit einem Hinweis auf so Banales wie den nächsten Schulvormittag zu verabschieden.

Alex begrüßte uns mit überschwänglichem Schulterklopfen und lautem Hallo, während zwischen unseren Füßen sein Terrier herumirrte. Im schummrigen Kneipenlicht sah der Anker auf seinem Arm wie ein Insekt aus, das auf seiner Haut verendet war.

Zeit für ein Bier haben wir noch? fragte Alex und kramte einen Zwanziger hervor.

Aber immer, sagte Mick und sah zu mir.

Es ist eh alles zu spät, sagte ich.

Ich wäre bereit gewesen, bis zum Morgen mit Alex und Mick an der Theke zu sitzen oder zu flippern, wenn uns die Bottroptour erspart geblieben wäre. Ich sagte nicht: Lasst uns bleiben und trinken, lasst uns Bonuspunkte sammeln, bis der Flipper glüht, lasst uns Freispiele holen und die Nacht hindurch am Automaten die großen Augenblicke der amerikanischen Geschichte feiern, lasst The Mamas and the Papas *California Dreaming* und die Beach Boys *Surfin' U.S.A.* singen, während wir nur Augen für die silberne Kugel haben. Lasst uns Bottrop Boy vergessen!

Wann immer der letzte Zug durch Bottrop Boy gefahren war, es musste in einer anderen Zeit gewesen sein. Was sich im gelben Schein der Bahnsteigleuchten zeigte, sah nach Weltende aus. Im Halbschatten lebten Schimären und Schwärme von Insekten. Zeitungen vergilbten unter den morschen Bänken. Wir waren Irrfahrer aus einer fernen Region, gestrandet in Boy, wo sich Nachtfalter im trüben Mondlicht versammelten.

Weiter oben hatte Alexander den Wagen geparkt. Mick hatte darauf bestanden, dass Tommy im Auto zurückblieb. Der buschige Fuchsschwanz wachte an der Fahrzeugantenne. Von der Böschung roch es nach frisch gemähtem Gras und Abfall. Es war allemal zu spät, sich einzugestehen, den Zeitpunkt für einen Rückzug verpasst zu haben. Schon beim Betreten des *Californias* war der Zeitpunkt verpasst. Ich hätte bis zum Klingeln des Telefons zurückspulen müssen und den Hörer nicht abheben dürfen, in dem Micks Stimme lauerte. Im Unterschied zu ihm trug ich kein Leopardenhemd, das wie für nächtliche Streifzüge gemacht schien. Mir gefiel vor allem nicht das Werkzeug, das er aus dem Kofferraum hervorgeholt hatte. Vorerst diente das rostige Eisen ihm dazu, hüfthohes Unkraut beiseite zu wischen.

Tolle Gegend, sagte Alex. Wir kletterten und rutschten an stacheligen Büschen und Distelgewächsen voller Spinnweben vorbei. Im Lichtkegel der Taschenlampe schwirrten Insekten, die wie Mutationen vorzeitlicher Falter aussahen.

Irgendwelche Beschwerden? fragte Mick und schwang sein rostiges Eisen.

Die wenigen beleuchteten Schilder lockten Scharen von Mücken an. Wir folgten den Schienen, die in die Nacht führten. Laut Bahnsteigtafel Richtung Oberhausen-Osterfeld oder Gladbeck-West, was einerlei war. Vielleicht würden irgendwann rauchende Schornsteine und Halden aus Mondgestein vor uns auftauchen.

Von fern hörte ich ein Vibrieren, das aus dem Gleisdunkel kam. Man hätte an etwas Dämonisches denken können, das sich seinen Weg bahnte. An etwas Unaufhaltsames. Ich begriff, dass es einer der Güterzüge sein musste, die zwischen den Fabriken, Häfen und nie ruhenden Transportbändern verkehrten.

Mick wies ins Ungefähre und sagte: Diese Züge, mein Gott, was *das* für ein Potenzial ist. Schon allein das Wort! Stellt euch vor, wir stehen da, Nacht für Nacht, rauchen und warten auf *Güterzüge*, die wie aus dem Nichts auftauchen, um uns mit allem zu versorgen, was wir brauchen.

Stacheldraht, sagte Alex.

Ein Beben ging durch den Untergrund, während auf dem Nachbargleis der Lokschatten auftauchte. Ein endloser Tross stählerner Waggons zog vorbei. Gleichmäßig. Dröhnend. Ein trommelfellzerreißendes Quietschen. Krähen schreckten aus den Baumwipfeln. Wenn es ein Ungeheuer war, war es ein mitteilsames, denn es trug Zeichen an seiner Flanke: *Rail Germany. Ihr Partner für Stahl.* Auf einem anderen Wagen prangte in Gelb der Name *Shell*.

Schade nur, sagte Mick, dass sie das Falsche geladen haben.

Eine geborstene Betonrampe führte zu einer Lagerhalle, die bei Tageslicht wahrscheinlich nur ein Schuppen war. Mick wies auf einen Haufen ausrangierter Betonschwellen und sagte zur mir: Einfach ein bisschen Ausschau halten. Sind gleich wieder da.

Es schien keine schwere Aufgabe, im Grunde hatte es sogar etwas Meditatives, in der Nacht an einem verlassenen Bahnhof Ausschau zu halten. Schwierig würde die Aufgabe nur, wenn etwas Unvorhergesehenes geschah. Doch was sollte Unvorhergesehenes geschehen? Ich schloss nicht aus, dass ein neuer Güterzug heranrollte. Den Grund zum Beben brachte. Dass Schwärme giftiger Mutanten über uns herfielen. Dass irgendwo ein Blaulicht rotierte. Dass ein Wächter seine Runde drehte. Meine Aufgabe konnte nur darin bestehen, ihm eine Zigarette anzubieten und mit ihm über Gott und die Welt zu reden. Von Elvis zu schwärmen. Waren Wächter nicht Elvisfans? Es war vorherzusehen, dass er mir, ehe ich ihm eine Camel anbieten konnte, eine HB hinhielt. Ich tippte, dass Wächter nicht nur Elvisfans waren, sondern auch HB-Raucher. Warum sollte ich ihm kein Feuer geben? Nach dem ersten Zug würde er nicken und sagen: Übrigens habe ich dort drüber am Lager zwei Gestalten mit Taschenlampe gesehen. Sehr geschäftig. Aber weißt du, was kümmert mich das? In meinem Alter ersehnt man nur noch den Ruhestand. Geht keine Risiken mehr ein und so. Legt sich nicht mit Leuten an, die ein Brecheisen dabei haben. Wer ist so dumm, sich den Lebensabend zu versauen? Lang genug habe ich mich jede Nacht bei jedem Wetter durchs Unkraut gequält. Jetzt ist das schöne Leben angesagt. Es ist prima, dass ich einmal jemanden treffe, mit dem ich ein bisschen reden kann. Immer nur Motten und Spinnen. Manchmal ein Marder, der durch die Büsche schleicht. Und die Ratten. Sie werden uns alle überleben, die Ratten. Sie werden auch deine beiden Kumpane überleben. Alle. Sie werden Bottrop und die nächste Katastrophe überleben, sie werden Amerika überleben. Nun gut. Lassen wir das. Du solltest, so mein bescheidener Rat, Bottrop Boy bei Nacht meiden. Denk an das, was du mit dem Bisschen anfangen willst, was du an Leben hast. Nimm dir kein Beispiel an mir. War ein miserabler Schüler. Habe mich frühzeitig aus dem regulären Geschäft verabschiedet. Alkohol und Schlimmeres. Wenn ich bedenke, was du für

Sachen kannst, Beethoven und so, frage ich mich, was du hier suchst zwischen den Mardern und Ratten. Unter dem Mond von Bottrop Boy. Sei's drum, immerhin können wir miteinander reden. Oder lässt du es darauf ankommen, dass du irgendwann mit deinen Kumpanen ganz unten landest? Sieh ihn dir an, den im Leopardenhemd, ich kenne das, als würde ich mein Leben Revue passieren lassen. Und ich sehe nichts Erbauliches. Die Richtung, in die es ihn zieht, ist nicht der Weg ins Paradies, Junge. Wühlt da im Schuppen herum. Was er dort findet, ist nicht das Glück. Du wirst wissen, was du tust. Ich werde meinen Nachtweg fortsetzen müssen, ehe mich deine Freunde entdecken und mich für einen unwillkommenen Geist halten. Oder gar für einen Zeugen. Natürlich habe ich gesehen, wo ihr euer kleines Raumschiff namens Opel Kadett geparkt habt. Der winselnde Hund darin tat mir leid.

Es war keine Kunst, dazusitzen, in die Gegend zu starren und den Rauch der Zigarette in die laue Nachtluft zu blasen. Sich seinen Gedanken zu überlassen. Nur die Mücken störten.

Die Fledermäuse, sagte der Wächter und wies auf einen schnell dahingleitenden Schatten, sind das Einzige, was mir noch gefällt. Wenn sie in der Dämmerung aus dem Schuppen segeln, wie taumelnde Schemen, die Insekten aus der Luft ernten. Sie wissen, was sie tun, und sind hier zu Hause. Der Große Abendsegler ist mein bester Freund. Mein einziger. Viel Glück!

Ein faulig-süßer Hauch wehte herüber, während ich stumm dasaß. Ich glaubte, orangefarbene Feuer zu erkennen, die aus Raffinerieschornsteinen brannten. Fackeln am Horizont. Eine schweflige Wolke zog über Bottrop Boy. Ihr Gift verband sich mit dem Nikotin und dem modrigen Laub zu einem eigenartigen Geruch aus Chemie und Gottverlassenheit.

Es dauerte eine weitere Zigarettenlänge, bis Mick und Alexander aus dem Schuppen zurückkehrten. Auf einer der Kisten, die Alex trug, prangte ein Pfeil, der aufwärts wies. Daneben das Wort FRAGILE. Etwas kleiner der Name *Sony*. Mick übergab mir eine Ladung und sagte: Wir sollten öfter mal wieder flippern. Natürlich ohne Gabi. Das nächste Mal lade ich *dich* ein.

Klar, sagte ich.

Na los, sagte Alex.

Wenn ich etwas nie vergessen werde, sagte ich zu Mick, ist es der Geruch, diese schweflige Süße. Riechst du das? Als hätte uns jemand einen Haufen fauler Eier hinterhergeworfen.

Wir stiegen hintereinander die Böschung hinauf, Mick voran, Alex keuchend hinter mir, und selbst wenn wir nur zu dritt waren, fühlte ich mich wie in einer Karawane, die einen Schatz geborgen hatte. Was in den Kisten war, würden Mick und Alex vermutlich in einem der Läden mit dem Schriftzug *An- und Verkauf* verramschen. Import und Export. An ältere Herren mit ledriger Haut, die Mokka tranken, rauchten und in arabische Länder telefonierten. Dort, in Gelsenkirchen oder Duisburg, wo in den Schaufenstern schwere goldene Armbanduhren lagen, galten andere Gesetzte als in Lippfeld.

Tommy begrüßte uns mit aufgeregtem Gejaule, als hätte er nicht mehr an unsere Rückkehr geglaubt. Wir hievten die Kartons in den Kofferraum und rückten sie sorgsam zurecht, sodass die nach oben zeigenden Pfeile und die Schriftzüge gut kenntlich waren. Für wen auch immer.

Wenn du mich fragst, sagte Mick mit gedämpfter Stimme, wäre es eine gute Idee, Alexanders Kläffer hier auszusetzen.

Ich sagte nichts, da ich fürchtete, Alex würde uns stehen lassen, wenn er hörte, dass Mick bereit war, Tommy der Ödnis preiszugeben.

Bye-bye, Bottrop Boy, rief Alex und trat so heftig aufs Gas, dass der Motor aufheulte, als wäre sein Kadett ein Höllenfahrzeug. Selbst für den Fall, dass in Bottrop solche Starts üblich gewesen wären, schien mir angesichts unserer brisanten Fracht ein derart großspuriges Anfahren mehr als leichtsinnig. Der Opel, Baujahr 1968, schoss unter einer Armada gelber Lichtkegel dahin. Aus dem Radio ein Rauschen, unterbrochen von Gesangsfetzen, die nach einem alten Schlager klangen. Nur der Radiogott wusste, warum die Nacht voller Schlagerstimmen war. Vielleicht spielte auch Karlheinz Stockhausen an seinen Transistoren und musste sich gegen Roy Black und Marianne Rosenberg behaupten, deren Hits wie Fragmente durchs elektronische Meer geisterten.

Während ich Straßenlichter vorbeigleiten sah, dachte ich daran, wie gefahrlos und unbeschwert die Star-Trek-Nachmittage mit Mick gewesen waren. Beim Blick durch die Frontscheibe erkannte ich ein paar Lichtflecke, die zum Andromeda-Nebel oder zum Orion-Sternbild gehören konnten. Alexanders Opel raste durch die Nacht den Sternen entgegen. Ich konnte in die Enterprise-Welt eintauchen und von den realen Ortschaften in der Umgebung blieb nur ein matter Schimmer. Wenn wir tatsächlich in Star-Trek-Dimensionen durchs Sonnensystem schossen, erreichten wir irgendwann Sterne wie Sirius oder Achernar, von deren Warte Bottrop Boy nur ein Versehen im All war.

Ich bot Mick vom Rücksitz eine Camel an, auch wenn er Stuyvesant bevorzugte, und wir rauchten, während wir Kurs aufs Heimatimperium nahmen. Was war schon die Milchstraße? Wir glitten durch Galaxien und kosmische Räume, die für Normalsterbliche unerreichbar waren. Ein rätselhafter Nebelpunkt tauchte auf und erwies sich im Näherkommen als das Licht der Araltankstelle. Dahinter der dunkle Umriss des Kirchturms. Wir bogen in den Kapellenweg, das *Dead-End*-Graffiti grüßte, und erreichten die entlegene Siedlung, in der Mick zwischen alten Möbeln und Abfallbergen hauste und in seinen Kellerräumen fragile Güter stapelte.

Fünfzig Besucher wären großartig, hundert eine Sensation, rief Tims Vater. Wir nickten und wussten, dass seine Zahlen ein Trick waren, damit wir später nicht aus Enttäuschung unsere Instrumente demolierten. Laut der letzten Sounds-Ausgabe waren Deep Purple nahe Los Angeles vor mehreren Hunderttausend Fans aufgetreten. Niemand konnte wünschen, dass halb L.A. kam, insofern gab es nichts an der Fünfzig-Besucher-Prognose auszusetzen. Genau genommen übertraf uns in Sachen Popularität selbst das Lippfelder Bläserensemble, das sonntäglich zum Frühschoppen einlud. Eigentlich konnte uns gar nichts Besseres passieren. Keiner erwartete von uns, dass wir die Musik mit unserem Auftritt revolutionierten. Wir spielten auf keiner Weltbühne, nicht einmal auf einem Dorfplatz. Wir konzertierten im Nirgendwo. In einer alten Ziegelei. Niemand wusste, ob die Fans, die es im Grunde noch gar nicht gab, sich ins Ungewisse wagten. Oder lieber zu Hause blieben und auf dem Sofa Pink Floyd hörten.

Svens Mutter hatte zweihundert Plakate drucken lassen, die Tim Felsing mit seinem Vater in Lippfeld und Umgebung ausgehängt hatte. *The Crazy Hearts. Upbeat.* Mir kam der Titel so aufregend vor wie eine Lektion aus dem Englischlehrbuch, doch Sven hatte ihn sich mit seiner Mutter ausgedacht und beide waren von ihrer Wortspielerei überzeugt, wenn es ein

Wortspiel war, *Heart* und *Beat* zu kombinieren. Tim hatte sogar am Schwarzen Brett des Petrinums ein Plakat aufgehängt. Das Schönste daran war, dass jemand zwei Tage später mit einem roten Filzstift das Wort *Crazy* durchgestrichen und *Silly* darüber gekritzelt hatte. Noch vor Ablauf der Woche toppte jemand die Silly-Version mit dem Vorschlag: *The hearts that never beat.*

Wilfried Entrup, von dem ich nie erwartet hätte, dass er den Vorgängen am Schwarzen Brett Beachtung schenkte, sagte am Tag des Auftritts mit Blick zu Sven und mir: Leider werde er am Abend nicht kommen können. Was bitte niemand als mangelndes Interesse deuten möge. Er sei kein Experte für Beats, egal ob Upbeats oder Offbeats, wie auch immer, sein Terminplan lasse es bedauerlicherweise nicht zu. Er wünsche in jedem Fall viel Erfolg.

Sven und ich blickten uns fragend an: Offenbar wusste Dr. Entrup nicht, dass ein Lehrer im Rockkonzert mindestens so peinlich war wie ein Lehrer im Freibad. Wie sollten wir in seiner Gegenwart unsere glanzlose Schülerexistenz abstreifen und zu musikalischen Akteuren werden, die ihre Zuhörer von den Stühlen rissen? Wie sollten die, von denen täglich diszipliniertes Stillsitzen verlangt wurde, in einer mitreißenden Show ihre Instrumente zum Glühen bringen? Oder verwechselte er uns mit einem Quintett, das mit Krawatte und schön gescheitelten Haaren nach Noten spielte? Immerhin war sein offen bekundetes Interesse vor versammelter Klasse eine hervorragende Werbung, wenn es denn unser Wunsch gewesen wäre, dass dreißig musikalisch ahnungslose Mitschüler die so geadelte Veranstaltung besuchten und auf dreißig Fahrrädern durch die Landschaft zur Alten Ziegelei fuhren.

Fünfzig Zuhörer wären großartig, hundert eine Sensation. Niemand von uns hätte an diesem Abend Herrn Felsings Einschätzung widersprochen, schon weil ihm der Schweiß in Strömen vom kahlen Kopf rann. Und weil er sich mehr als jeder andere um das Gelingen unseres Auftritts kümmerte. Mit einem

Stofftaschentuch, das Geschirrtuchmaße hatte, wischte er sich die Stirn und stopfte es wieder in die Tasche seiner blauen Elektrikerjacke. Mir schien, dass die Anstrengung in ihm eine Art Druck bewirkte, der seine Augäpfel vorquellen ließ. Bei einem Beruferaten hätte er beste Chancen gehabt, für einen Sumo-Ringer gehalten zu werden.

Die zweihundert Plakate, die Frau Westerrode beigesteuert hatte, wirkten so professionell, als seien wir bereits unter Vertrag. Es war gut, dass man unsere Gesichter im Schattenriss der Gruppe nicht so genau erkannte. Vom Zentrum des Bildes stiegen stilisierte Herzen wie schillernde Seifenblasen auf. Ein weltbeglückender Schwarm. Es wäre unhöflich gewesen, Frau Westerrodes künstlerische Idee und ihren Hang zur Symbolik zu beanstanden.

Patrick Ritter und ich waren mit letzten Abstimmungen auf der Bühne beschäftigt, als die ersten Gäste kamen. Sie wirkten klein in der großen Halle. Sicher wunderten sie sich, dass wir auf grobgezimmerten Holzpaletten standen und nicht wie Mick Jagger und Keith Richards aussahen.

Verschwinden wir, sagte Patrick.

Bis zum Auftritt blieb Zeit für eine gemeinsame Zigarette oder für ein Bier, oder wir konnten Tim Felsing auf die Schulter klopfen und ihm zuraunen, dass er es schaffe. Keiner wollte den Eindruck verbreiten, wir gingen unser erstes Konzert nicht gelassen an, auch wenn wir ein wenig fürchteten, Tims Stimme könnte im entscheidenden Augenblick versagen.

Klar, sagte ich, verschwinden wir.

Und wenn wir zurückkommen, sagte Patrick, empfängt uns eine Halle voll jubelnder Fans.

Keine Frage, sagte ich.

Im gleichen Moment winkte uns Lina, die mit Alexander und ohne Tommy durchs Rolltor in die Halle trat. Ihr Haar hatte sie gescheitelt und ihr Gesicht wirkte scharf konturiert wie eine Fotografie im Gegenlicht. Schön zu sehen, dass irgendeine schöpferische Instanz auf die Idee gekommen war, ein so ungleiches Geschwisterpaar zu schaffen. Alex trug nur einen gerippten Stoff, der im Grunde ein Unterhemd war, wie ich es von meinem Vater kannte, wenn er nach einem anstrengenden Arbeitstag erschöpft vor dem Fernseher saß.

Der einzige Luxus unseres Backstageraums war der mit Bierflaschen bestückte Kühlschrank. Durch die Ritzen des Holzverschlags konnte man Teile der Halle erkennen, wenn man mit dem Gesicht nah genug an die Latten rückte. Wir taten, als interessierte uns nicht, was dort vor sich ging. Ohnehin konnten wir keinen Einfluss darauf nehmen, wie viele Besucher das Tor passierten, durch das einst Loren mit Lehm gerollt waren. Tim Felsing nahm ich ab, dass ihn die Vorgänge nicht scherten, da ihn sein eigener Zustand mehr beschäftigte. Er hatte wahrscheinlich schon einige seiner Tabletten geschluckt und spülte zwei weitere mit Bier hinunter. Seine Unruhe trieb ihn im engen Raum auf und ab, während er Zeilen aus Songtexten memorierte. Ich raunte ihm im Stillen zu, dass er, wenn er Falsett sang, alle mit seiner einprägsamen Stimme betören konnte.

Jetzt setz dich mal, sagte Nico.

Wenn ich sitze, sagte Tim, reißt es mich auseinander.

Mensch, sagte Patrick, wofür hast du deine scheiß Pillen?

Sven sagte: Tief durchatmen wäre auch eine Möglichkeit.

Komm, sagte ich, spendier uns mal eine Runde Reval.

Wow, die Profis reden, sagte Patrick.

Tim zog mit zittrigen Fingern seine Revalschachtel hervor, und wir alle nahmen aus Solidarität eine seiner furchtbaren Zigaretten. Rauchten und hofften auf eine wundersam lindernde Wirkung.

Was kümmern dich die Zuhörer? sagte Patrick zu Tim und führte mit der glimmenden Reval eine wegwerfende Bewegung aus: Du solltest versuchen, so schlecht wie möglich zu sein. Noch schlechter. Das hat noch bei jedem funktioniert! Tu so, als würde niemand dich interessieren. Lach dich kaputt, wie komisch du bist. Lach dich schlapp und ignoriere das Publikum. Wir alle lachen uns schlapp.

Ja, Mann, sagte Tim verzweifelt, Patrick hat recht, ich lach mich schlapp.

Genau, ich lach mich auch schlapp, sagte Nico und hustete, da er sich am Rauch verschluckt hatte.

Niemand hier lacht sich nicht schlapp, sagte ich.

Tims Vater kam herein, wischte mit seinem Riesentaschentuch Schweiß und sagte: Ihr wisst schon, dass ihr euch nicht vor dem Auftritt betrinken sollt!

Zu Befehl, Herr Felsing, sagte Patrick.

Tims Vater war schwer in Ordnung und aus dem Kreis der Eltern der Einzige, dessen Mitwirken vor Ort wir uns vorstellen konnten. Nicht nur wegen seines praktischen Könnens. Auch Frau Westerrode war okay, aber niemand wünschte, dass sie plötzliche neben uns stand und geistreich redete. Unter ihrer gönnerhaften Anteilnahme schrumpften wir zu einer Band von Gymnasiasten, die sich unter Aufsicht an ihren Instrumenten versuchen durften. Schon ihre Plakate waren streng genommen eine Bagatellisierung unserer Ideen. Wir wollten keinen Musikschulabend. Wir wollten Rausch. Triumph. Revolution. Mindestens.

Herr Felsing, Herr Felsing, rief Tims Vater und stopfte sein Riesentuch in die ausgebeulte Jackentasche, ich heiße Lothar.

All right, Lothar, sagte Patrick und wir lachten, so gut es ging. Dabei war mir klar, dass ich Tims Vater niemals in meinem Leben Lothar nennen würde.

Bis später dann, sagte Herr Felsing und war schon wieder auf dem Weg, um sich um all das zu kümmern, was für einen geordneten Ablauf nötig war. Es war sein Glück, dass er nicht backstage auf seinen Auftritt warten und punktgenau auf der Bühne seine Stimme zum Einsatz bringen musste.

Ich hockte mich auf einen der Ziegelstapel und war vorsichtig genug, mein Bier in kleinen Schlucken zu trinken. Mit einem Mal waren alle sehr still. Durch unsere Stille wanderte Tim auf und ab. Räusperte sich. Als klebte in seiner Kehle etwas Geleeartiges. Die Spalten der Bretterwand schnitten schmale

Streifen aus der Halle. Mich alarmierte grundsätzlich nicht, was sie preisgaben. Ich wusste, wer nicht im Raum war und wessen Abwesenheit zu meiner Beruhigung beitrug. Unter den Zuhörern waren weder Wilfried Entrup noch Lippfelder Väter, die nach der samstäglichen Pflege ihrer Vorgärten zum Kegelabend zusammenkamen. Rebecca gehörte so wenig zu den Gästen wie Professor Dammthal, der sich wahrscheinlich, wäre er Zeuge meines Orgelspiels geworden, geweigert hätte, mir weiterhin Unterricht zu erteilen.

Ich hatte keine Ahnung, ob Tim das Rilke-Gedicht kannte, das einen Panther beschrieb, der sich auf kleinstem Raum im Käfig bewegte. Natürlich fehlten unserem provisorischen Backstagebereich die Gitterstäbe.

Ich sagte: Mensch, jetzt setz dich.

Das ist krankhaft, sagte Nico.

Andererseits lief Tim nicht wirklich wie Rilkes *Panther*, denn es mangelte ihm an Geschmeidigkeit. Das Beharrliche verband sich bei ihm eher mit der Mechanik eines technischen Spielzeugs, in dessen Innern eine Metallfeder abspulte. Es bestand die Gefahr, dass er am Ende einfach umkippte und wir ihn für den Auftritt wieder aufziehen müssten.

Also Leute, ich glaube, viele Plätze sind nicht mehr frei, sagte Sven, der sich zur Bretterwand gebeugt hatte und durch die Ritzen schaute.

Irgendwelche Promis? fragte Patrick.

Klar, antwortete Sven.

Nico sagte: Lady Bump.

Wie sieht's mit denen aus, die jeden Morgen mit den Fingern um die Wette schnipsen? fragte ich.

Fans sind Fans, sagte Sven.

Natürlich musste man mit Leuten rechnen, denen man nie eine Einladungskarte zugesteckt hätte. Wer den Weg durchs Niemandsland auf sich nahm, ließ sich eben schlecht abweisen. Egal, ob er für gewöhnlich am Schwanenteich saß oder vor dem *Café Rinaldo* mit einem Erdbeereis stand. Egal, ob er Markus

Kirschstein oder Manfred Abend hieß, ob er mich abschreiben ließ oder ein kindisches Berufsquartett spielte. Selbst Tims Vater konnte unliebsame Besucher nicht vor die Tür setzen. Bedauerlicherweise. Ein Glück, dass sich die große Mehrheit der Lippfelder ohnehin nicht für Rocksongs einer Band namens Crazy Hearts interessierte.

Was ist, wenn wir eine zweite Zugabe brauchen? fragte Tim und machte jäh Halt.

Dann singst du *La-Le-Lu*, sagte Patrick.

Es geht los, rief Tims Vater, der mit einem Mal wieder im Backstageraum stand. Er sah aus wie kurz vor dem Infarkt. Der Schweiß auf seiner Haut hatte seinen kahlen Schädel in eine spiegelnde Halbkugel verwandelt, die auf der Bühne sicher für großartige Lichteffekte gesorgt hätte.

Es sind mehr als fünfzig Besucher, rief er, mehr als hundert, eine Sensation!

HURRICANE

Es war zwar keine Sensation, wenn man in Deep-Purple-Maß-stäben dachte, aber diejenigen, die gekommen waren, applaudierten, als seien wir schon auf dem Weg zu einer ruhmreichen Band.

Dass wir noch nie auf einer Bühne gestanden hatten, schien niemanden zu stören. Natürlich, es war Samstagabend und jeder hatte ein Recht auf gute Laune. Sollten die Gäste jubeln, als seien wir angehende Stars. Egal wie wir spielten. Im Zweifelsfall konnte man am Ende ein paar verstreute Lehmbrocken vom Boden sammeln und uns bewerfen, weil wir in Wahrheit eine ganz und gar miserable Show geboten hatten.

Ich werde alle enttäuschen, sagte Tim Felsing auf den letzten Metern zur Bühne.

Patrick Ritter hätte als Drummer vorausgehen sollen, doch auf halber Strecke kamen ihm einige Freunde in die Quere und begrüßten ihn wie einen Langvermissten.

Sing so schlecht, du kannst, sagte ich.

Ich gebe mein Bestes, sagte Tim und zog eine seiner Glücks-tabletten aus der Hosentasche.

Ehe der Begrüßungsapplaus verebbte, strecke ich meine Linke in die Luft, als wäre eine unübersehbare Menge an Fans zu begrüßen, und schlug mit der Rechten einen grellen Akkord auf der Hammondorgel an. Sven suchte auf der Gitarre einen passenden Griff und ließ ein paar verzerrte Töne aufsteigen.

Ich wies mit dem Zeigefinger in seine Richtung, als habe er Beifallswürdiges geleistet. À la Eric Clapton oder B. B. King. Mit einem prägnanten Wirbel an den Drums eröffnete Patrick die erste Nummer. Der Titel war ein Zugeständnis ans Publikum, nichts weiter, ein kunstloser Einstieg, dessen Rhythmik, so unsere Hoffnung, die Besucher in eine Art Beifalls- und Begeisterungsrausch versetzte. Was natürlich nur für diejenigen galt, die sich mit stampfenden Beats begnügten und simple Gitarrenriffs für gute Rockmusik hielten. Patrick hatte uns auf den Song *I Love Rock 'n' Roll* gebracht. Wir versuchten, ihn schroffer, dissonanter als die Arrows zu spielen. Tim hatte kurze Gesangsparts, die er herauspresste und die vom skandierenden *I love Rock 'n' Roll*-Refrain abgelöst wurden.

Es war gut, dass wir uns fühlen durften, als wünschte uns jeder Glück. Mich beruhigte vor allem, dass Rebecca nicht unter den Zuhörern saß, da ich sonst fortwährend hätte denken müssen, dass dieser oder jener Titel allzu schlicht war. Obwohl auch Mozart schlicht sein konnte. Aber bei Mozart war Schlichtheit erlaubt. Ich bemühte mich, in den Solopartien die Hammondorgel nicht wie ein Klavier zu behandeln, sondern wie ein für Klangexperimente geschaffenes Instrument. Mit Vibrato-, Leslie- und Choruseffekten. Wenn nicht alles täuschte, brachten meine Improvisationen mir umso mehr Applaus ein, je konsequenter ich meinen spielerischen Impulsen nachgab.

Nach dem dritten Stück taumelte Tim auf mich zu und schrie mir ins Ohr: It's hell! Die Zuhörer jubelten. Und wenn es die Hölle war, war das Jubeln ein Höllenjubel. Sven setzte zum Intro des Hurricane-Songs an, dem schwierigsten Stück, was Tims Gesangspart anging. Seine Hände zitterten, als er das Mikro griff. Wie sehr sie zitterten, wurde erst dadurch sichtbar, dass sich die Unruhe aufs Mikro übertrug. Ich kannte einen solchen Tremor nur vom greisen Organisten Weilichmann, wenn er seinen Gehstock umklammerte. Die silbernen Ringe, die Tim an der Rechten trug, fingen das Bühnenlicht ein und vervielfachten das Zittern.

Patrick hatte natürlich recht, es half, wenn man nicht allzu viel Wert darauf legte, ob die Besucher am Ende buhten oder klatschten. Ohnehin waren sie nachsichtig gestimmt oder geradezu begeisterungswillig, was sicher daran lag, dass es außer uns keine Band in einem Landstrich gab, wo sonst Tambourchöre und Blechbläser aufmarschierten. Nicht nur die Bankreihen, die Tims Vater aufgestellt hatte, waren besetzt, auch an den Wänden drängten sich Zuhörer, die uns anspornten und irgendwann vielleicht sogar zu tanzen begännen. Was ich in jedem Fall als ein gutes Zeichen gewertet hätte. Für die ganz große Stimmung hätte es allerdings nicht nur mitreißender Musik bedurft, sondern auch einiger Drinks statt Wasser und Saft. Ich nahm an, dass zumindest der eine oder andere vorausgedacht hatte, wenn auch nicht jeder wie Kuddel in seinen Taschen Minipacks mit *Jägermeister* bei sich trug.

Tims Gesang klang mehr und mehr, als seien seine Stimmbänder aufs Empfindlichste strapaziert. Eine Rauheit ohne Resonanz. Niemand musste merken, dass er nicht in Höchstform war. Er kämpfte mit jeder Note und presste die Falsetttöne heraus. Hätten im Schatten der Ziegelei Wölfe gelebt, hätten sie sich angesprochen fühlen müssen. Ich ließ in der Rechten zeitweilig die Melodie mitlaufen, um seiner Stimme Halt zu geben. Wir alle spielten für ihn und waren sein Background, über den sein Refrain aufstieg. Wenn Susanna im Raum war, musste sie hören, dass der Song nicht ohne sie denkbar war. Ohne die dreihunderttausend Enttäuschungen. Ohne unseren Verrat an uns. Ich wünschte, sie hörte genau zu, obwohl ich nicht garantieren konnte, dass jedes Wort zu verstehen war, so wie Tim sang. So wie er sang, war es eine Schmerzbewältigung. Ihr gewidmet. Ein Antihymnus.

Nach dem Refrain setzte ich zu einem Solo an und ließ Tim zu Atem kommen. Ich lachte, während er Luft holte, schlug mit dem rechten Ellbogen in die Tastatur und zog Glissandos mit der Linken. Es klang wie ein Hurricane, der dem ahnungslosen Hörer die Brust aufriss. Rücksichtslos. Ich behandelte die Tasten so, wie ich mir vorstellte, dass zwei Menschen sich fühlten, die etwas füreinander empfunden hatten, was sie nicht mehr empfanden. Die Halle toste. Die Zuhörer liebten zweifellos nichts mehr als Katastrophen. Empfanden eine Liebe, die wie ein Hurricane funktionierte, als Steigerung von Liebe. Ich trommelte auf den Tasten, bis Sven sich herdrehte und mit einigen rhythmischen Akkorden Tempo aus dem Spiel nahm. Er moderierte uns perfekt. Ehe alles in Konfusion abzugleiten drohte, kehrte ich mit den letzten Solotakten zum Ausgangspunkt zurück und leitete zum Refrain über.

Tim begann mit mehr Kraft und diesmal fast ohne Zittern. Entweder hatte er eine besonders große Glückspille gefunden oder er war über den kritischen Punkt hinweg. Oder mein Solo hatte ihm bewiesen, dass man spielen konnte, was man wollte, solange es schrill war. Sowie Tim sich steigerte, nahmen wir uns zurück und überließen ihm und seiner Stimme den Raum. Sein Falsett klang, als habe er gelitten, gelitten am Alkohol wie überhaupt am Leben. Wer wollte, konnte etwas Tröstliches darin mitschwingen hören. Als gäbe es in der Misere ein taumelndes Irrlicht. Irgendwann würde aus ihm ein Super-Freddie-Mercury. Beim letzten Ton, den er Richtung Hallendecke sang, als zöge dort ein anbetungswürdiges Gestirn, sank er tatsächlich auf die Knie.

Es war mehr Johlen und Jubeln, als wir für möglich gehalten hätten. Die Zuhörer stampften. Riefen. Ich hatte das Gefühl, dass nicht mehr allzu viel schiefgehen konnte.

Svens Bluesballade war in unserem Programm vermutlich das, was ein langsamer Satz in einer Sonate war. Kein Mensch wusste allerdings, wofür langsame Sätze gut waren. Man hätte sich fragen können, ob es noch dieselbe Band war, die auf der Bühne stand, während er *Hero of Everyday Life* sang. Seine Ballade war das Gegenteil eines Hurricanes. Wir alle wussten, was er meinte, doch es war nicht sehr aufregend, den Alltag eines Mitmenschen vom morgendlichen Weckerklingeln bis zum Abendprogramm als sinnaufzehrende Routine zu beschreiben.

Erschwerend kam hinzu, dass niemand zu einer solchen Nummer tanzen konnte. Oder wollte.

Ich steuerte Dreiklangsfiguren bei, die sich auf verschiedenen Tonstufen wiederholten, und sagte mir, dass nicht jedes Stück von einem Orkan inspiriert sein musste. Wer wollte, konnte seinen Blick schweifen lassen, etwa zur Decke, wo gespenstische Schleier hingen, bestehend aus gigantischen Spinnweben, auf die sich Ziegelstaub gelegt hatte. Die Tauben im Gebälk verhielten sich wunderbarerweise ruhig. In den Proben, wenn ihr Gurren zu aufdringlich wurde, warf Tim manchmal mit Steinen nach ihnen.

Sollte ich bedauern, dass Mick am Rolltor der Halle lehnte und nicht auf der Bühne neben mir glänzte? Wahrscheinlich fürchteten wir beide, dass die Zuhörer seine Luftgitarrenartistik neben dem versierten Spiel von Sven und Nico als missglückte Show empfinden könnten. Als komische Randnummer. Als Selbstparodie.

Am Ende kam es darauf an, dass unsere Songs nicht an Songs erinnerten, die man schon einmal gehört hatte. Dass wir nicht wie das Echo einer anderen Band klangen, sondern wie der Vorgriff auf etwas Neues, etwas Niegehörtes, das sich Ton für Ton am Horizont formierte. Tim sang die letzte Nummer mit einer Intensität, als habe er all seine Bedenken auf wundersame Weise abgelegt. Patrick steuerte harte, präzise Beats bei. Exakt zu Nicos furioser Basslinie. Ich war verblüfft zu hören, wie sich der Klang verdichtete. Gegen den vorwärtsdrängenden Rhythmus setzte Sven scharfe Synkopen. Dazu von mir perlende Orgelskalen, die wie aus einem Unwetterhimmel fielen. Tim schrie ins Mikro. Kein Mensch verstand, was er schrie. Zwar hatten Sven und ich die Texte geschrieben, doch nun gehörten sie Tim, und so, wie er sie sang, waren sie mehr als das, was wir in Worte gefasst hatten.

Wir waren nicht gar so schlecht, wie mir schien, wenn wir keine Arrows-Hits nachspielten und uns nicht an Rock-'n'-Roll-Klassikern versuchten, wenn wir nicht bedauerten, dass Chuck

Berry und Bill Haley alt und runzlig waren. Wir waren gut, wenn wir uns treiben ließen und falsche Töne riskierten, wenn wir rasend schnelle Beats ins Publikum jagten. Es waren mehr als harmlose Offbeats, es war ein harter, schönheitsverachtender Sound, die Kehrseite des Gefälligen. Einen Moment lang, einen winzigen Moment lang, als alles zu einem rasenden Rhythmus zusammenkam, durch den zuckend meine Orgelstaccatos stießen, einen kleinen Moment lang glaubte ich, wir könnten es schaffen, wirklich schaffen, etwas Niedagewesenes zu spielen.

FOOLS ON THE HILL

Ich war zu erschöpft, um Micks Gruß aus der Ferne zu erwidern oder dem Publikum mit einer letzten Dissonanz zu danken, ich war zu schwach, um zu lächeln, als ich Linas Hand in der Luft schweben sah. Noch während die Zuhörer applaudierten, hatte ich den Eindruck, unter mir öffne sich der Boden. Es musste eines der alles verschlingenden Schwarzen Löcher sein. Tim, der während der letzten Songs unglaublich aufgedreht hatte, als hätten seine Stimmungsaufheller das erwartete Wunder bewirkt, schlug mir auf die Schulter. Offenbar wollte er mir beweisen, dass es mich noch gab oder zumindest eine Gestalt, die das Publikum für meine Person hielt. Ich stolperte und schaffte es mit Glück ohne Sturz in den Backstageraum.

Willkommen, rief Jan-Henri aus dem Off, was für ein Start!

Es hätte schlimmer kommen können, sagte ich.

Ich gestatte mir, eine Camel auf euch zu rauchen!

Irgendwann würde ich Sven erklären müssen, dass seine Bluesballade mir für die Dauer des Songs das Gefühl gab, in Zeitlupe zu leben. Meinetwegen konnte er, wenn er allein war, singen und spielen, als hielte er sich für einen Songwriter wie Donovan. Wir waren die Crazy Hearts, wuchteten Akkorde und hämmerten Rhythmen, brachten, wenn Tim sich noch etwas steigerte, Glas zum Zerspringen. Wir waren das Gegenteil von Über-den-Wolken oder Catch-the-Wind. Wir waren:

Abgründig. Ungeschliffen. Kontrapoetisch.

He, he, rief Tim euphorisch. Wie ein betrunkener Bär wankte er auf Patrick zu und umarmte ihn. Küsste ihn auf die Wange. Auf die Lippen.

Lass den Scheiß, sagte Patrick.

Das war kosmisch, Jungs, sagte Nico.

Danke, Leute, rief Tim, ihr habt mich gerettet.

Gern geschehen, sagte Patrick.

Ich liebe euch, brüllte Tim und breitete seine Arme aus.

Patrick sagte: Ich habe ein Tape, das ich euch unbedingt vorspielen muss, einen Livemitschnitt der Sex Pistols, schon mal gehört?, sie produzieren gerade ihre erste LP.

Leute, sagte ich, Hauptsache keine langsamen Sätze!

He, rief Nico, sollten wir nicht noch eine Zugabe spielen?

Ein anderes Mal, sagte ich.

Wir könnten Svens Bluesnummer wiederholen, sagte Patrick.

Was soll das heißen? fragte Nico.

Nothing at all, sagte Patrick

Na, schrie Tim, das soll heißen, wir fliegen nach England und hören uns die Sex Pistols an, das soll es heißen.

Tim bot mir eine Reval an und es wäre in dieser Situation unsinnig gewesen, meine Camel hervorzuziehen, selbst wenn eine filterlose Reval in etwa das Brutalste war, was ich meiner Lunge nach dem Auftritt antun konnte. Doch es kam nicht darauf an. Ich inhalierte und in meinem Schädel startete ein Feuerwerk, als wäre es der erste Zug meines Lebens. Die Explosionen in meinem Kopf ließen mich taumeln.

Hi, Mister Superplayer, rief eine Stimme, die alle anderen übertönte. Ich ließ mich auf einen der Ziegelstapel sinken und wartete, dass sich das Chaos im Kopf legte. Doch einstweilen drehte sich die Welt vor mir als Karussell.

Mister Superplayer, rief Mick wieder, he, he, he! Er kam wie ein Boxer auf mich zu. Zielte mit spielerischem Schwung gegen meinen Oberarm. In seinem Tross erkannte ich Alexander und Lina. Gabi lachte von fern.

Ich starrte auf den Boden und sagte: Stopp! Halt bitte an, du komisches Karussell.

Probleme? fragte Alex.

Ich habe sogar die Vikarin gesehen, rief Gabi.

Verdirb ihm die Laune nicht, sagte Mick.

Alles okay? fragte Sven, der als letzter von der Bühne kam und seine Gitarre noch über der Schulter trug.

Kannst du dir vorstellen, fragte ich, wie es sich anfühlt, von einem Schwarzen Loch geschluckt zu werden?

Es dürfte jedenfalls schwer sein, wieder rauszukommen, sagte Sven.

The Crazy Hearts, brüllte Tim und warf seine Bierflasche, die er gerade erst geöffnet hatte, gegen die Bretterwand. Es klirrte und scheppterte und Mick riss begeistert die Arme hoch.

Zu viel *Pertofran*, sagte Nico.

Schade um das Flaschenpfand, sagte Sven.

Am sichersten war es, den Blick nach unten zu richten und möglichst wenige Eindrücke einzufangen. Selbst die Ameisen, die vereinzelt über den Boden irrten, machten mich nervös. Sobald ich den Kopf hob, nahm das Karussell Fahrt auf. Mit Personen, die ich kannte, mehr oder weniger, die mir zunickten, durcheinander riefen und winkten. Vickie stürzte auf mich zu, als fiele sie aus der Schaukel, die uns als Kinder in den Himmel getragen hatte.

Ich hätte ein paar tolle Ideen für euch, rief sie.

Kuddel sagte: Das war besser als *Summertime*.

Du solltest mit Vickie um die Wette schaukeln, sagte ich leise zu Kuddel.

Mick deutete einen eleganten Riff an und sagte: Das war die beste Aktion, diese Passage. Wenn ihr eines Tages einen wirklich guten Manager braucht, ihr wisst ja, wo ihr mich findet.

Klar, Kapellenweg, Weltende, sagte ich und musste wieder nach unten starren, um nicht mit meinem Schwindel im Kopf vom Ziegelstapel zu fallen.

Jetzt lasst ihn doch mal in Ruhe, sagte Lina.

Vier, fünf Ameisen liefen an meinen Schuhspitzen vorbei. Sie taten mir leid, weil sie die Turbulenz in der Halle so wenig vertrugen wie ich. Auf ihrem Weg schienen sie immer wieder kurzzeitig die Orientierung zu verlieren, sodass sie in heller Aufregung mal hierhin, mal dahin eilten, ehe sie zu ihrer alten Fährte zurückfanden.

Glückwunsch, Jungs, rief Herr Felsing. Ben ist total blass! Wie wär's mit frischer Luft?

Lina rief: Ich kümmere mich um ihn.

Prima, sagte Herr Felsing.

Niemand muss sich um mich kümmern, sagte ich. Gleichzeitig ließ ich mich aber von Lina, die mir ihre Hand hinstreckte, von meinem Ziegelplatz ziehen. Es war am Ende egal und ebenso gut, wie umherirrende Ameisen zu beobachten. Am Ausgang sah ich Manfred Abend und Achim Klein in kurzärmeligen Karibikhemden, beide nickten, als sei es ein Wettbewerb, wer schneller im Nicken sei.

Gratuliere! sagte Achim Klein zu mir, obwohl wir seit Wochen kein Wort gewechselt hatte.

Und? fragte ich in Manfred Abend: Alle Songs erkannt?

Da Lina neben mir ging und sich untergehakt hatte, konnte mich zum Glück keine Schreckensbegegnung aus dem Gleichgewicht bringen. Auch Markus Kirschstein und Werner Wahlers konnten mir nichts. Sie grüßten, indem sie ihre Colaflaschen samt Strohhalm hoben. Vermutlich waren sie nur gekommen, weil sie darauf gehofft hatten, der Auftritt werde ein Debakel und sie könnten als Zeugen mitreden, wenn es darum ging, das Desaster in seinem ganzen Ausmaß zu erörtern.

Man sieht sich, sagte ich zu Manni, als wir schon so gut wie an ihm vorbei waren. Immerhin würde ich in einigen Tagen wieder auf seine Hausaufgaben angewiesen sein, obwohl es inzwischen ein Risiko war, von jemanden abzuschreiben, der überall nur bei *ausreichend* landete.

Hinter der Halle steuerte Lina auf einen kleinen Hügel zu, der aus Lehm und Tonscherben bestand. Sie konnte nicht wissen, dass wir häufig hier in den Spielpausen saßen. Allerdings hätten uns die ausgetretenen Kippen verraten können und die eine oder andere vergessene Bierflasche. Vor dem Wall war eine rostige Lore gestrandet, aus der Gräser und Königskerzen wuchsen und in die sich Patrick manchmal hineinsetzte, um wie ein übermütiges Kind seine Beine baumeln zu lassen.

Schon besser? fragte Lina, als wir uns langsam zwischen Ziegeln und Unkraut niederließen.

Schon besser, sagte ich.

Garantiert seid ihr bald berühmt, sagte Lina.

Sicher eher nicht.

Aber vielleicht.

Trotz des schwachen Lichts lag ein Schimmer auf ihrem Gesicht, als habe sie ein raffiniertes Make-up aufgelegt. Mit ihrem akkurat gescheitelten Haar hätte sie neben jedem Charlestonstar der zwanziger Jahre bestehen können.

Schade, dass ich kein Instrument spiele, sagte sie, sonst würde ich bei euch einsteigen. Sängerin wäre nichts für mich, ich treffe die Töne nie. Schon in der Grundschule habe ich nie die Töne getroffen, was so schlimm war, dass ich, wenn wir im Chor gesungen haben, ganz hinten stehen musste und nur stumm den Mund bewegen durfte.

Was ja auch nicht einfach ist, sagte ich.

Dafür kann ich tanzen! sagte sie.

Super, sagte ich, obwohl ich im Augenblick nicht darauf aus war zu erfahren, wo ihre Talente lagen und wo nicht.

Ich könnte euch im Übrigen schminken, sagte sie.

Na großartig, sagte ich.

Warst du schon mal bei einem Visagisten?

Ich wüsste nicht.

Dann hast du was verpasst. Momentan habe ich eine etwas schwierige Chefin, aber in einem Jahr ist Schluss und ich werde selbst etwas auf die Beine stellen. Wenn du Lust hast, schau mal vorbei. Eventuell kann ich dir ein paar Tipps geben. Generell fand ich euch auf der Bühne noch etwas unscheinbar.

Verglichen mit Queen oder so. Ich hätte ein paar Ideen, wie ihr halbwegs als Profis und nicht wie ein paar Schüler mit Gitarren rüberkommt, was meinst du? Alle lassen sich schminken. Denk an David Bowie! Alle haben Visagisten! Maskenbildner. Im Grunde kannst du dir Pickel und eine Allerweltsfrisur nicht leisten. Okay, ich gebe zu, ihr tretet nicht im Fernsehen auf, but who knows ...

Denke ich auch, sagte ich.

Was das Tanzen angeht, sagte sie, kann ich dir ein paar Sachen zeigen.

Solange ich dabei sitzen bleiben darf, sagte ich und klopfte eine Camel hervor.

Also pass auf, sagte sie. Tatsächlich schwang sie sich auf und streckte ihre Arme aus, als habe sie vor, davonzufliegen. In der Dämmerung grasten die Kühe hinter ihr unbeirrt weiter. Lina drehte sich um die eigene Achse, was eine Pirouette hätte sein können, doch eher wie ein riskanter Balanceakt aussah. Es war sicher zu dunkel, um eindrucksvolle Kunststücke vorzuführen, und der Untergrund hatte kaum die Qualitäten eines Tanzparketts. Neben Grasbüscheln und niedrigem Gesträuch störten vor allem die Maulwurfshügel, in die Tim öfter in seinen jähen Schüben aus Verzweiflung hineintrat.

Toll, sagte ich.

Es ist ein bisschen zu dunkel, sagte sie. Auch was an neuen Tanzfiguren folgte, wirkte auf mich etwas eigenwillig, aber es war okay in der milden Abendluft zu sitzen und alles nur in Umrissen zu sehen: den Saum des Waldes, die gefleckten Kühe und davor Lina, die bizarre Drehungen und Sprünge ausführte. Ich hoffte, dass ihr Talent als angehende Visagistin ihre tänzerischen Künste übertraft. Das Beste an ihrer Vorführung war, dass ich entspannt dasitzen konnte, ohne ihr zu nahe zu kommen. Auch wenn mich ihre Nähe nicht grundsätzlich gestört hätte, ahnte ich, welche Komplikationen und Verwirrungen daraus resultieren mussten. Also schaute ich dankbar zu und war mir nicht einmal mehr sicher, ob es nicht ihrerseits ein bloßer Spaß war, eine mir gewidmete Parodie. Allein zu meiner Ablenkung gedacht, während ich an eine ernstgemeinte Ballettübung glaubte. Ihre Hände und Arme schwang sie wie Flügel zurück, während sie ein Bein nach hinten spreizte und den Oberkörper vorbeugte. Es erinnerte mich an den *sterbenden Schwan*, selbst wenn ich die musikalische Untermalung vermisste und die tänzerische Anmut fehlte, die man bei einem Tschaikowski-Ballett erwarten durfte.

Da steckt ihr, rief Patrick. Vom Halleneingang kam eine Gruppe aus Schatten wie eine kleine Gang auf uns zu, jede Figur mit einer glimmenden Zigarette und einer Flasche in der Hand. Die Szene hätte sich gut als Plattencover gemacht. Lina deutete eine bühnentaugliche Verbeugung an, wobei sie die Hände auf den Rücken legte und in gewissermaßen ergebener Erwartung eines Lobes die Augen aufschlug.

Spitzenmäßig, murmelte ich und ließ mich zurückfallen, sodass ich direkt in den Spätabendhimmel sah, an dem vereinzelt Sterne schimmerten.

Wir wollten noch etwas feiern, sagte Nico, wenn es recht ist.

Ich sterbe zwar gerade vor Erschöpfung, sagte ich, aber feiert nur!

Ich schaute in die dunkle Kuppel, wo sich ein Sternenkarussell formierte. Nach und nach würde es an Fahrt verlieren, hoffte ich, und wenn es irgendwann stillstände, ginge es mir wieder besser.

Er liest unsere Zukunft aus den Sternen, sagte Sven.

Wahrscheinlich träumt er von unserer ersten Englandtournee, sagte Patrick.

Ich denke daran, sagte ich, dass Lina uns beim nächsten Auftritt schminken sollte, damit uns niemand für einen Haufen blasser Schuljungen hält.

Träum weiter, sagte Sven.

Ich ahnte aus den Augenwinkeln, wie er und die anderen sich neben mich ins Gras streckten und den Blick nach oben richteten, um in den sternenbesetzten Himmel zu sehen, der nie schöner sein würde als an diesem Abend.

NACHKLANG

Liebe Rebecca, bitte wundere Dich nicht, dass es mir leichter fiel, vor einem Publikum zu spielen, in dem die mir wichtigste Zuhörerin fehlte. Dabei verwünsche ich tagaus, tagein die Entfernung zwischen uns. Für ein paar Songs ans Ende der Welt zu reisen, wäre unverhältnismäßig gewesen. Lachhaft. Natürlich wüsste ich gern, was Du von unseren Versuchen hältst, andererseits wäre es mit meiner Sorglosigkeit vorbei gewesen, wenn eine so hellhörige Klavierspielerin wie Du im Publikum gesessen hätte. Bei jeder Passage hätte ich mich gefragt, wie Du meine spielerischen Einfälle beurteilst. Wie lausig oder dürftig Du sie findest. Beispielsweise im Vergleich zu Mozart, was Unsinn ist, da niemand auf die Idee käme, mich oder uns mit einem alles überstrahlenden Genie zu vergleichen, egal ob tot oder lebendig.

In manchen Momenten – wie gerade wieder, während ich Dir schreibe – jage ich der irrsinnigen Hoffnung nach, dass es Dir gefallen könnte. Ich weiß, die Appassionata ist tausendmal kühner als all das, was wir spielen und je spielen werden. Aber wo kommen wir hin, wenn das, was war, immer besser sein soll, als das, was sein wird? Scheiß Beethoven! Scheiß Brahms! Pardon! Wäre nicht ein Fünkchen Größenwahn auf der Bühne dabei, sollte man sich besser im Kleiderschank einschließen oder im Keller verkriechen.

Leider fehlt mir das erhebende Gefühl, das ich beim ersten Crazy-Hearts-Auftritt erlebte, wenn ich notengetreu Beethoven spiele. Kein Fels wird in meiner Brust gesprengt. Natürlich darf Professor Dammthal nicht wissen, dass die meisten Klassiker keinen Fels in mir sprengen. Du verrätst mich bitte nicht, wenn wir zu seinem Jubiläum zusammenkommen! Ich weiß nicht einmal, wie alt er wirklich wird, sechzig?, fünfundsechzig? Ein Geburtstag jenseits der Fünfzig wäre für mich ohnehin kein Grund zum Jubeln. Kein Grund, sich von seinen Schülern und ehemaligen Schülerinnen am Klavier feiern zu lassen. Dennoch danke ich Dammthal und seinem Alter und bin der glücklichste Mensch weit und breit, weil wir uns sehen werden. Und hören werden. Ich habe keine Sekunde gezweifelt, dass es sein Wunsch ist, Dich dabei zu haben. Ich werde mit Beethoven antreten. Oder auch nicht. Seit neuestem spiele ich Nocturnes von Chopin. Sie besänftigen mich. Das *Allegro assai* der Appassionata dagegen beschert mir regelrechte Fieberschübe. Die Hitze ist für mich ein Zeichen, dass etwas zwischen der Sonate und mir nicht stimmt. Was auch immer es ist. Vielleicht kann ich Dammthal noch überreden: Chopin statt Beethoven. Was glaubst Du? Oder ich wechsle auf die Gefahr hin, verdammt zu werden, zu einem Crazy-Hearts-Song, was mir mehr Spaß machen würde als dem Rest der Welt. Ich wäre endlich enttarnt als der, der ich bin. Als Beethovenverunglimpfer, als Klassikverräter, als jemand, der die schönsten Meisterwerke in Hardrockgehämmere verwandelt. Die Zuhörer werden fliehen. Nur Du, hoffe ich, bleibst sitzen – als Einzige im Saal. Die Idee hat ihren Reiz, nicht wahr?

Aber warum sollte ich traurig sein, wenn die Klassikfans fliehen? Du müsstest erleben, wie anders es ist, vor einem begeisterungsfähigen Publikum zu spielen. Stell Dir Deine Zuhörer johlend und kreischend vor. Oder was alles an Überschwang möglich ist! Aus der Menge kommen anfeuernde Rufe, wenn Du zu einem Crescendo ansetzt. Man kann sich genau dorthin tragen lassen, wo man die stärkste Reaktion erwartet. Doch wo bitte sollte ich mich hintragen lassen, wenn jede Note und jede Phrasierung, jedes Pianissimo und jede Pause vorgeschrieben sind? Ich werde Dich natürlich nicht überreden, als sechstes Mitglied bei den Crazy Hearts anzuheuern.

Bis in die Nacht saßen wir noch mit unseren glimmenden Zigaretten auf dem Schutthügel hinter der Ziegelei. Ich brauchte etwas Zeit, um mich von unserem Auftritt zu erholen, der nicht so sehr eine körperliche Verausgabung war als eine innere Umkrempelung. Zeitweilig glich die Welt einem Karussell in voller Fahrt. Die Gesichter der Crazy Hearts kreisten, die Mauern schwankten, die Kühe rutschten den Horizont hinab und die Sterne waren ein Mobile am nächtlichen Himmel.

Im Umkreis der Ziegelei wachsen keine Linden, sondern Pappeln, deren Blattunterseiten silbrig schimmern. Aus der Entfernung erinnern sie an schlanke Säulen. Ich könnte sie Dir zeigen, falls Du einmal herkommen solltest, aber natürlich begleite ich Dich tausendmal lieber unter langlebigen Sommerlinden als unter jungen Silberpappeln. Du würdest nicht glauben, wie gottverlassen ein Landstrich sein kann. Niemand verirrt sich in dieses verwunschene Ziegelgemäuer, das der Natur preisgegeben ist, niemand außer ein paar wirren Träumern mit summenden Verstärkern und hochfahrenden Hoffnungen.

Als das Schwirren in meinem Kopf endlich nachließ, war es so dunkel, dass die Crazy Hearts wie ein präziser Scherenschnitt unter dem Mond aus dem Ziegelwall ragten. Du hättest uns sehen sollen! Ein paar Blumen wuchsen an uns herauf. Sterne leuchteten über unseren Frisuren. Aus den zersprungenen Fenstern der Halle schienen noch Lichter herüber, doch das Publikum war fort. Aus dem Innern kam nur das Klappern von Kisten und Stühlen, während Tims Vater mit den Aufräumarbeiten zugange war.

Ich erinnere mich, dass Tim nach Bier und Minze roch, als er sich zu mir beugte. Etwas Ungeheures sei geschehen, flüsterte er mir ins Ohr, und er selbst könne es noch nicht glauben: Seine Ursulinenfreundin sei dagewesen und habe ihm zugewunken.

Und das Verrückteste – sie sei gewachsen! Was bei einer Schülerin, denke ich, kein wirkliches Wunder ist. Wichtiger für mich war seine verwegene Behauptung, die Crazy Hearts würden bald um den Globus jetten.

Ich überlege, ob genau das sein Wortlaut war: *um den Globus jetten*. Wenn Du in nächster Zeit Postkarten aus London, Sydney oder L. A. bekommst, lag Tim mit seiner Vorhersage richtig. Doch weitaus wahrscheinlicher wird sein, dass Du weiterhin nur Briefe aus Lippfeld erhältst. Oder Postkarten aus Essen-Werden. Genau genommen ist Essen – für uns jedenfalls – nicht schlechter als London. Wie sollten wir glaubwürdig bleiben, wenn wir immer nur dorthin schielen, wo wir gerade den neusten Trend vermuten?

Gern würde ich wieder einmal mit Dir den Baldeneysee besuchen. In der Nacht. Nach dem gewiss großartigen Dammthalkonzert. Du wirst – lass mich raten – nicht Mozart spielen, auch keine Haydn-Variationen, sondern ... ich tippe auf Debussy. Oder doch Mendelssohn? Wenn wir alle auf Professor Dammthal angestoßen haben, schleichen wir uns davon. Ich habe Übung darin, mich unbemerkt davonzuschleichen. Am Seeufer müsstest Du Deinen Kopf gar nicht erst auf meinen Arm legen, denn er erinnert sich auch so an Dich. Doch es wäre fahrlässig, die Erinnerung nicht von Zeit zu Zeit aufzufrischen. Uns zu beweisen, dass es uns gibt! Leider kenne ich keinen Trick, der die Warterei erträglicher macht. Nichtendende Briefe schreiben? Sich eine schöne Zukunft ausmalen oder Gespräche mit sich selbst führen? Die Zeit bis zum Wiedersehen verdammen! Ich tue all das und vermisse Dich doch sekündlich mehr, Ben.

3

LEUCHTENDE GERANIEN

Manchmal war ich fast Gott und die Welt eine Puppenstube, in die sich mein Blick verirrte. Alles war für alle Zeiten am richtigen Platz. Die Gardinen hingen schneeweiß im Licht und von der Fensterbank leuchteten die Geranien. Die Kaffeemaschine spiegelte sich im Glanz der Kacheln. Über allem herrschte der Zitrusduft verbreitende Held Ajax. Sein Freund Ariel war für die Reinheit der Hemden und Geschirrtücher zuständig.

Manchmal war ich nur ich, kam zur Tür herein und sah auf dem Tisch die Einkäufe aus dem Aldi-Markt: Suppennudeln und Fruchtjoghurt, Dosenmilch und Konserven mit Zuckererbsen und Brechbohnen. Meine Mutter hakte mit ihrem Bleistiftstummel Posten für Posten auf dem Kassenbon ab und legte die Waren von links nach rechts. Ihr Kassenzettel war der schmucklose Nachkomme einer Luftschlange und rollte sich wie sie immer wieder ein. Leider war er nicht so farbenfroh und taugte nicht als Dekoration. Geduldig strich meine Mutter das dünne Papier wieder glatt und schob ein Glas Konfitüre von der linken auf die rechte Seite. Versah die Konfitüre auf dem Bon mit einem Häkchen. Wäre ich fast Gott gewesen, hätte ich ihr alles zum halben Preis gegeben. Dass der Zettel am Ende mehr Artikel zeigte, als auf dem Tisch lagen, wäre egal gewesen und meine Mutter hätte sich die Reklamation der fehlerhaften Buchungen ersparen können. Zumal die bescheidenen Gutschriften unseren

Wohlstand so wenig vermehrten wie die Lotteriescheine meines Vaters. Womöglich betrieb sie den Aufwand auch nicht wegen der Pfennigbeträge, die sie zurückholte, sondern aus Wachsamkeit gegenüber den uns widerfahrenden Ungerechtigkeiten des Alltags.

Manchmal war ich nur ich und drehte gleich wieder ab, wenn ich meine Mutter mit ihrem Bleistiftstummel über dem Kassenbon gebeugt sah. Ging die Rechnung nicht auf, wiederholte meine Mutter die Prozedur. Ihr Blick wurde mit jedem Häkchen starrer und beim Maggiefläschchen oder beim Puddingpäckchen geriet sie in eine tiefe Trauer und begann eine Reise, die in ein unbekanntes Land führte. Die Lebensmittel nahm sie nicht als Proviant mit, sondern ließ sie als zwei ungleiche Anhäufungen von Schachteln und Dosen auf dem Esstisch zurück.

Manchmal, wenn ich fast Gott war, betrachtete ich das Chaos auf dem Tisch mit einem ruhigen Nicken, ehe ich meine Mutter ins Schlafzimmer führte, wo im Halbdunkel ihr Stuhl stand. Dann war ich wieder nur ich und lief in die Küche, raffte alles an Konserven, Flaschen und Packungen zusammen und verstaute es in Regale und Schränke, egal wo es hingehörte. Hauptsache, das Durcheinander verschwand aus meinem Blick.

Manchmal, wenn ich fast Gott war, zog ich eine Schere aus der Schublade und kappte die Blüten der Geranien. Oder war ich fast ich, wenn ich den Geranien die Blüten kappte? In den Schränken stöberte ich nach Dingen, die mich beschwichtigen konnten. Fand eine Schokolade, in die ich hineinbiss, als wäre sie meine Rettung. Und ich fast Gott. Nahm eine zweite Tafel, trank Limonade und tat, als wäre ich beinahe froh. Setze mich ans Klavier und spielte ein Stück, das nur aus Dissonanzen bestand.

Von der Schokoladenschachtel blickte mich jemand an, der nicht ich war und auch nicht Gott, der mir jedoch entschieden missfiel. In seiner Hand hielt er drei Schokoriegel. Pries sie an. Lächelte. Mit einem mustergültigen Milchgesicht. Ich erinnerte mich, dass er vor Jahren sein Haar kürzer getragen hatte, jetzt reichte es über die Ohren. Man hätte den Riegel, den man sich in den Mund gesteckt hatte, gleich wieder ausspucken wollen. Der gebügelte Kragen seines Hemds war so steif wie die Gardinen der Puppenstube. Jeder begriff, dass die Schokolade keine gewöhnliche Schokolade war, sondern Milch in Riegeln mit einer Hülle aus Kakao.

Auf dem Küchenboard stand das Mixgerät, das unter höllischem Lärm Bananen und Erdbeeren zu Shakes verarbeiten konnte. Ich warf den Rest der Packung hinein und sah, wie sie von den rotierenden Klingen zerfetzt wurde. Wie sich Milchgesicht und Milchschokolade in einen hellbraunen Brei verwandelten. Niemand konnte einen Song über die Effizienz eines Mixgeräts schreiben. Oder über ein Geschöpf mit gescheitelten Haaren, das der Schokoladensucht verfiel. Es war besser, sich über die weiße Porzellanschüssel zu beugen, die nach Toilettensteinen roch, und alles zu erbrechen, was man in sich hineingestopft hatte.

Ehe noch mein Vater eintraf, klingelte es und Frau Jablonski stand vor der Tür. Sie sah aus, als wäre Sonntag und sie auf dem Weg zum Frühkonzert unter der Dorflinde. In ihrem hellblauen Kleid, zu dem sie ein gleichfarbiges Chiffontuch trug, wirkte sie wie aus einem Katalog für Damenmoden. Ihre Lippen hatte sie, wenn auch dezent, angemalt. Korallenrot. Oder schlimmer. Ihr Make-up änderte nichts daran, dass ihre Haut so faltig war wie der Hals ihrer Schildkröte. Für ihre Frisur musste eine Menge an Lockenwicklern zum Einsatz gekommen sein.

Mein Vater schätzte weder Herrn noch Frau Jablonski, so wie er generell von den meisten Nachbarn wenig hielt. Er war der Überzeugung, dass Frau Jablonski zu oft in die Kirche gehe oder *renne*, wie er in Verkennung ihres Alters sagte. In jedem Fall war sie nicht sehr barmherzig, denn die Schildkröte, die sie hinter dem Haus hielt, musste mit einer Schraube in ihrem schön gemusterten Panzer leben. Der daran befestigte Draht verhinderte, dass sie fortkriechen konnte. Hin und wieder sah man das Tier an einem welken Salatblatt schlingen. Vickie hatte sogar ein paar Tränen vergossen, als ich ihr die Schildkröte vor Jahren gezeigt hatte. Ab heute, hatte sie über den Zaun gerufen, heißt du *Danny Boy*. Der Name hätte mir noch besser gefallen, wäre er nicht der Titel eines häufig zu hörenden Schlagers gewesen. Natürlich hätten wir die Schildkröte aus ihrer trostlosen Lage befreien und an einem geeigneten Ort aussetzen können, doch ehe wir den Mut aufbrachten, holte die Winterstarre sie ein und wir vergaßen sie. Später behauptete Vickie, unsere Rettungsaktion wäre missglückt, da Danny Boy nicht für ein Leben in Freiheit gewappnet sei und mit dem ersten Frost auf Lippfelds Wiesen verendet wäre.

Ich war bereit, Frau Jablonski auf der Stelle zu fragen, wie man so unbarmherzig sein könne, einer Schildkröte eine Schraube in den Rücken zu bohren. Am besten hätte ich ihr gleich ins Gesicht sagen sollen: Sie Tierquälerin! Sie Kaltherzigkeit in Person! Stattdessen sagte ich: Guten Tag, Frau Jablonski.

Guten Tag, Ben, sagte Frau Jablonski.

Heute Nacht, dachte ich, werde ich Danny Boy befreien, was zwar keine Heldentat wäre, aber ein Zeichen, immerhin.

Ist deine Mutter denn nicht da? fragte Frau Jablonski.

Meine Mutter? wiederholte ich.

Wir haben ein Treffen im Kolpinghaus, sagte Frau Jablonski und sah mich ein wenig verwundert an.

Ein paar Sekunden standen wir uns so gegenüber, und ich dachte daran, dass meine Mutter gewiss nicht in der Stimmung oder nicht einmal in der Lage war, ins Kolpinghaus zu gehen. Außerdem hatte mein Vater auch gegenüber dem Kolpingverein Vorbehalte, keine Ahnung warum, denn es schien eine gute Sache, dass man sich dort um Alte und Junge kümmerte und vor allem um jene, die, wie meine Mutter es ausdrückte, von der Hand in den Mund lebten.

Wo ist deine Mutter denn? fragte Frau Jablonski.

Auf Reisen, hätte ich sagen können, sie ist in großer Trauer und fährt an einen unbekannten Bestimmungsort. Ihr Ziel sind

nicht die Senioren im Kolpinghaus, die man mit selbstgebacke-
nem Kuchen tröstet. Nicht die Obdachlosen, für die man warme
Kleider sammelt. Oder all die Bedürftigen mit ihren kariösen
Zähnen und nikotinbraunen Fingernägeln. Nicht die Schulan-
fänger, denen man aus der Bibel vorliest.

Sie ist schon vorgegangen, sagte ich.

Ach, sagte Frau Jablonski, ich bin spät daran. Dann entschuldige bitte.

Keine Ursache, sagte ich.

Während Frau Jablonski die kleine Vortreppe aus Bruch-
marmor hinabstieg, streckte sie die Arme etwas vom Körper
ab, als habe sie Mühe, das Gleichgewicht zu halten. Elende Tierquälerin, riefen die Treppenstufen ihr hinterher. Wie wäre es,
wenn wir dir einmal eine Schraube in den Rücken bohren würden und dich hinter deinem Haus an einem rostigen Eisenpfahl
anbänden? Und mit welkem Salat fütterten?

Im Flur, in den ich ohne Eile zurückkehrte, glänzte das Garderobenschränkchen wie ein Ausstellungsstück. Ein Blick ins
Schlafzimmer bestätigte mir, dass meine Mutter heute nicht am
Kolpingreffen teilnehmen würde. Sie würde an gar keinem Treffen teilnehmen. An nichts würde sie teilnehmen. Nicht einmal
am Leben. Frau Jablonski würde sicher staunen, wenn sie
meine Mutter nicht im Kolpinghaus antraf, ich betrachtete es
allerdings als meine geringste Sorge, zumal Tage, wenn nicht
Wochen vergingen, ehe ich sie wieder traf. Wenn sie nicht ohnehin in der Zwischenzeit das Ende ereilte. In jedem Fall war es
in Ordnung, wenn ihre Schildkröte mit einer geschätzten Le-
benserwartung von hundert Jahren sie überlebte. Wäre ich fast
Gott gewesen, hätte ich Danny Boy zum Sheriff von Lippfeld
ernannt. Aber ich war nur ich, ein Fremder in einer großen Puppenstube, ein Verirrter, der Geranien köpfte, freundliche Nach-
barinnen anschwindelte und das Holztäfelchen im Flur mit der
Schrift zur Wand drehte, weil er es satthatte, jeden Tag zu
lesen, dass man wie die Sonnenuhr nur die heiteren Stunden
zählen sollte.

Kein Mensch wusste, warum ausgerechnet am Samstag gegen zwölf Uhr der Kohlenhändler Klein-Ruiken vorfuhr und zwei Tonnen Koks vor unsere Einfahrt kippte. Weder mein Bruder noch ich waren darauf vorbereitet. Wir fühlten uns überrumpelt und fluchten, als wir wenig später mit Schaufeln in der Mittagssonne vor den speckig glänzenden Kohlenbrocken standen. Die Empörung bei mir überwog, denn ich dachte an meine Hände, die einen Schaufelschaft hielten, anstatt ihre Geläufigkeit zu trainieren.

Sicher war Frédéric Chopin nie in seinem Leben mit einem Berg Koks konfrontiert worden. Dass man mir und meinen Fingern solche Strapazen zumutete, kam mir wie ein Missverständnis vor, das sich bald aufklären müsste. Wie immer die Lösung aussehen sollte. Mir blieb nur die illusorische Vorstellung, dass der Komponist selbst die Straße herunterkam und sein Entsetzen Sekunde um Sekunde wuchs, wenn er näherkommend sah, wie meine Finger litten. Stumpf zu werden drohten. Leider gab es nirgends ein Gesetz, das mich von der Pflicht des Kohlenschaufelns befreite. Unbegreiflicherweise! Ich hätte Etüden spielen oder einen siebenundsiebzigseitigen Brief an Rebecca schreiben können. Stattdessen stand ich vor einem gigantischen Kohlenberg, der meinem Bruder und mir den Nachmittag verdarb. Auch Paul hoffte auf Rettung, doch der einzige

Zeuge unserer misslichen Lage war unser Nachbar Jablonski. Vor seinem Ruhestand war er Schichtmeister gewesen und wusste wie mein Vater, dass Koks im August günstiger war als im Dezember. Fassungslos schufteten wir weiter. Halfen uns in unserer Not gegenseitig. Trugen den Ärger gemeinsam und verdoppelten unsere Flüche. Schüttelten den Kopf über unseren Vater, der an irgendeinem Ende Lippfelds Zimmer- und Kellerwände mauerte.

Dass mir ausgerechnet Chopin einfiel und nicht Beethoven oder gar Liszt, musste daran liegen, dass ich gerade einige seiner Nocturnes entdeckt hatte. Sie waren mit so geschmeidigem Anschlag zu spielen, dass man im Idealfall so gut wie nichts hörte. Nicht mehr als einen Hauch. Während ich im Wechsel Koks schaufelte und die Schubkarre vorantrieb, hörte ich Professor Dammthal im eindringlichen Ton rufen: Mehr piano! Mehr Ausdruck! Mehr rubato! Die komplizierteste Übung bestand darin, das Stück vollkommen lautlos aufzuführen und dabei gleichwohl jede Taste niederzudrücken. Ein Nocturne stumm statt klingend wiederzugeben, war nicht weit vom Diminuendo in Beethovens letzter Klaviersonate entfernt.

Ich ließ Ladung für Ladung über die Schütte in den Kohlenkeller rauschen. Es krachte, donnerte und staubte. Aus der Fensteröffnung stieg schwarzer Nebel und ich war fähig, mir vorzustellen, dass dort in pechschwarzer Tiefe der Zugang zur Unterwelt zu finden war. Wir husteten. Wir schwitzten und tranken. Auf dem vormals gelben T-Shirt meines Bruders hatten sich unter den Achseln ockerfarbene Flecken gebildet, die zu größeren Inseln zusammenwuchsen. Es war nicht die permanente Revolution. Noch nicht.

Da Paul der Einzige war, der es mit Josef Langhoff in politischen Fragen aufnehmen konnte, interessierte mich seine Meinung zum RAF-Papier, das ich in der untersten Schreibtischlade verstaut hatte. Es gab bessere Zeitpunkte, zugegeben, dennoch sagte ich, als mein Bruder kurz pausierte und die Cola-Flasche nahm: Jemand, den du nicht kennst, hat mir neulich ein Manifest von Ulrike Meinhof in die Hand gedrückt. Er glaubt nicht an ihren Suizid.

Ein Manifest? fragte mein Bruder.

Na, wie immer es heißt, sagte ich, *Stadtguerilla & Klassenkampf.*

Und? fragte mein Bruder.

Keine Ahnung, sagte ich. Tatsächlich war ich noch nicht sehr weit gekommen, dabei aber schon auf Sätze gestoßen, die einer Erläuterung bedurft hätten. *Der Tod des einen ist gewichtiger als der Tai-Berg, der Tod des anderen hat weniger Gewicht als Schwanenflaum.*

Egal wie schön eine Theorie ist, sagte mein Bruder, am Ende sollte niemand daraus ableiten können, sich als Revolverheld aufzuspielen.

Für mich stand fest, dass die wahre revolutionäre Kraft von der Musik ausging, doch sicher glaubten außer mir und Frédéric Chopin niemand daran.

Komm, sagte Paul, lass uns weitermachen. Er wischte ein paar Schweißperlen von seiner Stirn und beugte sich zur Schaufel. Da ich sein Bücherregal kannte, wusste ich, dass es auch ihm nicht gefallen konnte, wenn über einem Maschinengewehr die Worte *Dem Volk dienen* standen. Dabei hätte ich gern, so wie ich an Gandhis Friedfertigkeit glaubte, an die Revolution geglaubt. Oder wenigstens an Pater Heriberts biblische Wunder. Wenn ich an etwas glaubte, hier und jetzt, dann allenfalls an den Höllenschlund im Kohlenkeller.

Mein Bruder wirkte nicht mehr ganz so trainiert wie zu Schulzeiten. Je mehr Cola er trank, umso mehr schwitzte er, als würde die Flüssigkeit gleich wieder aus den Poren austreten. Ich konnte mir nur schwer vorstellen, wie er in den Keller stieg, um die Kohlen, die sich vor der Schütte häuften, mit der Schaufel zu verteilen und Platz für die nachrutschenden Ladungen zu schaffen. In seinem verschwitzten T-Shirt sah er wie kurz vor dem Zusammenbruch aus. Die Sonne brannte auf uns herab. Es war demütigend. Ich stellte die Schubkarre ab und ging hinunter, als ginge ich untertage, wo es nichts außer Staub, Ruß und Spinnweben gab. Ich hätte mir gewünscht, dass sich die Proletarier aller Länder – oder doch wenigstens die Lippfelds oder Bottrops – vereinten, um mich bei meiner Unterweltmission zu unterstützen.

Ein undurchdringlicher Nebel aus Kohlenstaub hing im Kellerraum. In den Winkeln vermutete ich fingerlange Asseln, die auf mich lauerten. Gebückt kletterte ich auf den Berg, der unter meinen Schritten ins Rutschen geriet. Je länger ich schaufelte, umso mehr kam ich mir wie eine Atlasgestalt vor, die ein Riesengewölbe trug, auch wenn es nur die Kellerdecke war, die ich über meinen Schultern spürte, während ich mit der Schaufel die Brockenmenge verteilte. Von der Spitze weg zu den Rändern, sodass die letzten Schubkarrenladungen die Schütte hinabdonnern konnten. Jede Ladung hüllte mich in feinsten Ruß, der sich auf Lippen und Schleimhäute legte und ließ meine Zunge pelzig werden. Vielleicht brachen aus den Koksbrocken letzte Fossilienreste hervor, jahrmillionenalte Überbleibsel von Urwesen, vorzeitliche Partikel, die in meine Lunge drangen.

Die Vorstellung, dass mich jemand im Kohlenkeller sah, rußschwarz, keuchend unter den Spinnweben der Decke, jagte einen Hitzeschub durch meinen Körper. Es waren verschiedene Grade der Peinlichkeit vorstellbar, je nachdem, an wen ich dachte: an Mick, der mir sicher zur Flucht geraten hätte, an Lina, die so bildhübsch war, dass sie sich nur mit Schaudern abwenden konnte, an Markus Kirschstein, der losgeprustet und an alle die Nachricht verbreitet hätte, dass Ben Schneider, der aufstrebende Keyboarder, auf einem Kohlenhaufen stehe, als schwarze Gestalt, als Untertageheld, und ich musste als Letztes an Rebecca denken, die, wenn ich eine Atlaskarikatur abgab, eine durch nichts zu beirrende Lichtgestalt des Klavierspiels war, die mich so freundlich wie mitleidig anschaute. Mit langbewimperten Trickfilmaugen, in denen sich der elende Kohlenberg spiegelte. Aber was spielte all das für eine Rolle? Letztlich war ich es, der heldenhaft, atlasgleich die Kellerdecke und mit ihr die Mauern trug, das Haus stemmte und mit dem Haus die Schwermut meiner Mutter und die Verzweiflung meines Vaters, die Wolken und den Himmel darüber. Vermutlich war es der richtige Ort, umzusinken und auf den großen Schlussakkord zu hoffen, mit dem sich all die überbordenden Gefühl in Nichts auflösten.

Dann wären wir so weit! rief mein Bruder von oben und ließ eine letzte Fuhre Koks herunterrauschen. Der Staub hüllte mich ein, und ich dachte, dass ich das Urwesen war, das man in zwei Millionen Jahren als gekrümmtes Fossil in einem Stein-kohleblock fände.

Erst als ich unter der Dusche stand, breitete sich in mir die Gewissheit aus, dem Kohletod entkommen zu sein. Ich schwor mir, nie jemandem jemals von der Pein des Koksschaufelns zu erzählen. Selbst dem Tagebuch nicht. Das Wasser, das von mei-nem Körper rann, war schwärzer als Cola. Eine giftige Brühe. Ein sich in Seifenlauge auflösender Albtraum, der gurgelnd im Abfluss verschwand.

Gehen wir noch ein Bier trinken? fragte mein Bruder. Für den Abend hatte er sich ein weißes Perlonhemd übergezogen, das ein bisschen nach Feiertag aussah.

Es gibt doch diesen neuen Laden ..., sagte er.

California, sagte ich.

Genau, sagte Paul, klingt nach Verheißung!

Erwarte keine Traumstrände, antwortete ich.

Mir war noch nicht danach, unter Leute zu gehen. Mit et-was Glück fand ich mit ein paar Takten am Klavier zu einem menschenwürdigen Zustand zurück. Mein Bruder verstand hof-fentlich, dass meine Antwort so viel hieß wie: Später vielleicht.

Dann komm einfach nach, sagte Paul.

Ich ging hinüber ans Klavier, wo Chopins Nocturnes aufge-schlagen standen. Spielte das erste Stück. Opus 48, Nummer 1. Es gefiel mir besser als Beethovens Appassionata und zog mich mehr als jedes andere Werk in den Bann. Ich würde Professor

Dammthal vor die Wahl stellen müssen: dieses Stück oder keins. Es war vertrackt, verträumt, erschütternd, tröstlich und untröstlich zugleich. Und es stand in c-Moll. Trauriger ging keine Tonart. Dunkler. Dämonischer. Ich war nur ein unzureichender Handlanger der Melancholie in Chopins Stücken. Mit dem Wechsel nach C-Dur wurde es für Augenblicke lichter, ehe es zurück in die Verlassenheit ging.

Als die Dämmerung kam, verabschiedete ich mich aus den Tonarten Chopins. Draußen lachte ich auf. Vor der Einfahrt, wo der Kohlenberg uns den Tag ruiniert hatte, schimmerte ein schwarzer Fleck im Straßenlicht. Wahrscheinlich würde mein Vater ihn am Sonntagmorgen mit dem Gartenschlauch und kräftigen Kehrstößen entfernen. Noch bevor die Nachbarn an unserem Grundstück und der Einfahrt vorbei unter dem Sonntagsgeläut zur Messe gingen.

Zigarettenqualm und wummernde Beats schlugen mir aus dem *California* entgegen. Peer war so konzentriert an der Zapfanlage beschäftigt, dass er nicht aufsah. Am Flipperautomaten standen Gabi, Kuddel und Vickie. Dass Kuddel wieder flipperte, war nicht ganz selbstverständlich, nachdem er über Wochen seinen voluminösen Gips durch die Gegend getragen hatte.

He, rief Gabi, ein seltener Gast.

Nicht selten genug, sagte ich.

Auf jeden Fall ein schlecht gelaunter, rief von einem der Barhocker Jessica. Sie saß Hand in Hand mit jemandem, der eine violette Sonnenbrille trug und über die Gläser hinwegschaute, weil in Peers Kneipe die Sonne nicht schien. Schade, dachte ich, dass sie nicht mehr Ralfs Freundin war. Sein Bruder Mick hatte sie manchmal *Schwägerin* genannt. Wie Gabi interessierte sie sich jetzt mehr für die städtischen Besucher, die Lippfeld heimsuchten, als gebe es in Gelsenkirchen oder Oberhausen keine Kneipen, die Rock 'n' Roll spielten.

Meinen Bruder entdeckte ich am Tisch unter den Beach Boys, die ihr Surfbrett über den kalifornischen Strand trugen. Er saß nicht allein unter dem Strandposter, sondern sprach angeregt mit einer Person, mit der ich auf keinem Fall am selben Tisch zu sitzen wünschte. Auch wenn es Jahre her war, dass Susannas Schwester Britta sich wie eine Furie gebärdet und mich aus dem Zimmer geworfen hatte. Paul schaute auf und winkte mir, obwohl ihm so wenig wie mir daran gelegen sein konnte, dass ich die angeregte Zweisamkeit störte.

Ich wies zum Flipper, was, wie ich hoffte, als Zeichen eindeutig war und vorsichtig formuliert besagte: Wenn nichts dagegen spricht, spiele ich eine Runde mit den anderen. Weniger höflich ausgedrückt, bedeutete es: Nie und nimmer werde ich mich mit Susannas Schwester an einen Tisch setzen, und falls du mit ihr anbändeln solltest, egal wie gut sie aussieht, bist du für mich als Bruder und überhaupt passé.

Freundlich boxte ich Kuddel gegen den Oberarm und umarmte Vickie, was ich lange Zeit nicht getan hatte. Ich war bereit, die metallene Kugel über das Board zu jagen. Im Grunde war es genau das, was ich als Antwort auf die Strapazen des Tages brauchte. Natürlich hätten Vickie und ich damals Frau Jablonskis Schildkröte ohne Zögern retten müssen. Dear Danny Boy, dachte ich, letztlich war ein Tod in Freiheit gnädiger als ein lebenslanges Siechtum, auch wenn man täglich ein Salatblatt bekam.

KRAFTAKT

Es kam mir wie eine Kunst vor, so langsam zu gehen, dass keine Bewegung nach Zielstrebigkeit aussah. Nichts drängte. *Lento. Lentissimo.* Ich ging langsamer als langsam, als käme jedem Schritt Bedeutung zu, und übte das Gegenteil von Eile. Der Flügel glänzte und fing im schwarzen Lack die Saallichter ein, die an das ferne Funkeln eines Sternenbilds erinnerten.

Was folgte, war Routine: von der Kontrolle der Schemelhöhe bis zur beiläufigen Korrektur der Sitzposition. Ich blickte zum schimmernden Lyrasymbol und wusste, dass ich alle Zeit der Welt hatte. Ich hatte Zeit, von eins bis unendlich zu zählen. Vorwärts und rückwärts. Es musste eine Form des Schlafwandelns sein, bei dem ich vergaß, dass der Saal Realität war und die Zuhörer nicht Ewigkeiten warten wollten, bis ich den ersten Ton anschlug. Für mein Zeitgefühl spielte es keine Rolle, dass der Jubilar des Abends, Professor Dammthal, sechzig oder fünfundsechzig wurde und nicht bis zum nächsten Jubiläum dasitzen konnte. Es war, als wäre mir entfallen, dass Rebecca, die weltwichtigste Person, erwartungsvoll herschaute, so wie Dr. Noll, der durch seine Brille erkannte, wie ich die Langsamkeit gegen meine Unruhe mobilisierte. Ich hatte nicht vergessen, dass unter den Zuhörern meine Eltern waren, die, wie alle anderen, mehr von mir erwarteten, als dass ich ihre Geduld mit meiner Uneiligkeit strapazierte.

Meine Ruhe täuschte und war nichts als Konzentration vor dem Beginn eines siebenminütigen Klavierstücks. Es gefiel mir, an einen Athleten zu denken, der seine Kräfte sammelte, um einen Kugelstoß auszuführen. Natürlich würde ich keine kiloschwere Kugel durch den erleuchteten Saal schleudern. In letzter Sekunde kam es darauf an, die angestaute Energie in Sanftheit zu verwandeln. Die Finger holten die ersten Töne aus dem Nichts. Oder genauer: aus einer Dunkelheit vor dem ersten Licht. Chopins Nocturne wusste nicht, ob es die Schwelle zum Hörbaren überschreiten wollte. Laut Spielanweisung durfte es überhaupt nur *mezza voce* geschehen. In der Rechten tastende Tönen, die sich zögernd zur Melodie fügten, so traurig und unabweisbar wie der sich allmählich in Chopins Brust einnistende Tod.

Es war ein Glück, dass Professor Dammthal die Appassionata am Ende so leid war wie ich. Dass sie ihm wie mir den Schweiß auf die Stirn getrieben hatte. Offenbar hatte ich mich daran abarbeiten müssen, um dann wie selbstverständlich zu einem vollkommen gegensätzlichen Stück zu kommen, Chopins Nocturne Opus 48, Nummer 1. Nun durfte ich ein Werk spielen, das sich fortwährend am Rande des Verklingens bewegte, nachdem ich mich wochenlang mit nichts anderem als Beethovens Fortissimo-Ausbrüchen beschäftigt hatte. Dass Dammthal mich ans Ende des Programms gesetzt hatte, war hoffentlich nicht mit dem Auswahlverfahren im Schulsport vergleichbar, wo die Schwächsten zuletzt ins Team gewählt wurden. Mir war in jedem Fall an einem beifallswürdigen Ausklang gelegen.

Regelmäßig hatte ich mich vom Bahnbus durch die Nachmittagshitze nach Essen schaukeln lassen, um mich mit dem Instrument vertraut zu machen. Ich kannte alle Nuancen seines Anschlags, jede Taste und jede Saite und alle Schattierungen, die sich darauf hervorbringen ließen. Was unter meinen Fingern aufstieg, war ein höchst gefährdetes Gebilde. Kein vollgriffiges Gedonnere. Es war ein Stück, das ich selbst im stummen Übemodus schätzte. Spielte ich es klingend, hörte ich, wie jedes kleinste Gleiten der Fingerspitzen über die Farbe der Töne entschied. Wie sie dunkel oder leuchtend aufstiegen. Das Instrument durfte nicht preisgeben, dass es im Innern nur Holz, Filz und Stahl war. Wie unsinnig zu glauben, mit dem Anschlag sei der Klang unwiderruflich gesetzt und nicht mehr veränderbar. Mit der Bewegung zur Taste bahnte sich etwas an, das den Ton über das Erklingen hinaus formte. Zu Recht hätten mir Rebeccas Vater als Physiker widersprochen und ihre Mutter als Musikerin zugestimmt.

Mein Chopinspiel profitierte von Sätzen aus einem Buch, das Professor Dammthal mir geliehen hatte. Die Beiträge darin waren auf Französisch, sodass ich das Lesen als Herausforderung begriff. Was mir an Textstellen rätselhaft blieb, schrieb ich ab und schickte es Rebecca nach Berlin. Nach drei Tagen kamen die Zeilen auf Deutsch zurück und ich las von *plötzlich unterbrochenen Windstößen* und vom *Triumph spiritueller Elemente*. Ich wollte glauben, dass Formulierungen dieser Art dazu beitrugen, die Kompositionen genauer zu verstehen. Ganz egal, zu welchen Einsichten André Gide in seinen *Notes sur Chopin* kam, Chopins Stücke blieben unvergleichlich. Als Fazit hätte mir gereicht, sein c-Moll-Nocturne für das mit Abstand schönste Nocturne der Welt zu erklären. Wie im Grunde kein Nocturne von Chopin nicht das schönste der Welt sein konnte.

Gegen Ende drehte Chopin mächtig auf. Wenn beide Hände chromatische Oktaven spielten, waren es mehr als Windstöße. Mehr als Sturmböen. Mehr als ein Aufbrausen. Mir gefiel es, an ein Schiff mit windgepeitschten Segeln zu denken, das unter einem bald blauen, bald gewittriggrauen Himmel dahinglitt.

Es war ein anderer Beifall als nach dem Simple-Hearts-Auftritt, niemand jubelte, niemand schrie *Zugabe*, niemand stampfte mit den Füßen oder kreischte, obwohl ich es gern gesehen hätte, wenn Professor Dammthal von seinem Platz aufgesprungen wäre und seine Hände wie einen Schalltrichter an den Mund gelegt hätte, um überschwängliche Bravorufe in meine Richtung zu schicken. Gern hätte ich gesehen, wie

Dr. Noll begeistert seine Arme hochgerissen hätte. Wie parfümierte Damen in Ohnmacht gefallen und jüngere Zuhörer an den Bühnenrand gestürmt wären. Nichts von all dem hätte zum verklingenden Nocturne gepasst. Insofern war ich für einen nicht überbordenden Applaus dankbar.

Ich nahm es als Zeichen besonderer Wertschätzung, dass Professor Dammthals Nachbarin, Camilla Waal, applaudierend ihre Hände hob und mit ihrem Aufwärtsstreben das profane Klatschen in ein feinsinnigeres Lobritual überführte. Es sah in jedem Fall vornehm aus. Mir missfiel die eigene Verbeugung, die sich wie eine misslungene gymnastische Übung anfühlte. Ich krauste die Stirn, um nicht allzu glücklich auszusehen. Winkte vorsichtig. Unüblicherweise. Dann fiel mir zum Glück ein, mit einer legeren Geste auf Professor Dammthal zu weisen. Die beste Idee des Abends. Automatisch wandten sich alle Blicke ihm zu und der Beifall schwoll noch einmal an. Der richtige Augenblick, das Podium zu verlassen.

Ich war gerettet. Gleich doppelt. Denn während Professor Dammthal schon von anderen Gästen umlagert war und Gratulationen entgegennahm, konnte ich auf Rebecca zusteuern. Klar, ihr Spiel war unübertroffen gewesen, brillant, drei Etüden von Mendelssohn, die ich so nie gehört hatte, die ich, streng genommen, überhaupt noch nie gehört hatte und die, wie ich fand, etwas hinter Chopins Etüden zurückblieben. Ich umarmte Rebecca, soweit die Situation es zuließ, und küsste sie, obwohl wir uns schon vor dem Konzert begrüßt hatten.

Bravo, sagte sie.

Ach, sagte ich.

In Wahrheit war sie es, die uneingeschränktes Lob verdiente, zumal mir zwei, drei Fehlgriffe in den aufwallenden Passagen unterlaufen waren. Dabei galten die Nocturnes nicht so sehr als technische Herausforderung. Sie dagegen hatte drei halsbrecherische Mendelssohn-Etüden ohne übermäßige Anstrengung vorgetragen. Der einzige Unterschied zu ihrem Mozartspiel waren die feinen senkrechten Furchen auf ihrer Stirn gewesen. Überhaupt sah sie so perfekt aus, dass man sich neben ihr unvollkommen fühlte. Ich tat, als irritierte mich die Aura der Unnahbarkeit nicht. Ihr Kleid in Schwarz machte sie ernster. Und älter. Erwachsener. Auch wenn ich also ahnte, wie sie in einigen Jahren aussähe, sah sie nicht weniger fantastisch aus. Was ich vermisste, waren die Sommersprossen, die, sofern die Strapazen des Spiels sie nicht vertrieben hatten, unter ihrem Make-up verborgen sein mussten.

Vorsichtig berührte ich ihre Schultern, die blass aus dem Kleid hervorstanden. Zwei dünne Träger teilten die Schulterblätter, die den Eindruck äußerster Verletzlichkeit erweckten. In jedem Fall waren sie ungeschützt den Parfümschwaden und Kältezirkulationen ausgeliefert und der mit schalen Gerüchen durchsetzten Saalluft. Nie wäre ich fähig gewesen, meine Schultern so bloßzustellen.

He, sagte Rebecca.

He, sagte ich.

Endlich, sagte sie.

Ja, sagte ich, endlich!

Ich weiß, sagte sie, mein Kleid sieht furchtbar aus.

Unsinn! sagte ich.

Sicher war die Frage gestattet, ob nicht jeder in seiner Konzertgarderobe ein komisches Bild abgab. Ich selbst schloss mich nicht aus, obwohl ich das Hemd unter dem Jackett offen trug. Lieber Herr Professor Dammthal, hätte ich gern hinübergerufen, das ist überhaupt eine der seltsamsten Gepflogenheiten, dass viele von uns herumlaufen, als bezögen sie ihr Kleidungsideal aus den Versandkatalogen des letzten Jahrzehnts. Niemand traut sich in blütenbestickter Weste oder mit silbernen Plateaustiefeln auf die Bühne. Einige Ihrer Schüler blamieren sich mit Anzügen, in denen sie wie Konfirmanden aussehen.

Gratulation, sagte Dr. Noll.

Danke, sagte ich und dachte, dass auch Dr. Noll auf meiner Seite stand, zumindest trug er unter seiner Jacke eines seiner Flower-Power-Hemden.

Übrigens, sagte er, in letzter Zeit habe ich dich einige Mal vermisst.

Finde ich bemerkenswert, sagte ich, dass ich *vermisst* werde.

Aber es ist mein Los, dass es vor Konzerten in meinen Fächern leer wird, sagte Dr. Noll.

Harmonielehre IV, sagte ich zu Rebecca, obwohl sie noch nicht so lange in Berlin war, dass sie den Überblick über unsere Kursfolge verloren haben konnte. Natürlich wusste sie, dass ich ein großer Harmonielehre-Fan war und seit der ersten Stunde auf die sechste Stufe hoffte, in der endlich das Geheimnis der Schubertharmonik gelüftet würde. Bis dahin unterlegte ich Simple-Hearts-Songs gelegentlich mit vorschubertschen Harmonien, ohne dass jemand die klassischen Vorlagen heraushörte.

Doch wenn wir schon beim Vermissen sind, sagte Dr. Noll, natürlich vermisse ich auch dich.

Rebecca strich mit einer flüchtigen Geste ihr Haar zurück und sah im Leuchterglanz wie aus einer früheren Epoche aus, mindestens Romantik, oder beinahe Jahrhundertwende, jedenfalls hätte ich sie mir gut auf einem Gustav-Klimt-Gemälde vorstellen können.

Ja, dann, sagte Dr. Noll, ihr habt heute Abend Grund zu feiern und Besseres vor, als über Harmonielehre zu reden.

Ach, nein, sagte ich, und Rebecca und Dr. Noll lachten, obwohl ich es vollkommen ernst meinte.

Professor Dammthal drehte sich her und winkte uns mit einer minimalen Bewegung seines Zeigefingers heran.

Los, los, sagte Professor Dammthal, lasst euch feiern!

Ein Beethovenkämpfer, der sich an Chopin wagt, und eine Mozartspezialistin, die für Mendelssohn entflammt! Professor Dammthal lachte schallend und breitete seine Arme aus. Ich war verwirrt. Nie hatte ich ihn in einer solch launisch-generösen Pose erlebt. In jedem Fall war sie mir nicht geheuer. Erwartungsgemäß umarmte er zuerst Rebecca, die ihm ohnehin schon federleicht entgegenfiel. Dann umarmte er mich, der ich garantiert weniger biegsam war und auch weniger in der Theatralik des Umarmens geübt.

Das Geheimnis, das im Grunde zum Standard der Didaktik gehören sollte, heißt Stummspielen, sagte Professor Dammthal in Rebeccas und Camilla Waals Richtung. Es klang, als hätte mein Chopin-Spiel seine Theorie in der Praxis bestätigt.

Die wahre Kunst wäre, auch auf der Bühne stumm zu spielen, sagte ich.

Professor Dammthal lachte wieder und zum Glück stimmte auch Camilla Waal ins Lachen ein, die wie Dammthal zwar Professorin war, aber so viel berühmter als er, dass ein Titel ihr künstlerisches Ansehens nur schmälern konnte.

Alle sollten nur noch stumm spielen, sagte ich etwas übermütig.

Das würde uns viel Not ersparen, sagte Camilla Waal.

Und wie geht es unserem Gast aus Berlin, fragte Professor Dammthal und blickte zu Rebecca.

Es war der passende Augenblick, sich elegant aus dem Gespräch zu verabschieden, auch wenn mir dadurch Rebeccas Antwort entging. Bis nachher, rief ich halblaut in ihre Richtung und war froh, dass mir weitere Kommentare und Freundlichkeiten erspart blieben.

Während die meisten Besucher schon ins Foyer strömten, standen meine Eltern noch an ihrem Platz im Parkett. Mein Vater winkte, als er mich näherkommen sah, als sei zu befürchten, ich könnte an ihm vorbeigehen. Von Weitem hätte man ihn in seinem schwarzen Anzug, den er in Kombination mit einer silbergrauen Krawatte trug, für jemanden aus dem Kollegium halten können. Niemand konnte wissen, dass er noch vor ein paar Stunden mit Cordkappe und kariertem Flanellhemd auf einem Gerüst gestanden hatte. Nur wenn man ihm die Hand gab, wunderte man sich wahrscheinlich, warum seine Haut so vernarbt war.

Natürlich wäre es komisch gewesen, meinem Vater die Hand zu geben. Ich hatte meinem Vater noch nie die Hand gegeben. Er legte allerdings seinen Arm auf meine Schulter. Es war unvermeidlich, dass er in solchen Situationen etwas mehr oder weniger Feierliches sagte. Nichts Zumutbares, sondern Sätze, die vielleicht in alten Filmen vorkamen und von einem Pathos zeugten, das nicht in sein oder mein Leben passte.

Mensch, Mensch! sagte er und schob, während er nickte, seine Unterlippe vor.

Ich hatte dir doch eine Krawatte herausgelegt, sagte meine Mutter.

Er trägt so ungern Krawatten wie ich, sagte mein Vater.

Meine Mutter seufzte und hätte, wären wir unter uns gewesen, sicherlich gesagt: Bei euch ist Hopfen und Malz verloren.

Dein Vater ist stolz auf dich, sagte mein Vater.

Ich blieb gefasst und dachte, jetzt müsste eigentlich kommen: Deine Mutter natürlich auch.

Und deine Mutter natürlich auch, sagte mein Vater.

Ich habe noch nie ein so trauriges Klavierstück gehört, sagte sie.

Das Mädchen ist sehr nett, sagte mein Vater.

Ich sah ihn verblüfft an. Kniff mein rechtes Auge zu. Furchte die Stirn.

Meine Mutter sagte: Das Mädchen, das uns in der Pause begrüßt hat. Rebecca!

Weiß ich nichts von, sagte ich und versuchte, nicht allzu verwirrt auszusehen.

Musst du ja auch nicht, sagte mein Vater.

Und was wollte sie?

Es ist schön, sie einmal zu sehen.

Sie trägt ein tolles Kleid, sagte mein Vater.

Na, sagte ich, das ist die Hauptsache.

Du weißt, wie dein Vater es meint. Natürlich spielt sie auch toll Klavier.

Jetzt wisst ihr mehr als ich, sagte ich und bedauerte meinen Satz augenblicklich, weil meine Eltern an einem solchen Abend für Ironie nicht empfänglich waren.

Das muss dir doch nicht unangenehm sein, sagte meine Mutter.

Du kannst sie doch mal zu uns einladen, sagte mein Vater.

Jetzt übertreibt nicht, sagte ich.

Na gut, sagte mein Vater, wir brechen auf. Wenn du nicht bei Professor Dammthal übernachten möchtest, ruf an, ich hole dich ab.

Meine Mutter strich über das Revers meines Jacketts, als habe sie eine Fluse oder ein Haar entdeckt. Ich schaute nicht auf ihre Hand und vor allem nicht auf ihren kleinen Finger, dessen oberes Glied leicht gekrümmt war. Die Verletzung hatte sie sich an einem Tag zugezogen, an dem die Trauer sie eingeholt hatte. Durch einen Sturz, den sie nicht hatte ernst nehmen wollen oder können, sodass das gebrochene Fingerglied ohne Behandlung geblieben war. So unauffällig die daraus resultierende Verkrümmung war, löste ihr Anblick doch jedes Mal etwas Verunsicherndes aus.

Als ich mich zu ihr beugte, wehte mir ein Hauch ihres Parfüms entgegen. Es wäre nicht schlecht gewesen, loszuheulen. Warum auch immer, weil Nocturnes sich nicht mit der Wirklichkeit vertrugen, weil Etüden Lebenszeit raubten, weil Applaus eine Täuschung war oder weil ein Flügel nur aus einem Haufen Holz und Stahl bestand. Ich hätte heulen können, weil es im Saal nicht regnete oder schneite und weil ich nicht schon siebenundzwanzig war und tot. Ich umarmte meine Mutter und sagte: Kommt gut nach Hause.

Ich wäre in diesem Moment bereit gewesen, jede Krawatte der Welt zu tragen, silbergrau, rosa gepunktet, violett gesprenkelt, quer gestreift. Alles, was es an Formen und Mustern gab, hätte ich mir um den Hals gebunden. Mich widerspruchslos entstellt mit dem, was meine Mutter mir bereitgelegt hätte. Wie konnte man ein Stück Stoff wichtig nehmen? Ich hätte akzeptiert, wie ein Showmaster oder wie ein Drittklässler auf dem Weg zur Kommunion auszusehen. Mein Kopf schwirrte. Ich hätte gelacht, wenn ein Irrer auf die Bühne gestürmt wäre, um den Steinway mit einer Axt zu spalten.

Wo eben noch meine Mutter gestanden hatte, lächelte eine Frau, die eine weiße Bluse und eine schwarze Schürze trug und in der Hand ein Tablett balancierte, auf dem ein Dutzend schlanker Gläser mit perlendem Inhalt stand. Ich nahm eines der Gläser, leerte es, stellte es zurück, nahm ein zweites, leerte es, stellte es zurück und hätte ein drittes genommen und getrunken, wenn die Hand mit dem Tablett nicht zum nächsten Gast geschwebt wäre.

Cheers, sagte ich ins Leere hinein und wusste nicht, wohin. Hinaus oder nicht hinaus, in ein Verlies, das es vielleicht im Keller der Folkwangabtei gab, oder in einen Winkel meiner nichtexistenten Seele oder in eine fensterlose Übezelle, wo es erlaubt war zu heulen.

Cheers, sagte jemand neben mir.

Beam me up, Scotty, sagte ich.

So schlimm? fragte Marcel, dem ich einige legendäre Duos zu verdanken hatte.

Ich winkte ab. Wir hatten uns sechs Monate lang an Robert Schumanns *Fantasiestücken* für Cello und Klavier abgearbeitet. Der wichtigste Fortschritt, den ich bemerkt hatte, war die Veränderung seines Haars gewesen, das anfangs pomadig geglänzt hatte und nach und nach matter geworden war. Noch vor zwei Jahren war Marcel mir wie eine Reinkarnation von Elvis vorgekommen, vor einem Jahr hätte man noch Strähnen in der Stirn bewundern können, jetzt waren auch die Strähnen verschwunden und alles hatte sich zu einem locker geföhnten Scheitel entwickelt.

Schlimmer als schlimm, sagte ich.

Sieh mal an, sagte Marcel und deutete zu Wieland, der sich länger nicht hatte blicken lassen.

Fein gemacht, sagte Wieland, ich habe mich keine Sekunde gelangweilt.

Tatsächlich hatte er vor einem halben Jahr zum Abschluss der Harmonielehrestunde bei Dr. Noll erklärt, das Bratschespiel sei nicht seine Zukunft. Er werde zum Abschied, wenn wir einverstanden seien, noch einmal die Eurovisionsmelodie von Charpentier spielen, mit der er sich zur ersten Stunde vorgestellt hatte. Er atmete schwer, während er spielte und schien den Tränen nahe. Gegen Ende hatte sich seine Linke verkrampft, sodass er nur mit Mühe die Töne auf dem Griffbrett traf. Wir applaudierten heftig. Später hatte Rebecca gemeint, Wieland leide unter einer Distonie, was bei Streichern häufiger vorkomme. Natürlich hatte ich genickt, als wäre mir das genauso klar wie ihr, die immerhin aus einer Musikerfamilie kam. Zu Hause hatte ich im Harenberg-Lexikon nachgeschlagen und gelesen: Dystonie (altrgr. δύς- dys- *schlecht, falsch*; τόνος tonos *Spannung*) ist eine neurologische Bewegungsstörung, die durch unwillkürliche Muskelkontraktionen gekennzeichnet ist.

Grüß dich, Mensch, sagte ich.

Schön, wieder mal hier zu sein, sagte Wieland.

Wir vermissen deine Kommentare, sage Marcel.

Jungs, sagte Wieland, ich werde Pirat oder Falschschirmspringer, aber gewiss kein Bratschist mehr in diesem Leben.

Hart, sagte Marcel.

Tja, sagte ich, am Ende wird die Welt es dir danken.

Wie herzlos du sein kannst, sagte Marcel.

Er hat ja recht, sagte Wieland.

Wer weiß, ob es nicht für alle das Klügste wäre, rechtzeitig mit der Quälerei aufzuhören.

Ich glaube, sagte Marcel, *Quälerei* trifft es nicht.

Du solltest E-Gitarre spielen und dein Cello einmotten, dann könntest du mit etwas Glück bei uns einsteigen.

Wer behauptet, dass in Rocksongs keine Cellos vorkommen? fragte Marcel.

Außer *Eleanor Rigby* fällt mir nichts ein, sagte ich.

Trinken wir noch was, sagte Wieland und steuerte auf die Theke zu, wo sich die Sektgläser wie ein funkelndes Bataillon zu Ehren Dammthals reihten. Marcel und ich schauten ihm nach und ich hoffte, dass Wieland nur beim Bratschespielen und nicht beim Balancieren von Gläsern Krämpfe in den Fingern erlitt.

Dummerweise bekam ich die *Eleanor-Rigby*-Melodie nicht aus dem Kopf. Man hätte Wieland, um etwas Nettes zu sagen, mit Robert Schumann trösten können. Natürlich war der Vergleich ein wenig gewagt. Marcel und einige andere glaubten, dass Schumann nur ein so toller Komponist geworden sei, weil er sich mit seiner Übeapparatur die Finger ruiniert und damit seine Pianistenkarriere zerstört habe. Also konnte Wieland erst dank Dystonie ein wirklich erfolgreicher Fallschirmspringer oder Pirat werden.

Bist du schon auf der Flucht? fragte eine Stimme neben mir, die sehr hell und etwas ironisch klang.

So gut wie, sagte ich.

Toll gespielt, sagte Marcel und begrüßte Rebecca mit einer etwas ungelenk wirkenden Umarmung.

Darauf trinken wir, sagte Wieland. Klugerweise hatte er für den Transport seiner Gläser ein Tablett organisiert.

Gern, sagte Rebecca.

Auf Rebecca und Ben, sagte Marcel.

Auf Wieland, den witzigsten Bratschisten außer Dienst, sagte ich.

Die Gäste im Saal waren mir egal und ich war bereit zu glauben, dass Rebecca ihrerseits keine Bedenken hatte, sich vor den anderen zu küssen. Ohnehin wussten sie längst, dass wir mehr waren als Freunde. Hatte Marcel nicht gerufen: Auf Rebecca und Ben? Egal. Ich hoffte, meine Augen erst wieder öffnen zu müssen, wenn der Raum dunkel und die letzten Gäste verschwunden wären. Aber natürlich, es gab schönere Orte, um den Abend zu verbringen. Früher oder später würde ich mein Sektglas leeren müssen und Wieland im passenden Moment noch ein paar Trostworte mitgeben. Wenn die Crazy Hearts scheiterten, konnten wir zusammen auf einer Piratenfregatte anheuern.

Ich wäre dabei, sagte Jan-Henri aus dem Off.

Schade, sagte ich zu Rebecca, als unsere Lippen sich lösten und das Gewirr der Stimmen und die Lichter mich in die Wirklichkeit zurückholten, schade, dass du meinen klügsten Freund nie kennengelernt hast.

TRAURIGE PARADIESE

Über uns öffnete sich ein Meer aus Grautönen. Zwischen Wolkenschleiern hing der Mond als schummriger Fleck. Die Freitreppe raunte mir zu: Hand in Hand geht ihr leicht wie der Wind durch die Nacht. Schön, schön, sagte ich im Stillen. Gelbe Straßenlichter beschienen das Laub. Vereinzelt fielen Blätter aus den Bäumen und wussten im Fallen noch nicht, wo sie landen sollten. Irgendwo hinter uns feierten die Gäste den Jubilar, tranken auf ihn oder auf uns oder auf die toten Komponisten. Wie gut, dass wir uns Schritt für Schritt entfernten.

Während wir den Werdener Markt überquerten, fiel nur das leise Krachen der trockenen Blätter unter unseren Sohlen auf. Das Geräusch erinnerte mich an Vickies knisternde Snacktüten, in die sie hineingriff, um sich große Portionen Chips in den Mund zu stopfen. Was willst du? wollte ich sie fragen. Du weißt doch, sagte Vickie, ich bin deine erste, nie geküsste und nie verführte Freundin. Und wenn schon, sagte ich. Wahrscheinlich hätte ich dich öfter beim Wettrennen gewinnen lassen sollen, sagte sie. Dass ich nicht lache, sagte ich. Ja, lach nur, sagte sie, schade um all die Bounties!

Schau mal, sagte Rebecca, bei Meyerbeer brennt noch Licht. Meyerbeers Antiquariat leuchtete heller als der wolkenverhangene Mond. Selbst wenn es keine regulären Öffnungszeiten gab, war es erstaunlich, dass Herr Meyerbeer in einer

Samstagnacht auf Kundschaft spekulierte. Das handgeschriebene Schild an der Tür zeigte die Aufforderung *Bitte eintreten*. In der Auslage reihten sich die gleichen vergilbten Bücher und Partituren wie vor Wochen, als wir uns im dämmrigen Raum geküsst hatten. Und ich ging davon aus, dass es auch dieselben toten Fliegen waren, die zwischen den Noten lagen.

Vielleicht erwartet er jemanden, sagte Rebecca.

Oder er wird vergesslich, sagte ich.

Zögernd stiegen wir die Vortreppe hinauf, auf deren Stufen ein Teppich aus gelbbraunen Blättern lag. Rebecca schob die Ladentür auf, Zentimeter um Zentimeter, als ließe sich so verhindern, dass die Türglocke anschlug. Sanft drückte sie mich in den aufwehenden Staub. Während wir an den ersten Regalen vorbeischlichen und das Klingelgeräusch verhallte, hörten wir ein schweres Atmen aus der Tiefe des Raums. Herr Meyerbeer war in seinem dunkelvioletten Ohrensessel versunken. Eine gespenstische Gestalt in einem hochherrschaftlichen Fauteuil, dem man nur bei Tageslicht die starke Abnutzung ansah. Sein Kopf hatte sich nach vorn geneigt und seine Hände lagen offen im Schoß. Das Buch, in dem er gelesen hatte, war ihm entglitten und lag aufgeblättert vor seinen Füßen.

Wie komisch, sagte Rebecca sehr leise, darauf bedacht, Herrn Meyerbeer nicht zu wecken, obwohl ihn selbst die Türklingel nicht hatte aufwachen lassen. Ich fand es in jedem Fall bemerkenswert, dass jemand den Samstagabend zwischen Büchern verbrachte. Wären seine Atemzüge nicht am gleichmäßigen Takt seiner Brust abzulesen gewesen, hätte man Herrn Meyerbeer für tot halten müssen. Nicht nur wegen seines hohen Alters. Die mit bräunlichen Flecken übersäte Haut wirkte wie Pergament, das sich über den Schädel spannte. Auf dem kahlen Haupt standen vereinzelte graue Haare.

Gehen wir, sagte ich.

Rebecca griff nach meiner Hand und steuerte auf Zehenspitzen zum Lichtschalter nahe der Tür. Drehte ihn mit einem hellen Klacken und wir standen im Dunkel.

Gut so. Sollte Herr Meyerbeer seinen Schlaf in der Dunkelheit ungestört fortsetzen. Allerdings war ich überzeugt, dass, sowie das Antiquariat im Finstern lag, aus allen Ritzen und Spalten schaurige Insekten hervorkrabbelten oder Schrate und Kobolde zum Leben erweckt wurden, die tagsüber in staubigen Nischen schlummerten, falls sie nicht aus den vergilbten Büchern aufstiegen, wo sie bei Licht nur Wesen in Spukgeschichten waren.

Na, komm, sagte Rebecca.

Ist da wer? fragte aus dem Sessel Herr Meyerbeer mit überraschend klarer Stimme.

Nein, nein, wollte ich rufen, aber Rebecca flüsterte schon ins Dunkel: Wir haben nur vorbeigeschaut, weil das Licht brannte, es ist alles bestens, wir drehen das Schild an der Tür um, wenn Sie wollen, damit nicht noch mehr Besucher kommen.

Ich habe doch auf euch gewartet, sagte Herr Meyerbeer. Wollt ihr schon wieder fort? Ohne die neusten Noten anzuschauen?

Wir haben noch etwas vor, wollte ich rufen, doch Rebecca flüsterte bereits in Meyerbeers Richtung: Wir haben einen Blick auf die neuen Hefte geworfen, ganz wunderbar. Wir kommen ein anderes Mal vorbei, versprochen.

Die Urtext-Ausgabe der Englischen Suiten kann ich euch ans Herz legen, sagte Herr Meyerbeer. Sie ist im tadellosen Zustand. Steckt sie ruhig ein. Ich werde doch ohnehin bald sterben und dann weiß keiner, wohin mit den Noten.

Was reden Sie für einen Unsinn, sagte Rebecca.

Gicht und Arthritis sind das Geringste, obwohl ich bald kein Buch mehr werde halten können, sagte Herr Meyerbeer. Meine Gebrechlichkeit nimmt zu, ihr seht es ja selbst. Ich müsste längst zu Hause sein, wobei es letztlich egal ist, ob ich hier oder zu Hause schlafe. Hier kann ich gleich nach dem Aufwachen meine Folianten sortieren.

Die meisten Kunden kommen leider nur herein, um ein gebrauchtes Taschenbuch für ein paar Groschen zu kaufen, während meine wertvollen Ausgaben mit Goldschnitt und Ledereinband unangetastet bleiben.

Wirklich schade, sagte ich, um endlich auch mal etwas zu sagen.

Mögt ihr Bach nicht? fragte Herr Meyerbeer. Jeder mag Bach! Bitte nehmt die Englischen Suiten und betrachtet sie als Geschenk. Es sind ganz vorzügliche kleine Klavierwerke, die ich, als ich noch Unterricht hatte, gern geübt habe. Für mich waren sie damals schon zu schwer, aber für euch sind sie sicher ein Kinderspiel. Was man natürlich guten Gewissens von keinem Bachstück sagen darf.

Wir kommen gern ein anderes Mal wieder, sagte Rebecca.

Genau, sagte ich.

Dreht bitte das Schild an der Tür um, sagte Herr Meyerbeer. Und eine schöne Nacht noch euch beiden. Ich wusste immer schon, dass euch mehr verbindet als das Stöbern in Notenheften. Manches bemerkt man trotz schwindender Sinnes- und Geisteskraft. Und mein Herz ist auch nicht mehr das allerbeste. Seit meine Frau nicht mehr lebt, ist es gar nichts mehr wert. Ich sage es, weil ihr es seid, ich kann mir keinen angenehmeren Tod vorstellen als einen, der mich hier in meinem bescheidenen Paradies zwischen Noten und Büchern ereilt. Wenn ich ehrlich bin! Wenn ich ehrlich bin, sitze ich seit Wochen in den Nächten hier und warte, dass ich nicht wieder erwache. Dass ich meinen Frieden finde. Seid nicht traurig, wenn ihr mich das nächste Mal nicht mehr antrefft. Macht's gut!

Auf Wiedersehen, Herr Meyerbeer, sagte Rebecca.

Bis bald, sagte ich.

Rebecca drehte im Hinausgehen das Türschild um, sodass jeder, der an Meyerbeers Laden vorbeikam, lesen konnte: *Leider geschlossen*. Mir kam es vor, als könne sich der flüchtige Handgriff ungünstig auf seinen Zustand auswirken, denn während das Schild weitere Kunden abhielt, konnte Herr Meyerbeer sich vollständig in seinen Sessel zurückziehen, bis sein Herz einfach aufhörte zu schlagen.

Wie traurig, sagte Rebecca.

So traurig es ist, sagte ich, wer hat schon die tröstliche Aussicht, dort zu sterben, wo er es am schönsten findet? Ein sehr guter Freund, der nie mein wirklicher Freund war, solange er lebte, ist im schneeweißen Raum einer Klinik gestorben. So gesehen hat es Herr Meyerbeer in seinem Sessel zwischen den Büchern gut getroffen.

Falls er je sterben sollte, sagte Rebecca.

Der Mond hatte eine Lücke zwischen den Wolken gefunden und schien durch die Baumwipfel in die schmale Straße. Blätter taumelten aus den Zweigen. Wie müde Nachtfalter. Ohne viele Worte gingen wir nebeneinander. Obwohl es allen Grund gegeben hätte, in ausgelassenster Stimmung zu sein. Solange wir in unseren Briefen ein fortwährendes Gespräch führten, gab es anscheinend keinen Anlass, hier und jetzt pausenlos zu reden. Oder wir brauchten Zeit, um vom Vertrautheitston des Schreibens zur Unmittelbarkeit des Sprechens zu finden. Als sei die Nähe zu groß. Uns fremd. Als gefährde sie die in der Distanz gewachsene Vertrautheit. Oder war am Ende alles gesagt, geschrieben, enträtselt und offenbar? Es roch nach September. Auch das war nur ein Brief- oder Tagebuchsatz, den man, nebeneinander gehend, schlecht aussprechen konnte. Vielleicht war der Geruch der Herbstblätter an unserer Sprachlosigkeit schuld. Oder Herr Meyerbeers Siechtum. Oder die Erschöpfung nach dem Konzert.

Von fern musste es merkwürdig aussehen, wie wir wortlos nebeneinander gingen. Viel zu elegant gekleidet für einen nächtlichen Streifzug. Rebecca im schwarzen Kleid und ich in einem Jackett, das mit seinem silbrigen Schimmer edler wirkte als es war.

Ich hoffe, dir ist nicht kalt, sagte ich nach geschätzten hundert Schritten.

Nein, gar nicht, sagte Rebecca.

Ich werde gelegentlich wieder mal bei Herrn Meyerbeer vorbeischauen und dir Bericht erstatten, sagte ich.

An der nächsten Straßenecke, weitere hundert Schritte später, sagte Rebecca: Was für ein Wahnsinnstag! Als ich heute Morgen losfuhr, war der Bahnsteig voller Tauben, die sich im Morgenlicht um Brotreste stritten. Auf den Bänken saßen keine Reisenden, sondern in Selbstgespräche vertiefte Männer mit Weinflaschen und überquellenden Plastiktüten.

Ja, sagte ich. Um etwas zu sagen.

He, sagte sie. Drehte sich. Küsste mich. Eigentlich sollten wir in Partylaune sein.

Wir überquerten einen kleinen Platz, der sich *Rondell* nannte und in dessen Mitte ein bronzenes Standbild aufragte. Als ich das erste Mal daran vorbeigekommen war, hatte ich gedacht, es könnte nur ein Komponist sein, der so einsam auf einem idyllischen Platz stehe. Schumann oder Beethoven. Oder eine Berühmtheit der Stadt Essen, wenn sie eine Berühmtheit hatte, die sich für ein Denkmal eignete. Mir war nur Juliane Werding eingefallen. Doch unwahrscheinlich, dass man ihr im Alter von zwanzig Jahren schon eine solche Wertschätzung entgegenbrachte, auch wenn ihr ein großer Hit gelungen war. Die Figur trug einen Helm, wie man im Näherkommen sah, und stützte sich in Feldherrenpose auf ein Schwert. Dazu passten die hohen Reiterstiefel. Auf dem Granitsockel stand nicht *Schumann* oder *Beethoven* und nicht *Juliane Werding*, sondern: *Friedrich III. Deutscher Kaiser*. Ich hätte mir gewünscht, dass jemand in der Nacht die Skulptur des Kaisers geraubt und durch ein Standbild der Schlagersängerin ersetzt hätte.

Vor der Gaststätte, deren Terrasse sich zum Rondell öffnete, saßen drei, vier Gäste und durften zum Bier den Deutschen Kaiser in grüner Patina betrachten. Ein kleiner Stopp im Lokal hätte uns womöglich redseliger werden lassen. Mich auf jeden Fall. Nichts hätte dagegen gesprochen, sich zu betrinken. Rebecca schwenkte nach rechts, wo ein leicht abschüssiger Weg an Hagebuttensträuchern vorbei zum Wasser führte.

Die letzte Chance, unsere Stimmung aufzuhellen, war ein Kiosk, der in Ufernähe lag. Er erinnerte entfernt an Olschewskis wellblechverkleideten Pavillon und nannte sich *Erikas Erfri-schungsparadies*. Allerdings stand er nur noch im Dämmerlicht, und eine kleine, bucklige Frau klappte die letzten Werbetafeln ein. Trug ein HB-Männchen ins Innere, das fast so groß war wie sie selbst. Verlassen lehnte der WAZ-Zeitungsständer am Trink-hallensockel. Auf engstem Raum waren alle Illustrierten der Welt versammelt. Sicher führte der Kiosk keinen Jubiläumssekt, doch auf einem Emailleschild warb er für Stern-Bier.

Möchtest du noch eine Lektüre für den Abend kaufen? fragte Rebecca.

Eher ein Bier? fragte ich zurück.

Eher kein Bier, sagte Rebecca.

Ich war vorbehaltlos mit allem einverstanden, was Rebecca wünschte und jemals wünschen würde, sei es, dass wir *kein* Bier tranken und nicht um die Wette rannten oder aber vom Wehr in den See sprangen, egal, ich war dabei und bereit, viel-leicht kaperten wir in der City einen roten Bahnbus, um nach Berlin zu fahren, oder wir setzten uns ins Laub und rauchten in langen, tiefen Zügen gemeinsam eine Camel. Küssten uns. Oder was sonst immer möglich war.

Eine Sekunde noch, rief ich und sprang hinüber zum Kiosk, wo die Verkäuferin die Rollladen herunterlassen wollte.

Stopp, stopp, rief ich viel lauter als nötig, eine Schachtel Camel bitte! Meine letzte Zigarette hatte ich vor dem Auftritt geraucht, und ich ahnte, welches Versäumnis es wäre, keine Vorsorge für den Rest der Nacht zu treffen. Ich zog ein paar Münzen hervor und streckte sie der Frau hin, die ungemein kleine faltige Hände hatte. Wer, wenn nicht sie, war die Herrin des *Erfrischungsparadieses* und damit Herrscherin über Perlweine und Limonaden und über ein gelbes HB-Männchen?

Und zwei Cola, rief ich. Und zwei Bounties! Wennschon, dennschon, hörte ich mich sagen und wunderte mich, dass mir ein Satz herausrutschte, der zum Repertoire meiner Mutter gehörte. Ich ließ mir die Camel, zwei Bountyriegel und zwei Dosen Cola reichen. Rebecca lachte ein paar Schritte entfernt und blieb auf Abstand. Sie lachte zum ersten Mal, seit wir unterwegs waren, lachte so hell, dass ich mir vorstellen konnte, es würde ein leichter Abend, die leichteste Nacht, die man sich denken konnte.

Sie haben ja schwer was vor, sagte die Trinkhallenbesitzerin, während mein Blick auf das nahe Heftcover fiel, von dem Suzi Quatro lächelte. Ich wusste nicht genau, ob ich alles hatte, was wir für die Nacht benötigten. Ich hätte noch ein Kreuzworträtselheft oder eine *Bravo* kaufen können – sicher hatte Rebecca noch nie im Leben *Bravo* gelesen – oder das, was ich hier und jetzt nicht aussprechen konnte, aber mutmaßlich zum Sortiment einer Trinkhalle gehörte. Es war der falscheste Augenblick und wahrscheinlich reichte nicht einmal mein Kleingeld, und so fragte ich nicht: Gnädige Frau, Gebieterin über Tabak-, Süß- und Druckwaren, über Schnaps und Schlagzeilen, hätten Sie vielleicht ein Päckchen Präservative für mich?

Das wär's, sagte ich.

Dann noch viel Spaß, sagte die Trinkhallenherrin und ließ krachend die Metallladen herunter.

ZWISCHEN RUHR UND HUDSON

Bevor wir über die niedrige Mauer zum See steigen konnten, musste Rebecca ihr Kleid ein Stück raffen. Ich hatte keine Ahnung, ob ihre Knie oder der Mondschein blasser waren. Vor uns ragte ein Schild mit dem Wort *Yachthafen* auf, und sicher war es hilfreich, da wir sonst nicht gewusst hätten, dass wir an einem Yachthafen waren. An der Anlegestelle schaukelten Segelkutter und Tretboote.

Ich kannte Segelyachten eher aus Illustrierten oder Filmen, wo sie mit prominenten Passagieren mondäne Hafenstädte an der Côte d'Azur anliefen. Manche Schiffe hatten die Ausmaße von Kriegsfregatten und hätten so wenig in den vor uns liegenden Yachthafen gepasst wie ein Auto in eine Matchboxschachtel.

Egal, wo wir hinkamen, der Mond war immer schon da. Mal mehr, mal weniger. Sacht schwappte das Wasser gegen die Betonwandung. Bewegte die Boote auf und ab. Das Mondlicht zerfloss in den Wellen, als habe es Freude an der Veränderung. Natürlich konnte man, wenn man die Augen etwas zusammenkniff, auch denken, man sei am Meer, an einer Bucht, die sich zum Ozean öffnete. Die Ruhr floss in den Rhein und der Rhein ins Meer. Wer wollte, konnte von hier bis nach Amerika segeln. Bis an den Hudson. Je länger ich es bedachte, umso besser gefiel mir der Hafen.

Wir könnten in die Nacht hinaussegeln, sagte ich. Wenn ich auch denke, dass die Schiffe, die hier vor Anker liegen, nicht dafür gedacht sind, Weltmeere zu bereisen. Weißt du, sagte ich, eines Tages, wenn du berühmt bist und eine gefeierte Pianistin und ich ein mittelmäßiger Rockpianist, der durch die Clubs zwischen Wanne-Eickel und Wuppertal tingelt, immer nahe an der Pleite, dann sollten wir uns entschließen, einmal gemeinsam den Atlantik zu überqueren. Was meinst du?

Dass du nicht durch Clubs tingeln wirst, sagte Rebecca.

Darauf trinken wir! sagte ich, öffnete eine der Coladosen und reichte sie ihr. Es war nicht viel, was ich ihr anbieten konnte, aber immerhin eine gekühlte Coca-Cola, Bounties und Zigaretten. Dazu den Blick auf schaukelnde Boote. Und den Mond. Soweit war alles perfekt. Doch es fehlte mir noch an einer genaueren Vorstellung, was im weiteren Verlauf geschehen konnte oder sollte. Was sie, Rebecca, glaubte, mit der gemeinsamen Nacht anfangen zu können. Ob das, was sie für möglich hielt, über das hinausging, was wir schon miteinander angefangen hatten. Mir fiel groteskerweise Dr. Sommer ein, der Fragen beantwortete, die sich nicht jeder zu stellen traute. Ich hatte keine Fragen an Dr. Sommer. Ich hätte ihn jedenfalls nicht in der *Bravo* zu fragen gewagt, ob es normal sei, dass es mir im Grunde nicht wichtig war, was wir anstellten, ob wir redeten, Weltmeere bereisten oder uns küssten. Oder schwiegen. Oder das taten, was in einem Buch, das ich aus Pauls Regal kannte, *die Sache* hieß. Die Geschichte war von Heinrich Böll, den sogar mein Vater für einen guten Schriftsteller hielt, weil Böll zusammen mit Willy Brandt für die SPD auftrat. *Die Sache tun* hieß bei ihm nichts anderes, als dass der Held, ein Clown, mit seiner Freundin ins Bett ging.

Ich hatte die *Bravo*, die manchmal am Schwanenteich mit spöttischen Kommentaren herumgereicht wurde, stets mit gespieltem Desinteresse weitergegeben. Über Dr. Sommers Ratschläge konnte man einfach nur lachen. Obwohl nicht gesagt war, dass alle von uns besser informiert waren als die

Fragesteller im Heft. Wir taten zumindest, als wären wir Experten. Welterfahren. In alle Praktiken eingeweiht. Wir johlten, wenn jemand Sätze zitierte wie: *Liebe Anna, vor dem Sex solltest du den Tampon entfernen.* Oder wenn jemand im Heft fragte: *Kann ich durch Masturbieren impotent werden?* Oder: *Muss es beim ersten Mal wehtun und bluten?* Den Mund voller Chips hatte Vickie aus einer Beschreibung der häufigsten Sexpositionen den Abschnitt über die *Missionarsstellung* vorgelesen. Die detaillierte Schilderung von Handlungen und Handgriffen, die von beiden Partnern, laut *Bravo*, zu leisten waren, kam mir wie ein Sabotageakt auf jegliche Spontaneität vor. Nachdrücklich verbat ich mir, länger an Vickie zu denken und hörte dennoch, wie sie bald lachend, bald prustend in der Sprache der *Bravo* von Höhepunkten und Erektionen las.

Unwillkürlich schüttelte ich mich. Trank von der Cola.

Alles okay? fragte Rebecca.

Klar, sagte ich.

Es ist schön, wieder hier zu sein, sage Rebecca.

Warum müssen Schiffe so komische Namen haben? fragte ich.

Rebecca las: Kirke, Libelle, Sirene.

Das Ding, das sich Präservativ nennt, ist kaputtgegangen, rief jemand aus der Schwanenteichgruppe lachend und schwenkte das zerfledderte *Bravo*-Heft: *Was soll ich jetzt tun, Herr Dr. Sommer?* Es ging also offenbar nicht nur darum, mit einem solchen unaussprechbaren *Ding* geschickt zu hantieren, es konnte auch noch reißen oder sonst wie *kaputtgehen*. Irgendwann würde ein genauerer Bericht in der *Bravo* erscheinen, was alles zu beachten war, damit ein Präservativ nicht *kaputtging*. Konnte man in den Chemischen Werken Hüls kein Material produzieren, das dünn und elastisch genug war, ohne zu reißen? Für die *Bravo* jedenfalls schien alles, was mit Sex zu tun hatte, eine erläuterungsbedürftige Angelegenheit. Ein anderer Leserbriefschreiber war darüber bekümmert, dass seine

Freundin nicht mit ihm schlafen wollte. *Ist es eine gute Idee*, fragte er Dr. Sommer, *meiner Freundin eine Schlaftablette in die Cola zu tun?*

Komm, sagte Rebecca, zünde uns eine Zigarette an.

Ist es gut, hätte ich Dr. Sommer fragen können, seiner Freundin eine Zigarette anzuzünden und nicht zu wissen, wie es danach weitergeht? Dr. Sommer hätte wahrscheinlich geantwortet: Das ist normal. Du solltest lernen, deine Wünsche offen auszusprechen. Wenn du dir über die Erwartungen deiner Freundin im Unklaren bist, frage sie einfach danach.

Ich kenne meine Wünsche selbst nicht so genau, sagte ich zu Dr. Sommer.

Das ist normal, sagte Dr. Sommer, mache dir keine Sorgen.

Und natürlich auch die meiner Freundin nicht. Ich meine, ich bin mir relativ sicher, dass wir uns mehr als verstehen, man kann es sogar Liebe nennen, aber das heißt lange nicht, dass ich ihre Wünsche kenne.

Das ist normal, sagte Dr. Sommer, mache dir keine Sorgen.

Es ist doch so, sagte ich, letztlich würde ich nur das wollen, was sie will. Etwas zu wollen, was sie nicht will, würde mich unglücklich machen.

Das ist nicht normal, sagte Dr. Sommer.

Was? rief ich.

Beruhige dich, sagte Dr. Sommer. Nun rauche erst mal eine Camel mit ihr und freue dich, dass sie da ist. Nach Wochen, in denen ihr nur Briefe ausgetauscht habt, sollte es sich toll anfühlen, wieder neben ihr zu sitzen, oder?

Wenn ich ehrlich bin, Herr Dr. Sommer, würde ich ihr jetzt lieber einen Brief schreiben.

Das ist nicht normal, sagte Dr. Sommer.

He, sagte Rebecca und drehte ihr Gesicht her, du bist so still.

Ich blies den Rauch der Zigarette aufs dunkle Wasser hinaus. Rebecca lehnte ihren Kopf an meine Schulter und ich schob den schwarzen Stoff über ihre Knie hinauf. Meine Finger glitten über die wächserne Haut. Rebecca nahm die glimmende

Zigarette, zog daran und entließ den Rauch zum Mond. Spitzte dabei ihre Lippen fast wie bei ihrem ersten Versuch vor zweihundert Jahren am gleichen Seeufer.

Ich glaube, Herr Dr. Sommer, vielleicht würde ich doch lieber mit ihr *die Sache tun*, als einen Brief zu schreiben.

Das ist normal, sagte Dr. Sommer, mache dir keine Sorgen.

Ich mache mir keine Sorgen, sagte ich.

Es machte mir zwar keine Sorgen, verblüffte mich jedoch, dass Rebecca ihren Slip unter ihrem Kleid hervor und über die Knie zog und sogar lachte, als er an ihren Zehen hängen blieb. War es die Cola oder die gemeinsame Camel, die Rebecca in so aufgeräumte Stimmung versetzte? Offenbar musste ich mit ihr nur noch die Bounties teilen und alle Anstrengungen des Tages fielen endgültig von uns ab.

Komm, sage Rebecca. Schnappte meine Hand und lief auf eine der Yachten zu, die nur Kähne waren, mit denen man bestenfalls zum Fischen ausfahren, aber nicht nach Amerika segeln konnte. Das Boot empfing uns mit einem heftigen Schwanken, das den Mast wie ein aufrechtes Pendel unter dem Mond hin und her schlagen ließ.

Ist das nicht riskant? fragte ich leise und, wie ich hoffte, mit ironischem Unterton.

Ich erlaube dir alles, sagte Rebecca fröhlich, und ich erschrak ein wenig, weil ich nicht wusste, wie ihr Satz zu verstehen war. Vermutlich war er einfach dahingesagt. Ein launiger Appell, sich keine Gedanken über wachsame Bootsbesitzer zu machen. Dass wir nach einigen Balancierversuchen auf den Schiffsbohlen landeten, wenn auch sanft, war undramatisch. Oder war ihr Satz eine Einladung, mit ihr das zu tun, was in der Geschichte Bölls *die Sache* hieß? Weniger direkt konnte man es kaum benennen, doch selbst wenn *die Sache* spröde und abstrakt klang, schien es mir nicht komischer als die gebräuchlichen Alternativen. Am Schwanenteich schwirrten allabendlich die gängigen Begriffe durchs idyllische Halbdunkel, als hätten alle schon sagenhafte Orgien erlebt.

Es war zu spät, um Rebecca ein Bounty anzubieten. Wir lagen auf den Bohlen, über die ich noch mein Jackett geworfen hatte, und küssten uns wilder, als wir uns je geküsst hatten. Meine Jacke war sicherlich weniger Wert als das, was Rebecca trug oder beinahe nicht mehr trug. Sollte der Stoff, egal wie empfindlich er war, auf den Schiffsplanken und unter unseren Ungestümheiten leiden. Ich wusste nicht einmal, ob ich bereit war, je wieder etwas Ähnliches zu tragen, gleich ob es von einem Designer oder aus einer C&A-Filiale kam.

Rebecca hatte das Glück, den Mond über sich sehen zu können, während ich, wenn ich etwas aufwärts schaute, nur die Ankerwinde im Blick hatte. Ihre Handfläche wärmte meinen Nacken. Aus großer Nähe sah ich die markante Linie ihres Kinns und ihre geöffneten Lippen. Der Mond beschien ihr offenes Haar. Schickte Licht über ihre klopfenden Schläfen. Ich küsste ihr Kinn. Ihren Hals. Zeichnete mit den Lippen die Linie ihrer Brust nach. Der Untergrund schaukelte und wir wiegten uns mit dem Schaukeln. Mir schien, man konnte selbst auf einem Boot, das vor Anker lag, seekrank werden.

Ich war bereit, mit Rebecca alle Wärme der Welt zu tauschen und das zu tun, was jeder nennen konnte, wie er wollte. Wenn nicht jetzt, dachte ich, wann dann? Es blieb keine Zeit, Dr. Sommer zu fragen. Wegen der Folgen beispielsweise oder wegen des Gefühls, das es unmöglich machte, sich Zurückhaltung aufzuerlegen.

He, sagte Rebecca, es ist alles in Ordnung.

Ja, sagte ich und ahnte, dass sie mir ansah, wie wenig ich verstand.

Rebecca lachte und sagte: Wenn wir Glück haben.

Ich nahm an, dass es gute und weniger gute Zeitpunkte gab, um Glück zu haben. Als ich das Bounty aus der Jackentasche rutschen sah, griff ich in meiner milden Verzweiflung danach, riss das Papier ab und steckte uns jedem eine Hälfte in den Mund. Rebecca protestierte. Wir kauten. Lachten. Vielleicht half es. Natürlich war ich ein Glücksmensch, so oder so, unter diesem Mond und an diesem See mit ihr. Rebeccas Atem brachte meine Wangen zum Glühen. Nie hatte ich irgendwo gelesen, dass man sich nur dem überlassen musste, was geschah. Wo immer die Wärme herkam, sie nahm zu, als seien wir unterwegs zum Äquator.

Wahrscheinlich war ein bescheidener Bootsmast ohne Segel kein Garant dafür, ein fernes Ziel zu erreichen. Aber ich zweifelte nicht, dass – wenn wir nach der wunderbaren Turbulenz aufschauten – alles um uns herum anders aussähe. Dass es nicht mehr der Baldeneysee wäre. Nicht die gestaute Ruhr. Dass es irgendein Meer wäre. Oder der Hudson. Ein anderer Himmel. Eine salzigere Luft und ein anders duftender Wind. Wo auch immer. Wir würden die zweite Cola trinken und eine zweite Camel rauchen und es wäre eine kleine Zeremonie, deren Bedeutung nur wir kannten.

VERLORENE SEELEN

Am Schwanenteich sah es aus wie an einem Trauertag im November, obwohl es erst Ende September war. Die Windlichter, die sich im Wasser spiegelten, erinnerten an flackernde Grablichter. Es wurde weniger laut gelacht und leiser gesprochen als sonst. Ich zählte mehr als ein Dutzend Kerzen, deren Flammen, von rötlichen Gläsern geschützt, die Szenerie gespenstisch erhellten. Die Weiden ragten als groteske Silhouette in den Spätabendhimmel. Mick schwang sich als erster aus der Dunkelheit auf und begrüßte mich ohne das sonst übliche Schulterklopfen.

Hoher Besuch, sagte jemand aus dem Hintergrund. Aus dem Kassettenrekorder rauschten – gedämpft – die nicht mehr ganz aktuellen Hits des Sommers.

In jedem Fall wird Theresa es schaffen, sagte Mick, das ist eine gute Nachricht, he, Leute, das ist eine *sehr gute* Nachricht.

Scheiß gute Nachricht, sagte Kuddel.

Jörg wiegte bedächtig den Kopf wie die alten Lippfelder, die abends in der Kneipe beim Schnaps saßen.

Natürlich hatten wir genauere Informationen als die Zeitung, der Unfälle nur eine Kurznachricht in ihrem Regionalteil wert waren. Mick hatte mich per Telefon auf den neusten Stand gebracht. Theresa und Ulf waren nahe der Tankstelle auf ihrer Honda mit einem Transporter der Baufirma Niestegge zusammengestoßen. Weder Ulf noch Theresa hatten einen Helm getragen. Für ihn sei aber klar, sagte Mick, dass der Fahrer des Transporters schuld sei. Horst Lankes habe seit Jahren keinen Tag nüchtern erlebt und sei der beste Kunde bei Olschewski. Täglich einen halben Liter Doppelkorn. Das könne man jemanden, der in Lippfeld lebe, nicht zum Vorwurf machen, auch nicht Horst Lankes, solange er niemanden mit seinem Transporter über den Haufen fahre.

Und was, wenn sie nicht wieder aufwacht? fragte jemand.

Moni sagte: Man sollte jedem Schwanenteichverbot erteilen, der so etwas auch nur denkt.

Sprechverbot! rief Jessica.

Kriege ich trotzdem ein Bier? fragte ich.

Schwierig, murmelte Mick und reichte mir seine angebrochene Flasche.

Die Honda ist natürlich Schrott, sagte Jörg.

Scheiß Honda, sagte Moni.

Harpo sang zum zehnten Mal mit gleichbleibender Hingabe *Moviestar* und ich hätte gern dem Rekorder einen Tritt verpasst. Ich war überzeugt, wenn das Gerät auf den Boden gestürzt und auseinandergebrochen wäre, hätte man Harpo samt Spazierstock herauswirbeln sehen und mit ihm ein Orchester aus Violinen, Glockenspielen und Oboen. Vielleicht hätte man dann jedem auf der Bank ein Instrument in die Hand drücken können, und anstatt über Dinge zu sprechen, die schiefgingen oder sich nie erfüllten, erfand jeder eine kleine Melodie auf seinem Instrument. Mit ihren Melodien würden die Schwanenteich-Rebellen durch den Ort ziehen, wobei ich unentschieden war, ob das Ganze eine Trauerprozession war, ein wirrer Protestmarsch oder nur ein Umzug von Narren.

Weder den Anblick der Weiden noch die Abend für Abend kursierenden Geschichten hatte ich in der zurückliegenden Zeit vermisst. Oder doch nur für tausendstel Sekunden, wenn mir jäh im Klavierspiel das Leben so schmerzhaft schien, dass ich mich gern auf der Stelle in ein vollkommenes Nichts aufgelöst hätte. Ohne Rückstände. Als könnte man in seine Moleküle zerlegt werden, die als schwerelose Teilchen verwehten und nie wieder zu etwas Körperlichem zusammenfanden. Am Ende schien mir das Treiben am Schwanenteich nicht illusorischer als das Üben eines Préludes oder sogar weniger untröstlich, da es eine geteilte Aussichtslosigkeit war.

Willst du uns nicht mal deine neue Freundin vorstellen, fragte, von der zweiten Bank, Jo Klein-Ruiken.

Sei froh, sagte ich, dass die tragischen Umstände es mir nicht gestatten, dir die Fresse zu polieren.

Sicher wäre sie von den Schwänen entzückt, sagte Vickie.

Von uns allen, sagte Kuddel, streckte seinen Kopf in den Nacken und goss sich ein Fläschchen *Jägermeister* in den Hals.

Jörg sagte: Du solltest sie unbedingt einladen.

Nett, dass ihr euch Gedanken über Dinge macht, die euch nichts angehen, sagte ich.

Schlecht gelaunt? fragte Jessica.

Wisst ihr eigentlich, fragte Vickie, was Theresas Lieblingssong war?

Ist! verbesserte Moni.

You're My Best Friend, rief jemand.

Jörg beugte sich mit einem hingemurmelten Mal-sehen zum Kassettenrekorder, spulte, stoppte und spulte wieder, was nach einem aberwitzigen Potpourri der beliebtesten Hits klang mit zufälligen Bruchstücken, verzerrten Melodien und Refrainschnipseln aus *Let Your Love Flow*, *Mississippi* und *Paloma Blanca*, bis endlich Freddie Mercurys Stimme zu hören war. Man durfte froh sein, dass uns der Schnelldurchlauf die Vollversion all der anderen Songs ersparte.

Kuddel, der schon ein bisschen lallte, verkündete: Eines Tages werden wir Ben Schneider in den Charts erleben.

Franz sagte: Ich würde mir eine Single von den Crazy Hearts kaufen.

Da wärst du der Erste und Einzige, sagte Jo Klein-Ruiken.

Ich trat von hinten an die Bank, auf dessen Lehne Jo Klein-

Ruiken hockte, und gab ihm einen Stoß. Etwas zu schwach. Jedenfalls landete er nicht im Laub zwischen den leeren Flaschen, sondern rutschte nur auf die Sitzfläche.

Ha, ha, sagte er.

Hätte er nie erzählt, dass Susanna sich mit einem Iren namens Finn träfe, wären wir wahrscheinlich heute noch befreundet. Susanna und ich. Mehr als befreundet. Insofern war Jo Klein-Ruiken der Anfang vom Ende unserer Freundschaft. Ich drückte ihn noch ein Stück auf der Bank hinab, beinahe rücksichtsvoll, aber offenbar nicht rücksichtsvoll genug, denn er stöhnte unüberhörbar auf. Andererseits: Ich hatte ernsthafte Zweifel, ob es gut gewesen wäre, wenn ich, durch Nichtwissen verblendet, heute noch mit Susanna befreundet wäre. Oder mehr als das. Hatte ich Jo Klein-Ruiken nicht vielmehr zu danken? Und hatte ich nicht Susanna vor einem Jahrhundert ihren Lobo-Tanz mit Finn verziehen?

Komm, sagte ich zu Jo Klein-Ruiken und streckte ihm meine Hand hin, war nur ein Scherz.

Spinner, sagte er.

Ich half ihm mit einem Ruck wieder auf die Lehne und strich ihm versöhnlich über die Frisur, die für mein Empfinden immer noch eine Pottfrisur war und sich auch so anfühlte.

Sorry, sagte ich, es ist nur wegen damals.

Und wegen deiner Frisur, hätte ich spaßeshalber hinzufügen können.

Er hat seinen barmherzigen Tag, sagte Mick.

Zeit zu gehen, dachte ich, obwohl ich noch nicht lange da war.

Trauern konnte man überall. Hier oder andernorts. Ich stand unschlüssig da, zählte die Windlichter und die grauen Gestalten, die keine Rebellen waren, nur ratlose Träumer, hörte von Weitem die blechernen Glockenschläge der Kirchturmuhr und sah ein paar Sterne, mit denen der Himmel geizte, zählte die Takte aus dem Rekorder und hätte noch tausend andere Dinge gezählt, wären nicht Susanna und Kai Hendricksen Hand in Hand von der Straße zum Schwanenteich eingebogen. Es war keine gute Idee, sich darüber den Kopf zu zerbrechen, wie viele Wochen oder Jahrhunderte sie schon ein Paar waren und wie lange wir kein Paar mehr waren. Es gab nichts zu beanstanden. Mein Gefühl für Susanna war so, dass ich mir, wäre sie unglücklich in den Schwanenteich gestolpert, eine Zigarette gegönnt hätte, ehe ich wortlos abgedreht wäre.

Susanna fügte den flackernden Trauerlichtern eine weitere Kerze hinzu und ließ sich von Kai Hendricksen Streichhölzer reichen. Da ihre Schwester in der Klinik arbeitete, war sie auf einem aktuelleren Stand als wir oder die Zeitung. Sehr leise sagte sie, man hoffe, dass Theresa bald aufwachen werde und dann noch wisse, wer sie sei. Die Knochenbrüche wären das Geringste. Wir schwiegen und Freddy Mercury sang mit seiner engelsgleichen Stimme aus dem Kassettenrekorder: *Oh, you're my best friend*.

Moni schluchzte auf und ging auf Susanna zu, um sie zu umarmen. Mick suchte meinen Blick und verdrehte die Augen. Er hatte recht: Es war ein wenig sentimental, um nicht zu sagen peinlich, was nicht bedeutete, dass wir nicht genauso fühlten wie Moni oder wie jeder andere, der schluchzte. Es war nur ziemlich sinnlos, zwischen all den Kerzen zu stehen, stumm auf den Boden zu starren oder zu heulen und auf irgendetwas zu warten.

Die meisten hatten Ulf ohnehin nur als denjenigen gekannt, der mit seiner Honda am *Café Rinaldo* vorgefahren war, um dann mit Theresa durch die Mittelstraße in Richtung Horizont aufzubrechen. Man hätte schon Arzt oder Wunderheiler sein müssen, um etwas zu bewirken. Anstatt zu schluchzen. Oder Gott. Wäre ich fast Gott gewesen, hätte ich die Honda in dem Augenblick, in dem der Transporter in die Straße einbog, spielerisch in die Luft gehoben und hinter dem Fahrzeug wieder auf den Boden gesetzt. Aber Gott hielt bekanntermaßen nicht viel von Spielereien. Oder ich hätte Horst Lankes am Vorabend einen so unverträglichen Schnaps verabreicht, dass er gar nicht erst aus dem Bett gekommen wäre. Oder ich hätte in Theresa und Ulf das unaufschiebbare Verlangen geweckt, sich vor dem Start zu küssen. Horst Lankes wäre längst über die Kreuzung hinaus gewesen. Wie leicht wäre das Leben, wäre man Gott. Es gab so viele Varianten, die allesamt besser waren als die Wirklichkeit. Dachte ich an Theresa, fiel mir jedes Mal ihre zerschlissene Jeans ein, die sie unter der makellosen Schürze trug, wenn sie im *Rinaldo* bediente. Klar, wäre ich fast Gott gewesen, hätte ich Kai Hendricksen in der Sekunde, in der er Susanna die Streichhölzer reichte, von einem Schwefelblitz aus dem Himmel spalten lassen. Aber gut, wäre ich fast Gott gewesen, hätte ich mich gefragt, was geht mich Kai Hendricksen an, soll er Susanna so viele Zündhölzer reichen, wie er will, er ist nur ein Mensch, der zwar im Laufe seines Lebens schon jedes Mädchen in Lippfeld geküsst hat, doch was bedeutete es schon, wenn man die Mädchen Lippfelds verglich mit denen, die im Rest der Welt lebten. Pah!

Mick sagte halblaut zu mir: Wir sollten später noch eine Runde flippern gehen, was meinst du?

Eher nicht, hätte ich fast gesagt und Mick Gelegenheit gegeben, sich als Überredungskünstler zu beweisen. Ich spürte seine Hand an meiner Schulter und wartete auf einen Augenblick, in dem ich unbeobachtet hinter den Fliedersträuchern verschwinden konnte.

Dass wir noch mal Freunde werden ..., sagte Jo Klein-Ruiken.

Trauriger konnte der Abend nicht werden. Ich griff in Kuddels Tasche und fischte eines seiner Fläschchen hervor, das ich, unter heftigem Protest von seiner Seite, in einem Zug leerte. Es tat meinen Spielfingern nicht gut, mit Alkohol im Blut zu leben. Doch es tat meiner nicht vorhandenen Seele nicht gut, ohne Alkohol im Blut zu leben.

Susanna ging von Moni langsam zu Vickie und umarmte auch sie. Dann umarmte sie Franz und es stand zu befürchten, dass sie von ihrem Ritual niemanden ausschloss. Selbst Kuddel schenkte sie eine Umarmung, die, wie ich glaubte, die erste zwischen ihnen war und sicher auch die letzte sein würde. Jörg zögerte nicht, für ihre Zeremonie von der Bank aufzuspringen. Es war mehr, als ich an einem Tag ertrug. Nicht einmal Micks lilafarbenes Hemd mit dackelohrgroßem Kragen konnte sie von ihrem Ritual abbringen. Und das alles wegen Theresa. Wegen Theresa und Ulf, der nie wieder auf seiner blauen Honda durch Lippfeld rauschen würde.

Ich erstarrte, als Susanna sich von Mick löste und tatsächlich langsam, sehr langsam auf mich zukam, um auch mich zu umarmen.

TOUCH ME

Ich hätte Susanna mit geschlossenen Augen erkannt, als gäbe es geheime Signale oder kleinste Schwingungen zwischen uns. Vielleicht war es nur der Geruch, der sie verriet, so flüchtig er war und was immer er mit sich trug. Eine Spur gemeinsam durchstreifter Tage. Seltsam vertraut. Es reichte, um schlagartig Welten zu öffnen und Bilder aufzuwirbeln. Aber nichts von dem, was die Erinnerung mir zuspielte, war wirklich, es gab keine Momente, die uns einten, keine Nachmittagssonne, die uns beschien. Es gab keinen Dorfplatz im Glanz eines Autoscooters und kein verheißungsvoll funkelndes Kirmesfahrzeug, in dem wir, vom Trubel unberührt, zusammenrücken. Nichts war übrig von der Aufregung, sich wie ein Paar zu fühlen, das unter glamourösen ABBA-Harmonien dahinfuhr. Niemand sang *Open up your heart*. Es musste Täuschung sein, ein Film trügerischer Erinnerungsfragmente, die am Ende zerstoben wie der Geruch, den der Wind vorbeitrug, während Susanna mich zwischen den flackernden Lichtern am Schwanenteich umarmte.

Das erste Mal seit Jahrhunderten.

Das letzte Mal für Jahrhunderte.

Ich hätte es anstelle einer Umarmung vorgezogen, am Eingang zur Hölle in einer Wolke aus Pech und Schwefel Kohlen zu schaufeln. Während der kurzen Zeremonie war mir nicht klar, wo ich meine Hände lassen sollte. Ob ich Susanna für mehr als eine Sekunde berühren wollte. Für mehr als zwei. Ich spürte den glatten Stoff ihrer Jeansjacke, an der das auffälligste die metallenen Druckknöpfe waren. Natürlich konnte ich nicht, wie ich es früher getan hätte, einfach an ihren Jackenknöpfen herumspielen. Oder gar ihre Hand nehmen, die sich sehr schmal anfühlen würde und deren Finger vermutlich noch wussten, wie es war, wenn sie sich mit meinen verschränkten.

Unsere Schatten, die über uns hinauswuchsen, reichten bis ans Wasser. Sie waren nicht ganz so lang wie die Schatten, die wir geworfen hatten, wenn wir durch die nachmittäglichen Straßen der Siedlung gelaufen waren. Vielleicht würde ich ihr und nur ihr auf einem der Wege, die wir nicht mehr gingen und nie mehr gehen würden, erzählen, was man nur im Vertrauen erzählen konnte, so wie sie mir von ihrem Vater erzählt hatte. Wenn er sich mit Gin oder Scotch tröstete. Sie mit stumpfem Blick ansah. Susanna verstand die Schritte ihres Vaters so gut wie ich die meiner Mutter. Wusste wie viel Gin er im Blut hatte. So wie ich meine Mutter erkannte, wenn ihre Schritte sich nicht zielstrebig, sondern schwerfällig nährten, viel zu müde für einen frühen Nachmittag. Es musste ein Gespür für Katastrophen geben, das wir teilten. Jeder Schritt, jede Geste verriet ihren Vater. Verriet meine Mutter. Die Sprache verriet ihn. Verriet sie. Worte, die sich nur schleppend formten, Sätze, die plötzlich abbrachen, ein Ton, der sich bemühte, unbefangen zu klingen. Eine Begrüßung, die bedeutete: Ich bin in einer anderen Welt, aus der ich dich nur sehr verschwommen wahrnehme, und aus dieser Ferne heraus täusche ich dich mit einem fröhlichen Satz.

Als hätte Susanna ihm das geglaubt. Als glaubte ich es meiner Mutter. Susanna konnte die Drinks ihres Vaters nicht in harmlose Substanzen verwandeln und ihm aufmunternde Worte zuraunen, die ihn zum Nichttrinker machten. Niemand konnte durch Zauberei Wolken vertreiben. Sie schwebten über den Häusern, ohne sich um Wünsche zu scheren. Es war unrealistisch, sie zur Umkehr zu bewegen. Ich sprach im Stillen zu

Instanzen, die in unbekannten Sphären hausten, und bat sie um ein paar hellere Töne aus der Schicksalspalette. Sie schickten noch dunklere Wolken. Eine Schwärze, unter der niemand sah, wie meine Mutter schwankte und keine Kraft mehr fand, sich aufzufangen. Wie sie auf den Fliesen lag, reglos wie etwas, was nicht mehr ans Leben dachte oder denken wollte. Es war nichts, was jemanden interessieren musste. Niemanden kümmerte, dass Susannas Vater keine Limonade trank.

Es half nichts, dass sie mir ihre Vatergeschichte an irgendeinem Junitag anvertraut hatte, der so lang her war, dass ich nicht mehr sicher war, ob es ihn gegeben hatte oder nicht. Doch der Geruch nach Minze und Crème existierte wie die Wärme ihrer Haut. Für eine kleine Ewigkeit, in der wir uns sacht und ohne Hingabe umarmten. Es reichte für die kurze Illusion, dass wir alles voneinander wussten, während die Schatten sich zu einem Schatten verbanden, als gäbe es eine Gemeinsamkeit, ein letztes Mal, ehe Susanna sich von mir löste und sich dem Nächsten zuwandte, um ihn im Fortgang ihrer Zeremonie zu umarmen.

SCHULE DER GELÄUFIGKEIT

Es war ein Trost, die große Pause am Flügel zu verbringen, auch wenn ich dafür auf meine Zigarette unter der Robinie verzichten musste. Dass der Bechstein in den unteren Oktaven verstimmt war, nahm ich bereitwillig hin. Manchmal kam Frau Rehbein ins Musikzimmer herauf, um Volkslieder für den Unterricht zurechtzulegen oder sich um die traurigen Reste der Schulinstrumente zu kümmern. Sie tat es wortlos hinter meinem Rücken, ohne sich an meinem Spiel zu stören. Es war ihr Schicksal, Chatschaturjan und Rachmaninow zu lieben und ihre Kunst an papierkügelchenwerfende Schüler zu verschwenden. Und ich verstand, dass sie mit Tränensäcken durchs Leben ging, in denen ein Sinfonieorchester hätte Platz finden können.

Allerdings waren die Schritte, die ich hinter mir hörte, nicht Frau Rehbeins Schritte. Jemand, dem mein Pausenspiel offensichtlich missfiel, klopfte gegen einen der Notenständer. Klimperte mit seinem Schlüsselbund. Nie hätte sich Frau Rehbein zu solchen Rücksichtslosigkeiten hinreißen lassen. Es war ein Angriff auf meine Sechzehntel-Figurationen, von denen nur Bruchstücke blieben.

Was sollte das, bitte? fragte Herr Lindemann und streckte seine Rechte in Richtung Tastatur, von der meine Finger sich zurückzogen. Vermutlich hatte man Herrn Lindemann wegen seines unverträglichen Wesens ans Petrinum versetzt. Es musste einen geheimen Plan geben, die unfähigsten Lehrer des Landes als Schreckenskollegium an diesem Ort zu versammeln. Seine Frisur hatte etwas Unbändiges, das versuchsweise nach hinten gekämmt war. Wie von einem berühmten Dirigenten abgeschaut, doch sah es weniger nach dem glanzvollen Moment des Auftritts aus als nach dem frühmorgendlichen Erwachen aus schlechten Träumen.

Sicher gab es Regeln, die besagten, dass nicht jeder in der Pause nach Lust und Laune auf schuleigenen Instrumenten spielen könne, obwohl ohnehin keiner auf die Idee kam, seine freie Zeit im Musikzimmer zu verbringen. Ein Blick in den Schulhof bewies, dass die meisten lieber johlend herumrannten, in ihre Nutellaschnitten bissen oder unter der Weißen Robinie den Rauch ihrer Zigaretten in die Luft bliesen.

Es fiel schwer, Herrn Lindemann und seinen Auftritt ernst zu nehmen, und eigentlich erwartete ich, dass er im nächsten Augenblick ein völlig anderes Gesicht aufsetzte, sich lachend auf die Schenkel schlug und sagte: Ha, da habe ich dir einen Schreck eingejagt. Ich liebe dieses kniffige d-Moll-Präludium. Es ist mir eine Freude, mit solchen Figurationen empfangen zu werden. Wo gibt es so etwas? Aber Herr Lindemann kannte keinen Humor, obwohl er, wie es hieß, aus Düsseldorf kam, einer Stadt, deren legendäre Rosenmontagsumzüge selbst Lippfeldern ein Begriff waren.

Bitte mitkommen, sagte er und schlug mit viel Schwung den gewölbten Klavierdeckel zu. Hätte ich das Zeug zum Helden gehabt – nur dieses eine Mal –, hätte ich zu den Orff-Instrumenten greifen und ihre Waffentauglichkeit erproben können. Ich hätte Herrn Lindemann mit einem wilden Triangelgeklingel in die Flucht geschlagen. Oder ihn mit der Gefäßrassel zu Boden gestreckt. Mit der Holzblocktrommel hätte ich ihn quer durch den Raum gejagt. Da ich das Zeug zum Helden nicht hatte, lief ich mehr hinter als neben ihm her, friedlich wie Gandhi, wozu zweifellos auch eine gewisse Größe gehörte. Ging mit ihm die Treppen hinab bis zum Lehrerzimmer, den Blick gesenkt, um den inneren Aufruhr unter Kontrolle zu halten, oder auch nur, weil ich hoffte, die Treppe werde am Ende doch zu mir sprechen, ein paar tröstliche Worte übrig haben oder ein paar herablassende für Herrn Lindemann, doch die Treppe schwieg beharrlich, wie alle Treppen der Schule beharrlich unter meinen Schritten schwiegen.

Ich hatte keine Ahnung, ob es eine günstige Fügung oder ein unglücklicher Zufall war, dass Pater Heribert und Direktor Hennewig vor dem Lehrerzimmer standen, ganz so, als seien sie in ein Gespräch vertieft, aus dem sie nicht gestört werden wollten. Beiläufig blickte Pater Heribert auf. Seitdem er mir Jan-Henris Abschiedsschreiben übergeben hatte, war unsere Beziehung keine gewöhnliche mehr, jedenfalls bildete ich mir ein, er könne nachfühlen, was der Verlust für mich bedeutete. Mir war es in jedem Fall recht, dass er Herrn Lindemanns Elan bremste, indem er fragte: Können wir helfen?

Direktor Hennewig hob sein Kinn in Herrn Lindemanns Richtung, als bitte er um eine knappe Antwort. Die Sekunde, die er zögerte, war meine Chance. Tatsächlich hörte ich mich sagen: Ich habe mir erlaubt, ein wenig im Musikzimmer zu üben, ein Präludium aus dem Wohltemperierten Klavier. Wenn nichts dagegen spricht, könnte ich es auf dem nächsten Schulfest vorspielen.

Wir reden nur, wenn wir gefragt werden, sagte Direktor Hennewig.

Ganz nebenbei, sagte Pater Heribert, er ist ein talentierter Klavierspieler.

Könnte er nicht den Schulchor begleiten? fragte Direktor Hennewig und betrachtete mich genauer.

Ich sagte nicht: Der Schulchor wäre für mich als Keyboarder der Crazy Hearts die Höchststrafe.

Pater Heribert sagte: Es wäre in jedem Fall zu begrüßen, wenn er musikalisch zum Schulfest beiträgt.

Ich bitte darum, sagte Direktor Hennewig und blickte zu Herrn Lindemann, der zu einem Erklärungsversuch ansetzte. Die

Schulklingel schnitt im ungnädigerweise das Wort ab. Natürlich hätte ich den günstigen Augenblick nutzen können, um rasch noch vorzuschlagen, den schrillen Klingelton durch den legendären Gitarrenriff von *Smoke on the Water* zu ersetzen.

Ich denke, wir sind uns einig, sagte Direktor Hennewig, niemand hat etwas gegen das Wohltemperierte Klavier.

Keine Frage, in diesem Punkt waren wir einer Meinung. Ich nahm es als eine Art Absolution. Nicht dass ich Direktor Hennewig für einen Geistlichen hielt, aber immerhin stand er Schulter an Schulter mit einem Franziskanerpater. Da mir nichts weiter vorzuwerfen war, erlaubte ich mir, an Herrn Lindemann vorbei den Weg zum Klassenraum einzuschlagen. Das Erstaunlichste war, dass ich im Fortgehen Pater Heribert fragen hörte – oder doch zu hören glaubte –, ob es richtig sei, dass man ihn, Herrn Lindemann, in Düsseldorf den kleinen Karajan genannt habe und das nicht nur, weil es eine Karnevalhochburg sei?

Nach zehn Schritten dachte ich, du bist gerettet. Nach weiteren zehn Schritten kam ich mir verloren vor und wusste nicht, warum ich vor lauter Elend am liebsten in den Boden versunken wäre. Ich konnte mir nicht erklären, warum ich über gleichförmige Treppen und nichtendende Flure lief, von denen Türen ins morgendliche Unheil abzweigten. Es war, als hätte jemand die Schule eigens zur Verbannung des Glücks entworfen, mit all dem Aufwand, der nötig war: den stickigen Räumen und den zerfledderten Schwämmen, der quietschenden Kreide und den verkratzten Linealen, den fleckigen Butterbrotpapieren und den ausgebeulten Taschen.

Ich ging davon aus, dass Dr. Strasser keine Gestalt meiner Fantasie war, sondern real. Mir kam er bei seinem Eintritt ins Klassenzimmer größer vor als sonst. Wäre er bei jedem Eintritt ein wenig gewachsen, hätte man getrost darauf hoffen können, dass er eines Tages nicht mehr durch die Tür gepasst hätte. Bis dahin allerdings unterrichtete er Geografie, wobei ihn weniger die Geheimnisse ferner Kontinente interessierten als Diagramme, in denen farbige Balken und Säulen die Welt erklärten.

Meinem Tagebuch hatte ich zu verdanken, dass ich nicht vergessen hatte, welcher Wahnwitz ihn antrieb. Dass etwas mehr oder weniger Dämonisches in ihm lauerte, das von Zeit zu Zeit ausbrechen konnte. Die letzte Tagebuchdokumentation lag ein knappes Jahr zurück. Die Hefte waren geschlossen geblieben, während Dr. Strasser von Tisch zu Tisch gegangen war, um uns – als sei es ihm ein persönliches Anliegen – über die Bedeutung der Körperpflege aufzuklären und nebenher die Sauberkeit unserer Finger zu prüfen. Zweiunddreißig ausgestreckte Handpaare hatte er sich zeigen lassen, um jedes Mal, wenn er eine Spur von Schmutz unter einem Fingernagel entdeckte, eine Ohrfeige von solcher Schärfe auszuteilen, dass es von den Wänden widerhallte. Manche Hände neigten zum Gehorsam, andere zum reflexartigen Rückzug. Einige versuchten mit der Feder ihres Füllers noch rasch Schmutzspuren zu entfernen. Schwer zu sagen, ob Dr. Strasser seine Schläge genau so dosierte, dass die aufgewendete Kraft dem Verunreinigungsgrad entsprach. Am Ende griff er Bernd Winterhus, dem Jahr für Jahr nur knapp die Versetzung gelang, zerrte ihn vom Stuhl und drängte ihn in die Ecke des Klassenraums, beschimpfe ihn als ungepflegt und eines Gymnasiums nicht würdig und trat mit seinen blanken Schuhen auf ihn ein. Ich hätte verstanden, wenn Bernd Winterhus nicht nur seinen Peiniger im Stillen verfluchte, sondern uns alle verwünschte und in unserer Feigheit durchschaute. *Tage des Kleinmuts* hatte ich ins Tagebuch geschrieben und offen gelassen, ob es der eigene oder der anerzogene Kleinmut war, der uns im stummen Entsetzen auf unseren Stühlen hatte erstarren lassen.

Alles okay? fragte Sven Westerrode, und ich erschrak ein wenig, als er mich anstieß und sagte: Cigarette break!

Tatsächlich war Dr. Strasser mit seinen Farbdiagrammen verschwunden, und wahrscheinlich hätte ich, wäre mein Tagebucheintrag nicht gewesen, wieder nicht zu denken gewagt, dass sich eine solche Entladung von Wahn vor unseren Augen ereignet hatte. Eines Tages, sagte ich mir im Hinausgehen, wird

Dr. Strasser als Peiniger entlarvt. Es wäre zu schön gewesen. Ein Wunder, dass ich neben Sven unbehelligt die Treppe hinunter und in den Hof gehen konnte. Wir hatten es in die zweite Pause geschafft. Und wussten, dass die große weite Welt nur etwas Messbares ohne Geheimnis war.

Während wir die Raucherecke ansteuerten, kam Tim Felsing auf uns zu und schwenkte eine Kopie in der Hand. Selten hatten sich so viele Schüler um die Robinie gedrängt wie jetzt, da sie allein den Rauchern gehörte. Der Boden war von großen und braunen Schoten übersät, die der Wind raschelnd zusammenschob.

He, rief Tim und wedelte mit dem Blatt, das ziemlich zerknittert aussah. Es war die Ankündigung unseres zweiten Auftritts oder zumindest der Entwurf dazu: *The Simple Hearts – Beating for you.*

Alle Achtung, sagte Sven.

Ich sparte mir einen Kommentar, denn es fehlte mir an Begeisterung, wenn ich an den Auftrittsort dachte. Es war in jedem Fall eine zweifelhafte Angelegenheit, sich in die Niederungen des Lippfelder Jugendclubs zu begeben. Die anderen kannten den Ort weniger gut als ich. Doch ich konnte meine Skepsis schlecht damit begründen, dass Susanna dort vor Jahren einen anderen Jungen geküsst hatte oder mir die Soulbegeisterung der Vikarin missfiel. Mir wäre eine Vikarin lieber gewesen, die mit gefalteten Händen ihren Blick gen Himmel gerichtet oder Bibelgeschichte vorgelesen hätte. Jeder sollte, bitte schön, seinen Job erledigen. Dass sie sich in Verkennung ihres Amtes unter die Zuhörer der Alten Ziegelei gemischt hatte, hatte die anderen beeindruckt. Es fiel mir schwer, zu akzeptieren, dass sie unserer Musik Aufmerksamkeit entgegenbrachte. Wieder einmal hatte sie alle geblendet. Mit ihrem Lächeln getäuscht. Mit ihren Turnschuhen. Mit ihrer Toleranz, vor der niemand sicher sein konnte.

Das Ankündigungsblatt, das Tim für uns kopiert hatte, zeigte aufsteigende Symbole in Herzform, die offenbar zu unserem

Markenzeichen werden sollten. Darüber stand fett: *Beating for you*. Ein bisschen schlicht. Aber ich hatte keine Lust, über einen Satz wie *Beating for you* zu diskutieren. Es war Zeit für eine Zigarette.

He, sagte ich zu Josef Langhoff, der ein Stück entfernt auf dem umlaufenden Eisengeländer saß, wie läuft's?

Er begnügte sich mit einer lapidaren Geste und konzentrierte sich auf den Rauch seiner Zigarette.

Weißt du eigentlich, sagte ich, dass Ulrike Meinhof in vorrevolutionären Zeiten für christliche Studentenblätter geschrieben hat?

Josef Langhoff nickte, ohne aufzusehen, und nahm wieder einen Zug von seiner Zigarette. Nicht dass ich das verschwörerische Gespräch mit ihm vermisste, doch ich hätte ihn gern etwas aufgemuntert. Nach allem, was ich gehört hatte, war es für ihn ein Glück, dass er den Schulhof noch betreten durfte. Er hatte Flugblätter ausgelegt, auf denen zu lesen gewesen war: *Freiheit für Andreas Baader*. Wahrscheinlich war er zu stolz auf sich und seine Aktion, um abzustreiten, dass er es gewesen war, der die Blätter verteilt hatte. Man musste sagen, sinnloserweise verteilt hatte, denn wer außer ihm sollte unter den Schülern und Lehrern des Petrinums die Freilassung Andreas Baaders befürworten oder gar fordern?

Wer so denkt, hat bei uns nicht verloren, hatte Achim Klein gesagt.

Keine Ahnung, zu wem er solche Sätze sprach. Zu Manfred Abend oder zu sich selbst. Oder zu seiner unter Stiefmütterchen ruhenden Großmutter.

Von hinten lehnte sich Markus Kirschstein herüber, blies den Rauch seiner Mentholzigarette in Langhoffs Richtung und sang sehr gekonnt im Ton der Fernsehwerbung, die wir alle vom *Bader*-Modekatalog kannten: Bader kommt, Bader kommt, Bader kommt – ganz groß in Mooode!

Boah, ey, murmelte Josef Langhoff und schüttelte den Kopf, wobei er auf die trockenen Robinienschoten starrte.

Du glaubst auch nur in deinem Mentholhirn, was dein Ge-schichtslehrer dir an Nazigeschichten erzählt, sagte ich zu Markus Kirschstein.

Bader kommt, Bader kommt, Bader kommt – ganz groß in Mooode! wiederholte er. Lachte, zog an seiner *Reyno* und drehte ab.

Als die Klingel über den Hof hallte, sagte ich zu Sven: Wir sollten verschwinden und lieber Songs schreiben.

Warum nicht, sagte er. Durch die Blätter der Robinie fielen unruhige Lichtflecke auf sein Haar, das so blond war wie das von Brian Jones.

Aber *richtige* Songs, sagte ich.

Natürlich *richtige* Songs, sagte Sven, was sonst? Ich klopfte ihm auf die Schulter und stellte mir vor, er wäre nicht Sven Westerrode, sondern tatsächlich Brian Jones, der keine Blues-balladen spielte, sondern Hits, die einschlugen wie *Jumpin' Jack Flash*.

MÖGLICHE WELTEN

Liebe Rebecca, manchmal kommt mein Leben mir vor wie ein Film, der an entlegenen Schauplätzen spielt, wo alles namenlos bleibt. Ohne jeden Glanz. Du dagegen bist in einem ganz anderen Film unterwegs. Es gibt atemberaubende Perspektiven und großartige Farben. Mühelos beherrschst Du Deine Rollen. Alles bei Dir macht Sinn. Bei mir dagegen erscheint das Glück als ein hölzernes Täfelchen, das einem rät, nur die heiteren Stunden zu zählen. Bei mir ist das Glück ein knittriges Poster, von dem Jimi Hendrix mich jeden Morgen grüßt. Immerhin, wirst Du sagen, als wäre das nichts! In meinem Film siehst Du den Wetterhahn auf dem Kirchturmdach und vor dem Fenster makellos weiße Gardinen, woran weder eine Revolution noch ein Weltuntergang etwas ändern würde. Und manchmal flippern ein paar Leute an einem verrauchten Ort, der sich *California* nennt. Die Zukunft versinkt in schwarzen Lederpolstern. Sieh mir nach, dass mir der Hang zur Schwärmerei fehlt, obwohl ich allen Grund hätte, zu schwärmen, schon Deinetwegen.

Wie gut, dass ich diesen Brief, oder was immer es wird, nicht abschicken muss. Ich kann ihn in der Tiefe des Schreibtisches versenken oder mit einer zweckmäßigen Anschrift versehen, die kein Postbote findet: An mein anderes Ich. Oder: An die Entfernte. Im Ernst, nichts und niemand gibt mir das Recht, zu jammern. Ich habe nicht vor, mich hier und jetzt oder in absehbarer Zeit von einer Brücke zu stürzen. Wenn ich ernsthaft darüber nachdenke und Du nicht in meinem Leben vorkämst, würde es mich allerdings nicht so sehr stören, früher oder später zu gehen oder einfach tot zu sein. Wie die Fliegen in Meyerbeers Auslage. Genau! Ich vergaß, Dir mitzuteilen, dass Herr Meyerbeer geduldig in seinem Sessel ausharrt und allmählich selbst zum Inventar seines Ladens wird. Er steigt nicht mehr auf seine Leiter, aber wenn er mich erkennt, schenkt er mir Klaviernoten oder fleckige Partituren, die ich ohne Widerspruch annehme. Jetzt habe ich sogar die 6. Sinfonie von Gustav Mahler, die, laut Meyerbeer, vor siebzig Jahren im Essener Saalbau uraufgeführt wurde!

In seinem herrschaftlichen Sessel sehnt Herr Meyerbeer nur noch den Schlaf herbei. An Einnahmen ist er nicht länger interessiert. Was würde er auch damit anfangen wollen? Die staubigen Reste der Insekten in seinem Schaufenster sind nicht verschwunden, im Gegenteil, es sind neue hinzugekommen. Am Ende würde es mir doch den Tod vermiesen, fliegengleich neben all den Etüden und Sonaten zu liegen, die einem stets zeigen, was man alles nicht geschafft hat.

Natürlich könntest Du fragen, ob ich die Gemeinsamkeiten zwischen uns abstreiten will. Ob es keine Welt gibt, die wir teilen. Doch schon wenn ich neben Dir am Tisch Deiner Eltern sitze, fühle ich mich, als säße ich an einem anderen Ort als Du. Was wir zusammen erleben, erleben wir getrennt. Du sprichst und lachst fern am Rand meines Blickfelds. Das, was zwischen uns verläuft, ist so real und unwirklich wie die Linie, die sich Horizont nennt. Es gibt sie und es gibt sie nicht. Himmel und Meer tun, als berührten sie sich. Vielleicht produziere ich selbst das Horizontgefühl aus einer dauernden Anstrengung heraus. Als müsste ich jemand sein, der so ist, wie Du ihn Dir vorstellst. Aber wer sagt, dass Du mich nicht als den akzeptieren könntest, der ich bin?

Ich nehme Brahmsmusik und freundlich-interessierte Fragen Deiner Eltern gern in Kauf, um neben Dir am Tisch zu sitzen. Es scheint mir allemal besser, als säßest Du bei *uns* am Tisch, wo Dein Erstaunen groß wäre. Statt Brahms läuft die *Tagesschau* und erspart uns Gespräche. Mein Vater schmiert Rübenkraut aufs Brot. Wenn Leute, die ihm nicht passen, im Bild erscheinen, vorzugsweise silbergraue Bankenchefs und eloquente Finanzmanager, sagt er gern *Gangster* oder ruft *Halsabschneider*. Meine Mutter spricht im Stillen mit niemandem. Traurig stimmen Dich sicher die Heringe, die auf Spießen stecken. Ihr Schicksal ist unser Schicksal. Mein Vater ruft: Damit muss endlich Schluss sein! Was immer er damit meint. Alles, was ihr hier esst, sagt er plötzlich, habe ich mit meiner bloßen Hände Arbeit verdient! Er hält Dir seine vernarbten Handflächen unter die Augen, was wie ein Vorwurf wirken könnte angesichts Deiner perfekten Finger und ihrer phänomenalen Geläufigkeit. Du würdest mich als den sehen, der an diesem Tisch täglich sitzt. Dich wie in einem schlechten Stück fühlen oder denken, es sei Kabarett. Kein gutes Kabarett. Ich weiß, später würdest Du mir glaubhaft versichern, dass die Unabänderlichkeiten des Alltags ohne Einfluss auf uns seien. Auch Deine Eltern seien wie alle Eltern nicht annähernd vollkommen. Man dürfe sogar guten Gewissens behaupten, dass meine Eltern mehr Anteil an uns und unserer Freundschaft nähmen als Deine. Aber dass ich Dir nichts von alledem schreibe, liebe Rebecca, beweist, dass es das Trennende gibt. Es wäre keine gute Idee, Dir mein Lippfelder Elend zu offenbaren. Vorerst jedenfalls. Als wäre die Misere, in der ich lebe, mein eigenes Unvermögen.

Zugegeben, mir fallen auch Schauplätze ein, die Dir gefallen könnten: die Wiesen im Bruch oder die schilfbewachsenen Baggerlöcher, über denen Libellen wie kleine Hubschrauber in der Luft stehen. Ich könnte Dir meinen Bruder vorstellen oder, wenn sein Studium es nicht zulässt, zumindest sein Bücherregal, in dem Du auch Bücher über Mozart und Mendelssohn findest. Meinen besten Freund, den ich unwidersprochen so nennen darf, wirst Du nie kennenlernen, denn er liegt seit langem auf dem Waldfriedhof. Wir könnten ihn besuchen, auch wenn ich bis heute nicht weiß, wo sein Grabstein steht. Ich müsste Dir auf jeden Fall unser wichtigstes Bandmitglied vorstellen, Sven Westerrode. Die Welt, in der er lebt, ist Dir mehr vertraut als mir. Ohne ihm gäbe es die Crazy Hearts nicht, denn er hält alles auf subtile Weise zusammen, durch Diplomatie und passables Gitarrenspiel, und er sorgt dafür, dass wir zwischen Selbstzweifel und Größenwahn unseren Kurs nicht aus den Augen verlieren.

Gestern erst saßen wir zusammen, um ein paar Songs zu schreiben, nachdem wir beschlossen hatten, die letzten Unterrichtstunden zu schwänzen. Sven sang und suchte Melodietöne auf der akustischen Gitarre, während ich die passenden Akkorde am Klavier beisteuerte. Wir fühlten uns ganz wie Songwriter und kamen uns wichtig vor, während die anderen im Klassenzimmer ihre Zeit absaßen. Wenn die Kadenzen, die ich vorschlug, zu kompliziert wurden – wahrscheinlich weil ich zu viel Schubert im Kopf hatte –, zog Sven die Brauen hoch. Wenn er zu sehr nach McCartney klang, erlaubte ich mir schärfere Dissonanzen. Offenbar spielt er mehr für ein Publikum, während ich mehr für mich spiele. Am Ende ergänzen wir uns. Oder jeder macht die Qualitäten das anderen zunichte. Keine Ahnung. Früher oder später wirst Du uns hören. Aber fürs Erste verpasst Du nicht viel, denn natürlich sind wir noch nicht da, wo wir hinwollen und durchlaufen alle Stadien eines Experiments. Dazu gehört auch der Ort unseres zweiten Auftritts – Lippfelds Jugendclub.

Wie grotesk! Ich hätte den Plan gern verhindert, doch die anderen stimmten bedenkenlos dafür. Sollte es zum Auftritt kommen – wovon ich ausgehen muss –, werde ich jedenfalls nicht als Ben Schneider auftreten. Unsichtbar zu werden, wäre das Beste. Das Zweitbeste wäre, sich zu verwandeln wie eine New Yorker Band, deren Musiker mit schrillem Make-up auftreten und auf der Bühne zu Figuren wie *Spaceman* und *Catman* werden.

Später klopfte es an der Tür und Svens Mutter lud uns in den Garten ein, wo es Kuchen gab. In einem geflochtenen Terrassenstuhl saß seine Großmutter, die ein wenig wie eine greise Diva aussah und ununterbrochen rauchte. Sie sprach mit einer rauen Stimme, als wäre sie aus einem existenzialistischen Theaterstück zu Gast. Svens Mutter schaute mich jedes Mal, wenn ich etwas sagte, durchdringend an, was mich daran hinderte, meine Sätze zu Ende zu führen. Das Schlimmste allerdings war der Kuchen mit Zitronat, der sich Königskuchen nannte und den die Großmutter aus Münster mitgebracht hatte.

Ich bin mir sicher, sagte Frau Westerrode, ihr macht große Fortschritte. Ich sagte nur: Na ja. Wenn sie zu Svens Großmutter sprach, die anscheinend nicht mehr gut hörte, hob sie ihre Stimme an. Die Kinder haben eine Band gegründet, erklärte sie. The Crazy Hearts! Die Großmutter klopfte die Asche ihrer Zigarette ab und sagte: So ein schöner Name! Was ich nicht begriff, war, dass sie statt nobler Zigarillos *Ernte 23* rauchte. Crazy Hearts, seufzte sie und senkte ihre Silbergabel in ihr Kuchenstück. Niemand konnte wissen, dass ich beim Namen *Crazy Hearts* an Jan-Henri dachte. An sein labiles Herz, das *verrückt* spielte, während unsere Herzen ihre Arbeit wie lebendige Uhrwerke verrichteten.

Mein größtes Problem blieb der Königskuchen auf dem Goldrandteller. Svens Großmutter, die offenbar nicht wusste, dass nicht jeder Mensch Zitronat mag, nickte mir aufmunternd zu. Also biss ich mit aller Vorsicht hinein. Keine Ahnung warum mir in dieser Sekunde erst auffiel, dass Svens Mutter vor einem leeren Teller saß. Beschwichtigend strich sie mir über den Arm. Dann blickte sie von mir zur Großmutter und sagte: Siehst du, ich bin nicht die Einzige, die deinen Kuchen hasst.

In Familien wie den Westerrodes hasst und liebt man leichter und schneller als bei uns. Bei uns kann man einen Kuchen nicht hassen. Oder lieben. Die Wörter sind für anderes reserviert, soweit sie überhaupt im Gebrauch sind. Mir zumindest fällt es schwer, mit großen Ausdrücken kleine Dinge zu beschreiben.

Auch wenn ich nicht weiß, warum ich Briefe schreibe, die Dich nicht erreichen, hilft es am Ende hoffentlich, die Entfernung auf ein erträglicheres Maß zu verringern. Gegen die Unzumutbarkeit anzugehen. Bis wir wieder in Berlin oder Essen an einem See mit einem versunkenen Dorf oder schwankenden Schiffen liegen. Am liebsten in *einer* Welt. Mit ungeteiltem Himmel. Ohne die sich aufspielende Unendlichkeit zwischen Dir und mir. Ich warte darauf. Ungeduldig. Ungeduldiger als ungeduldigst. Ben.

BLAULICHT

In der Nacht weckte mich ein Blaulicht, das über die Tapete irrlichterte. Mein Herz schlug schon im Erwachen so stürmisch, als wäre ich im Schlaf gerannt. Ich war doppelt alarmiert, obwohl ich nicht sogleich wusste, was das Blaulicht bedeutete. Vielleicht meinte es das Haus unserer Nachbarn. Gern hätte ich an eine geisterhafte Erscheinung geglaubt, die lichtblau durchs Zimmer schwirrte. Im Traum hatte ich die Blüten der Geranien im Garten vergraben und in kurzer Zeit waren neue, prächtigere Geranien daraus gewachsen.

Geh wieder ins Bett, rief mein Vater, als ich die Zimmertür aufzog und in den Flur blickte. Das schwarzweiße Großelternpaar schaute mich düster an. Geh wieder ins Bett! Jemand lief mit einer grauen Wolldecke an mir vorbei. Ihn interessierte weder das finstere Großelternpaar noch die Holztafel mit dem Spruch über die Sonnenuhr. Durch die offene Haustür sah ich den Krankenwagen, der vor der Einfahrt sein Licht über Vorgärten und Fassaden verteilte.

Dein Bruder bleibt hier, rief mein Vater, ich fahre mit. Geh wieder ins Bett! Jimi Hendrix blieb auch da und gönnte sich eine Inspirationspause. Wie jede Nacht. Ich hoffte, er hatte besser geträumt als ich. Nicht von Geranien. Auch die Kuckucksuhr, die meine Mutter immer noch regelmäßig aufzog, fuhr nicht mit und zeigte die Zeit. Zwei Uhr zehn. Nie war in der

Siedlung um diese Zeit ein Rettungswagen gesehen worden. Nicht bei Palmers und nicht bei Vickies Eltern, und ich konnte nicht länger daran zweifeln, dass das Blaulicht unser Haus meinte. *Uns* meinte. Wenn auch, genau genommen, nicht mich oder meinen Bruder oder meinen Vater und nicht Jimi Hendrix oder das Großelternpaar.

Ich legte mich wieder ins Bett, obwohl es mir schwerfiel, nach dem Aufruhr untätig dazuliegen und auf den Schlaf zu warten. Es war offenkundig, dass niemand meine Hilfe benötigte oder erwünschte. Wenn es eine Katastrophe gab, traute man mir am wenigsten die Rolle des Retters zu. Geh wieder ins Bett, hörte ich die Stimme meines Vaters und wunderte mich im Nachhinein, dass ich seiner Aufforderung widerspruchslos gefolgt war. Mein Herz schlug unvermindert heftig. Und wurde nicht ruhiger, als das Blaulicht lautlos verschwand. So wie die Dunkelheit ins Zimmer zurückkehrte, fühlte ich mich, als wäre mein Körper ohne Ortung der Nacht ausgeliefert. Ich dachte an die Geranien, die von meiner Mutter Woche für Woche großzügig mit Blumendünger versorgt wurden, sodass die Blüten in Rekordzeit nachwuchsen. Womöglich trug ich selbst zum üppigen Wachstum bei, indem ich die Blütenpracht anfallweise mit der Küchenschere stutzte.

Das Einzige, was mir zwischen den Schemen Orientierung gab, war die silbrig ins Dunkel ragende Antenne des Rekorders. Ein Wagen, der mit Blaulicht davonraste, war alles andere als ein gutes Zeichen, zweifellos. Doch es gab – führte man sich alle Möglichkeiten vor Augen – schlimmere Varianten, in denen keine Eile mehr nötig war. Sagte ich mir. Ich konnte mir meine Mutter nur schwer im davonfahrenden Krankenwagen vorstellen. Einfacher war es, wenn ich sie mir auf ihrem Stuhl vorstellte. Die Erinnerung mischte sich mit einer Folge von Bildern, auf denen sie vor einem riesigen Spiegel im künstlichen Glanz eines Kaufhauses stand. Auf ihrem Gesicht lag eine seltsame Anspannung, eine Konzentration, als müsse sie eine schwierige Frage beantworten. Ihre Bewegungen schienen fahrig, während sie einen Pelzmantel zuknöpfte und zurechtrücke, ehe sie sich probeweise darin drehte. Neben ihr im Spiegel war meine Tante Marie zu sehen, die hier und da prüfend am Mantel zupfte. Nicht im Spiegel zu sehen war mein Vater. Natürlich, nie hätte er meine Mutter ins Kaufhaus begleitet, selbst nicht beim Kauf eines Pelzmantels, mit dem sie in den Kreis der Pelzmantelträgerinnen aufrückte. Fortan gehörten wir zu den Familien Lippfelds, in denen man sich einen Pelzmantel leisten konnte. Wer immer an ein solches Symbol des Aufstiegs glauben wollte. Auf den ersten Blick widersprach es dem Genügsamkeitsprinzip meines Vaters, der jedes Kleidungsstück bis zum vollständigen Verschleiß trug und nie ein anderes Automodell fuhr als einen VW Käfer. Sparsamkeit gegen Verschwendung. Der Pelzmantelluxus brachte ihn jedoch nicht so sehr in Not, da er ihn selbst nicht vertreten musste und anspruchslos bleiben konnte, während er allen anderen Menschen, allen voran meiner Mutter, jeden erdenklichen Luxus gönnte. Mir war es gleich, was sie trug, ob Pelzmantel oder Perlonkittel. Am Ende stand für mich fest, dass meine Mutter das gleiche Bescheidenheitsideal vertrat wie mein Vater, denn im Grunde hatte sie den Mantel nicht für sich, sondern für ihn gekauft, sodass er das Gefühl pflegen konnte, er verbreite durch seine Arbeit Wohlstand, von dem alle profitierten. Der Pelzmantel meiner Mutter gab seinem Leben erst einen Sinn! Der Mantel war für ihn wichtiger als für sie, die meinen Vater durch den Kauf beschenkte. Und nachdem sie den Mantel zwei-, dreimal getragen hatte, schien sein Zweck erfüllt, sodass er fortan im Schrank hing, als wäre kein Anlass gut genug, ihn anzuziehen.

Gedämpftes Licht drang durch die Vorhänge, als ich die Augen öffnete. Die Deckenleuchte sprang an und blendete mich Momente lang. In dem mir brutal vorkommenden Licht stand Paul und nickte. Seltsam, dachte ich. Was macht Paul in meinem Zimmer?

Alles klar? fragte er.

Alles klar, sagte ich.

Du musst dich beeilen, wenn du pünktlich sein willst.

Na, sagte ich, von *wollen* kann nicht die Rede sein.

Ich erzähl dir alles, wenn du aus der Schule zurück bist, sagte Paul. Es geht ihr wieder besser.

Ah ja, sagte ich.

Paul schaute zum Hendrix-Poster, ohne es wirklich anzusehen, und sagte: Die Sanitäter haben von einem Tablettenunfall gesprochen.

Tablettenunfall, wiederholte ich.

Sagt man so, sagte Paul.

Und was denkst du? fragte ich.

Komm, sagte Paul, mach dich fertig.

Ich will nicht in den Elendsbezirk!

Jetzt mach schon!

Ich finde das alles ..., sagte ich und warf die Bettdecke zurück, Scheiße! Dann grüßte ich demonstrativ Jimi Hendrix, meinen letzten Freund auf der Welt. Abgesehen von Rebecca, die in einem anderen Film spielte. Und abgesehen von Jan-Henri, der auf dem Waldfriedhof lag. Und abgesehen von Mick, der als Leopard durch die Nacht schlich und sich auf unsicherem Terrain bewegte.

Wenn alles gut geht, sagte Paul, werden wir sie morgen besuchen können.

 Ich hätte gern meinen Deutschlehrer Wilfried Entrup herbeizitiert und ihn gefragt, wie man Begriffe nannte, die vorgaben, etwas Harmloses zu bezeichnen, obwohl sie etwas gar nicht Harmloses meinten. Die als beschönigende Variante des Unaussprechlichen dienten. Wörter wie *Tablettenunfall*.

Irgendwas mit ...ismus, sagte ich laut, als mein Bruder hinaus war. Ich balancierte auf einem Bein und schlug ein paar grelle Gitarrenakkorde an, die aus *Wild Thing* stammen konnten, drehte mich und ritt auf der imaginären Gitarre bis zum Hendrix-Poster. Verbeugte mich. Dankte dem nichtanwesenden Publikum für den nichtvorhandenen Applaus.

Manfred Abend lachte ungläubig, als ich im Bus, der in Richtung Elendsbezirk startete, zu ihm sagte: Deine Hausarbeiten sind in letzter Zeit so unterirdisch, dass ich sie nicht länger guten Gewissens abschreiben kann.

Achim Klein, der neben ihm stand, blies seine Wangen auf wie ein Frosch und prustete los.

Manfred Abend sagte: Du krankes Hirn.

Aber so was von krank, sagte Achim Klein.

Na gut, sagte ich. Immerhin hätte ich gern noch von Manfred Abend erfahren, auf wen der Song *Wild Thing* zurückging. Denn Jimi Hendrix war, soweit ich wusste, nicht der Erste, der die Nummer gespielt hatte.

Also fragte ich: Was fällt dir zu *Wild Thing* ein?

Eine Menge, sagte Manni.

Das musst du ihm gar nicht erzählen, sagte Achim Klein.

Mir reicht die Kurzversion, sagte ich.

Meines Wissens, sagte Manfred Abend, war die Nummer schon 66 in den Charts. Mit den Troggs, die niemand kennen muss. Aber auch das war nur eine Coverversion. Hendrix kam ein Jahr später und setzte seine Fender auf der Bühne in Brand. Wirklich schlimm ist die Version der Goodies ...

... die niemand kennen muss?

Genau.

Okay, sagte ich, dann her mit dem Zeug, ich werd's noch einmal probieren.

Wie gnädig, sagte Achim Klein.

Du kommst gar nicht in meinem Leben vor, murmelte ich. Da Achim Klein sich für gescheit hielt, fragte er natürlich: Warum sagst du es dann? Genau! Und jetzt schwieg ich und nahm mit einem dankenden Lächeln Mannis Schulhefte entgegen, in denen mich eine Menge Fehler erwarteten, die ich unbesehen übernehmen würde.

Auch heute sprachen die Treppen der Schule nicht zu mir. Es war mir egal oder sogar recht, denn was wäre von den Schultreppen zu erwarten gewesen? Ich sah mich, als wäre ich mein eigener Doppelgänger. Mein Double war exakt an alle Abläufe gebunden. Es war ihm weder möglich, kehrt zu machen noch aus dem Fenster zu springen oder ein wildes Geheul anzustimmen. Ein Magier errichtete blitzschnell dort, wo wir gingen, die nötigen Kulissen. Weiße Wände und Flure mit blanken Fliesen. Schmale Fenster mit Morgenlicht. Lädierte Türen. Dahinter Räume mit blödsinnig lachenden und wild herumlaufenden Gestalten, die so taten, als würden sie mich kennen. Beim Eintritt hörte ich sie *Hallo* und *Wie geht's?* rufen. Jemand warf seine Schultasche auf den Tisch und rief: Alter, alles klar? Ich grüßte niemanden. Nichts war klar. Die Regie war unabänderlich. Ich setzte mich auf meinen Stuhl, der mir in grauer Vorzeit zugewiesen worden war, und nickte, wenn jemand sich an mich oder an mein Double wandte. Sagte sogar einmal: Logisch! Hörte mein Double als Echo sagen: Absolut logisch!

Ich sah Wilfried Entrup im vertrauten Szenario von der Tür zum Lehrerpult einbiegen. Seine Ledertasche wog mehr, als sie enthielt, da sie außer ihrem Inhalt und den unanfechtbaren Urteilen alle sich daran heftenden Ängste zu tragen hatte. Man konnte nur hoffen, dass sich das Klassenzimmer dort, wo er ging, in einen morastigen Pfad verwandelte. Doch er schaffte es bis ans Pult. Zog in mehreren handlichen Schüben zweiunddreißig schwarze Klassenhefte hervor und eröffnete das Verteilungsritual. Das Abtragen des Stapels kam einer wohlkalkulierten Demütigung gleich. Noch nie hatte es eine Ausnahme von der Regel gegeben, dass die besten Arbeiten oben und die schlechtesten unten lagen.

Nach dem Einsergenie Leo Keppler folgte der Aufruf der Zweierkandidaten, darunter Sven Westerrode und Markus Kirschstein. Doch ehe Wilfried Entrup zu den Dreikandidaten kam, rief er meinen Namen oder den meines Doppelgängers, und wir erschraken beide gleichermaßen. Alle schauten her. Im selben Moment verzog sich mein Double und ich saß allein auf dem Stuhl. He, he, zischte Markus Kirschstein. Da Achim Klein, dessen Namen noch nicht gefallen war, mich ungläubig ansah, zog ich eine Grimasse. Sven stieß mich an, was so viel bedeutete wie: Los, hol dein scheiß Heft ab!

Dr. Entrup sagte mit einer mich befremdenden Freundlichkeit: Eine Zwei minus für Ben Schneider, kein Irrtum!

Wäre ich nicht am Nullpunkt gewesen, hätte ich jubeln können. Aber trotz der Zwei minus, wenn es denn stimmte, dass ich eine Zwei minus bei Ente geschrieben hatte, fühlte ich mich, als sei es die übliche Vier. Ich schnappte das Heft vom Stapel, der noch recht hoch war, schwenkte es nicht, lachte nicht, hob meinen Daumen nicht, sah nicht zu den Neonsonnen auf, sondern ging an meinen Platz zurück, als trüge ich eine Enttäuschung mit mir.

Dr. Entrup sagte: Eine atmosphärisch dichte Schilderung. Ich würde sogar sagen, die beste Schilderung. Wären nicht die haarsträubenden Fehler. Vor allem die Grammatikschnitzer. Ich darf dich bitten, nach der Verteilung deinen Text vorzulesen – unter Berücksichtigung der Korrekturen.

Stark, sagte Sven und deutete einen knappen Faustschlag an. Ich fühlte mich elend, genau wie mein Double, wobei die Aussicht, meine Schilderung allen vorzulesen, einschließlich Kirschstein und Klein, meine Elendsstimmung noch potenzierte. Tatsächlich stand unter dem letzten Satz *Zwei minus*. Genauso erstaunlich war der Kommentar, den Dr. Entrup auf dem Korrekturrand hinterlassen hatte: *eindrucksvoll!*

Wie alle Schilderungen handelte auch meine davon, dass jemand wartete, wo auch immer und worauf auch immer. Mir war ein Bahnhof eingefallen, der aussah wie der in Bottrop Boy bei Tag. Mein Augenmerk galt den Veränderungen, die der Wind dem Bahnsteig zu bieten hatte. Indem er Zigarettenstummel, Bierdosen oder Papierreste hierhin und dorthin trug. Was immer er aufwirbelte, wegrollte oder vor sich herschob. Aufgezählt hatte ich: eine Fahrkarte für eine nie angetretene Reise. Das zerrissene Kuvert eines vergeblichen Briefes. Die traurigen Reste eines Papiertaschentuchs. Im Grunde war mir nur die Arbeit des Windes wichtig gewesen. Dabei hätte ich eine ganz andere Geschichte schreiben müssen. Letztlich hatte mein Versuch nur den Zweck, ein anderes Warten nicht zu beschreiben. Das Warten an einer Haustür, das Warten nach dem Klingeln, das Warten darauf, dass die Tür geöffnet wurde. Das lange Warten, wenn die Tür zu spät geöffnet wurde, so spät, dass ich mir gewünscht hätte, sie wäre besser nicht geöffnet worden. Das Ausharren und das Zählen der Sekunden. Die Zeit, die verging, bis nach dem Klingeln die ersten Schritte aus dem Hausinnern zu hören waren. Das Empfinden, die Gravitation verzehnfache sich, wenn die Schritte zögerlich waren oder die Schwermut zu groß, als dass sich meine Mutter noch auf den Beinen halten konnte. Ich hätte über die Erleichterung schreiben können, wenn sich die Schritte, kaum dass ich den Klingelknopf gedrückt hatte, mit Bestimmtheit auf den Weg machten. Dann hätte ich die Dauer des An-der-Tür-Stehens ausdehnen mögen, um immerzu auf diesen gleichmäßigen Takt zu horchen, der die Abwesenheit der Schwermut bedeutete. Das Warten war ein Glück, so wie es ein Unglück war, wenn nichts geschah. Wenn es still blieb. Wenn meine Mutter in ihrem Schattenabteil saß. Oder dalag, gekrümmt, weltabgewandt. In panischen Momenten trat mein Double hervor und blickte mit mir auf meine Mutter hinab. Es ist alles in Ordnung, sagte ich. Aber weißt du denn nicht, sagte mein Double, dass man in dieser Lage ersticken kann? Mir schien es nicht hilfreich, die Situation zu dramatisieren. Doch es beruhigte mich, dass mein Double sich hinabbeugte und den Körper meiner Mutter auf die Seite drehte. Vorsichtig positionierte es den Kopf so, dass sich die Lippen vor ihrer flachen Hand öffneten. Der blasse Mund meiner Mutter sah aus wie der Mund eines Fisches.

Wir wären dann so weit, sagte Dr. Entrup.

Mein Double schlug die erste Seite der Schilderung auf, in der es um nichts als das Warten am Bahnsteig ging, um den Wind, der alles erledigte, sodass ich ihm nur genau hatte zuschauen müssen, um zu spüren, was Warten bedeutete.

DU WEISST, ICH LIEBE DAS LEBEN

Der Nachmittagshimmel sah wie auf den Gemälden Alter Meister aus. Eine Szenerie, die sich für bewegende Auftritte eignete. Die Farbpalette reichte vom leuchtenden Weiß bis zum tiefen Grau, vom Blau bis zu einem Orange, das die unteren Wolkenränder färbte. Zwischen den Wolken fand die Sonne vereinzelt Lücken, die sie mit einem gleißenden Gelb füllte. Die Zweige, auf denen ein nass-schwarzer Glanz lag, schienen in ihrer Perfektion zum Greifen nah.

Unsere Schuhe sanken ins Laub, das wie ein farbiger Teppich dalag. Jeder Schritt ein leise patschendes Geräusch. Das letzte Wegstück war säuberlich gekehrt und blassrot gepflastert. Die Glastüren der Klinik öffneten sich mit einem leisen Ruck, und man hatte den Eindruck, ein Raumschiff zu betreten. Hinter der Schleuse ein hell gefliestes Foyer. Der Portier, der hinter einer gläsernen Wand in einer Zeitung las, sah wie Zarathustra am Ende aller Weisheiten aus. Was ich wiederum nur dachte, weil mein Bruder neben mir ging, der es schätzte, wenn jemand sich bei allem was dachte, als wäre die Welt eine Aufgabenstellung. Die Treppen kamen mir kalt und selbstgefällig vor. Wir kennen dich doch, raunten die Stufen. Gut möglich, sagte ich.

Hast du was gesagt? fragte Paul.

Welcher Stock? fragte ich.

Dritter Stock, sagte die Treppe.

Dritter Stock, sagte mein Bruder, Aufzug oder Treppe?

Treppe, sagte ich.

Wie du meinst, sagte mein Bruder.

Habt ihre keine Blumen? fragte die Treppe.

Wieso haben wir eigentlich keine Blumen? fragte ich Paul.

Blumen? Paul sah mich etwas ratlos an.

Na ja, sagte die Treppe, warum solltet ihr auch Blumen haben, ihr seid ja keine Fremden.

Na ja, sagte ich, wir sind ja keine Fremden.

Stimmt, sagte Paul, wie sähe das aus ...

Eben!

Tablettenunfall, sagte die Treppe zwischen dem ersten und zweiten Stock, dass ich nicht lache. Was immer man aus dem Magen spült, es ändert nichts an der Schwermut. An dem Wunsch, frühestens am Jüngsten Tag wieder aufzuwachen.

Ich schwieg. Mein Bruder schwieg. Die dritte Treppe war genauso sauber und blank wie ihre Vorgängerinnen. Auch sie schwieg. Die vierte Treppe, die wir nicht gingen, hätte mich zur Station geführt, auf der ich gelegen hatte. Und Jan-Henri. Es war natürlich egal, wo man lag, da es überall gleich aussah. Ob der Weg durchs dritte oder vierte Geschoss führte, durch die Hölle oder durch einen wechselhaften Nachmittag. Selbst die besten Krankenschwestern hätten sich irren müssen, hätte nicht an jeder Tür eine metallene Nummer gestanden, beispielsweise 336. Mein Bruder klopfte an. Gern überließ ich ihm die Rolle des Vorausgehenden. Er war alt genug. Schön, dass man beim Eintritt als Erstes wieder den Himmel sah, wenn man geradeaus schaute. Zerklüftete Formationen. Weiter hinten dunkelgraues Gewölk. Meine Mutter lag direkt vor den Wolken und schaute in Richtung der Tür, wo sie uns erwartet hatte. Mir schien, sie sei kleiner geworden, was natürlich Unsinn war, weil niemand in einer Nacht kleiner wurde. Vielleicht war das Krankenbett einfach zu groß für sie. Ihr Arm, der auch dünner geworden schien, hing am Tropf. Möglich, dass die Infusionsflasche, die wie ein verbeulter Luftballon über ihr hing, ein aufmunterndes Mittel enthielt. Sie sagte mit einer Stimme, die mir mädchenhaft vorkam: Da seid ihr ja!

Klar, sagte ich ein wenig zu eilig und kam mit meiner Reaktion meinem Bruder zuvor. Ich beugte mich hinab und versuchte eine Umarmung, was nicht einfach war, wollte man sich nicht im herabhängenden Infusionsschlauch verheddern. Ihr Nachthemd schimmerte hellblau, als wäre es aus Löschpapier, ein höchst defensiver Farbton verglichen mit ihren Perlonkitteln. Dazu ein durchbrochener weißer Besatz an Ärmeln und Ausschnitt. Das Nachthemd stand ihr. Wäre es der richtige Zeitpunkt gewesen, hätte ich ihr vorgeschlagen, auch zu Hause im Nachthemd herumlaufen und die buntgemusterten Kittel im Schrank zu lassen.

Paul setzte die Tasche für meine Mutter vor dem Nachtschränkchen ab und sagte: Wenn du noch etwas brauchst ...

Na, sagte ich, wie wäre es mit Sonnenschein? Die Sonne gehorchte mir in diesem Augenblick und brannte tatsächlich ein Loch in die Wolkendecke. Wir mussten unsere Hände vor die Stirn heben, um uns vor dem lodernden Licht zu schützen.

Was für ein Wetter, sagte meine Mutter.

Zum Glück sind wir nicht nass geworden, sagte Paul.

Ich verstand, dass er sich unter den gegebenen Umständen mit unverfänglichen Sätzen behalf, dennoch hätte ich ihm gern zugeraunt, dass es eine Überforderung sei, einen Besuch mit nichts als Floskeln zu bestreiten.

Paul hat eine neue Freundin, sagte ich.

Schön! sagte meine Mutter und lachte.

Red keinen Quatsch, sagte Paul und schlug mir mit der flachen Hand leicht an den Hinterkopf.

Rebecca haben wir schon kennengelernt, sagte meine Mutter.

Dazu äußere ich mich nicht, sagte ich.

Du kannst sie mir beim nächsten Mal vorstellen, sagte Paul.

Werde ich mir überlegen müssen, sagte ich.

Stimmt was nicht? fragte Paul.

Es ist alles in Ordnung, sagte meine Mutter.

Wie man's nimmt, sagte ich. Paul stieß mich mit dem Ellbogen an und sagte in Richtung meiner Mutter: Soll ich vielleicht mal das Fenster öffnen?

Ja, sagte meine Mutter, wenn es niemanden stört. Dabei sah sie zum Nachbarbett, in dem eine uralte Frau lag, die auf den ersten Blick, klein und grau wie sie war, an eine Mumie erinnerte, der man eine Perücke aufgesetzt hatte. Denkbar, dass sie beim Zustrom frischer Luft Schaden nahm.

Mir ist nicht wohl, sagte ich.

Wieso denn das? fragte mein Bruder vorwurfsvoll, während er das Fenster aufklappte. Mich hätte nur retten können, wenn eine kleine Wolke durch den Fensterspalt ins Zimmer geschwebt wäre. Oder ein bunter Vogel mit der Botschaft, dass es noch schillernde Farben auf dieser Welt gab. Und nicht nur schneeweiß. Ich ließ mich auf den Stuhl vor dem schmucklosen Besuchertisch fallen und schloss die Augen.

Es kam darauf an, den Fluchtreflexen zu widerstehen und solange durchzuhalten, bis wir uns guten Gewissens verabschieden konnten. Mein Bruder hatte sich auf die Bettkante gesetzt. Während er mit meiner Mutter sprach, nahm ich den Reklamestift vom Tischchen – *Das Klinikum St. Elisabeth wünscht Ihnen gute Besserung* – und kritzelte auf einer der Papierservietten herum. Manchmal entstand aus zufälligen Zeichen und Buchstaben eine brauchbare Songzeile. Wenn ich auch nicht glaubte, dass mir ausgerechnet im Krankenhaus Einfälle für einen Song kamen. Ich kritzelte dennoch weiter, zeichnete Sinnloses, Striche und Kreise, aus denen sich skurrile Figuren entwickelten, die in einem Comic hätten mitspielen können. Versuchsweise zog ich fünf parallele Linien. Mir fiel kein Motiv ein, das ich darin hätte notieren können. Außer vielleicht B-A-C-H. Oder Deep-Purples genialen *Smoke-on-the-Water*-Riff. Es war keine schlechte Idee, das Gitarrenmotiv als Grundlage einer kontrapunktischen Übung zu verwenden. Womöglich konnte ich Dr. Noll mit einer kleinen Rock-Fuge über-raschen.

Irgendwann hörte ich meine Mutter sagen: Ihr müsst sicher los!

Ich sah, wie die Tropfen aus der Infusionsflasche stetig in die kleine Kammer fielen, ehe die Flüssigkeit durch den Schlauch in die Vene meiner Mutter rann. Vorsichtig strich ich über ihren Arm und stellte mir vor, dass ich ihre Stimmung mit meiner behutsamen Geste aufhellen und die Dunkelheit vertreiben konnte. Dabei lag sie heute im lichtesten Zimmer, das es auf Erden gab.

Danke für euren Besuch, sagte meine Mutter.

Gute Besserung, sagten mein Bruder und ich gleichzeitig.

Die Treppen gaben zwei Stockwerke lang nur den Hall unserer Schritte wieder. Als wir fast die Eingangshalle erreicht hatten, hörte ich die Stufen sagen: Stell dir vor, deine Mutter wird jeden Tag kleiner, morgen und übermorgen, sodass du kaum noch wagst, ihre zerbrechliche Hand zu nehmen, und nach zwei Wochen ist sie verschwunden.

Glaubt nicht, dass ich das komisch finde, sagte ich.

Was ist nicht komisch? fragte mein Bruder.

Nichts wie raus hier, murmelte ich. Zarathustra – oder wie immer der Mensch hinter der Glaswand hieß – hatte nach wie vor die WAZ vor sich und studierte die Todesanzeigen oder die Jobangebote, was einerlei war. *Wenn es Götter gäbe, wie hielte ich's aus, kein Gott zu sein*, sagte ich leichthin zu meinem Bruder, der nicht seinen stärksten Tag hatte. Die Glastür entließ uns in die Freiheit. Der Horizont hatte sich etwas aufgehellt und der Wind die dunkleren Wolkengebilde vertrieben. Ans andere Ende des Himmels. Die Sonne drehte so heftig auf, dass wir unsere Jacken öffnen mussten und wie Geblendete gingen, während aus den Bäumen die Vögel wie verrück zu zwitschern begannen.

Es war ein Ausnahmetag, so oder so, wenn auch keiner, an dem es etwas zu feiern gab. Dennoch beauftragte mein Vater meinen Bruder, zum Imbiss *Bohnekamp* zu fahren.

Pommes und Salat, hörte ich meinen Vater rufen, Schnitzel, was ihr wollt.

Uns war klar, dass wir, solange meine Mutter im Krankenhaus lag, nicht damit rechnen konnten, gegen 20 Uhr einen gedeckten Abendtisch vorzufinden. Mein Vater nahm es mit den Mahlzeiten ziemlich genau, vor allem abends, warum auch immer, nur außergewöhnliche Ereignisse und Katastrophen konnten verhindern, dass wir pünktlich am Tisch saßen.

Ich suchte mir einen Platz auf der Terrasse mit Blick zum Garten, wo die Bäume bereits lange Schatten warfen. Aus dem Kofferradio, das ich aus dem Haus mitgebracht hatte, wogte ein Dvořák-Stück, in dem ziemlich viel passierte. Nur bei den leisen Stellen wusste man nicht, ob es noch die Flöten und Oboen waren oder schon anschwellende Klänge eines benachbarten Senders. Den auffälligsten Schatten warfen nicht die Schattenmorellen oder die Wäschespinne, sondern die Hollywoodschaukel mit ihrem wellenförmigen Besatz und ihren Fransen, die Dach und Kissen schmückten und bei jedem Luftzug in Bewegung gerieten. Der Stoff musste in seiner Farbgebung eine blühende Wiese zum Vorbild haben. Oder er war nur das Muster einer Blumentapete, die eine Wiedergeburt als Hollywoodschaukelbezug erlebte. Es wäre klug gewesen, sich direkt ins wirre Blumenmuster zu setzen, um es nicht fortwährend im Blick zu haben. Doch die Schaukel wirkte nicht nur in ihrem Hollywoodflair seltsam, sie war auch unbequem, quietschte und gab einem das Gefühl, ein Pflegefall zu sein.

Mein Bruder lud ein halbes Dutzend Schalen und Pappteller und eine Literflasche Cola auf dem Tisch ab. Dazu Plastikbesteck, das etwas behelfsmäßig aussah, aber den unbestreitbaren Vorteil hatte, uns später das Spülen zu ersparen.

Dann guten Appetit, sagte mein Vater und begann mit dem zerbrechlichen Besteck zu hantieren, das sich in seinen Händen wie Spielzeug ausnahm. Vor allem stellte ich es mir schwierig vor, mit dem dünnen Kunststoffmesser ein Wiener Schnitzel zu schneiden.

Da die Dvořák-Sinfonie trotz mächtiger Posauneneinsätze im konkurrierenden Gewirr der Sender unterzugehen drohte, suchte ich nach einem anderen Programm, wobei es mir gleich war, was wir hörten, Hauptsache es klang nach Musik und nicht nach dem Quietschen der Schaukel oder dem Geraschel und Geklapper am Tisch.

Mein Bruder schenkte sich zum zweiten Mal Cola aus der Literflasche ein und bekam seinen wippenden Fuß nicht unter Kontrolle. Ich sah ihm nach, dass er ein wenig aufgekratzt war, was nicht allein an der Cola lag, sondern vermutlich an einer Verabredung, die er für den Abend geplant hatte. Wenn mein Eindruck nicht täuschte, traf er sich seit einiger Zeit öfter mit Britta, zumindest jedes Mal, wenn er nach Lippfeld kam. Ich konnte nur für ihn hoffen, dass Susannas Schwester zwischenzeitlich eine Läuterung erfahren hatte, was ihr Musikverständnis anging, und nicht mehr Christian Anders vergötterte, sondern Emerson, Lake and Palmer oder Jethro Tull.

Gut, dass ich mir keine Sorgen um euch machen muss, sagte mein Vater in den milden frühherbstlichen Abend hinein, während wir mit oder ohne Plastikbesteck ein ziemliches Durcheinander an Frittiertem und stark Gesalzenem in uns hineinstopften.

Das musst du auch nicht, sagte Paul, der sich angesprochen fühlte – zu Recht oder nicht. Woche für Woche schleppte er mehr Bücher und Skripte an, mit denen er sich bis tief in die Nacht beschäftigte, sofern er sich nicht mit Britta im *California* traf. Sicher fehlten ihm nur noch ein paar Scheine, ehe er mit einem Topabschluss einen glänzenden Job als Weltverbesserer fand.

Mein Vater nickte, und wir verstanden, dass ihm angesichts der dramatischen Situation ausschließlich aufbauende Nachrichten zuzumuten waren. Paul trank den dritten Becher

Cola, als handle es sich um einen sprudelnden Treibstoff, der seinen wippenden Fuß in Gang hielt. Ich zweifelte nicht, dass er aufgrund seiner Erfolge im Studium zu allen Themen etwas Erhellendes beisteuern konnte, daher fragte ich ihn ohne Umschweife: Und was wählst du nächste Woche?

Paul zögerte, tat überrascht, als höre er zum ersten Mal von der anstehenden Wahl.

Dein Bruder, sagte mein Vater, wählt das, was dein Vater wählt. Und das, was dein Großvater gewählt hat.

Ich sagte ihm nicht, wie komisch er klang. Und stopfte mir ein paar Pommes in den Mund. Sogar in der WAZ, die eigentlich nur von SPD-Wählern abonniert wurde, gab es Anzeigen mit dem Slogan *Freiheit statt Sozialismus*. Dazu schaute Helmut Kohl mit einer Art Skibrille und glatten Scheidezähnen den SPD-Leser an. Als zukünftiger Kanzler von Deutschland.

Kohl hat keine Chance, sagte mein Vater.

Mein Bruder dachte sicher mehr an Britta Hofer als an Helmut Kohl. Ich war ein wenig enttäuscht, dass er nicht mehr zur bevorstehenden Wahl sagte oder uns mit einer Analyse des Slogans *Freiheit statt Sozialismus* auf den neusten Stand brachte. Schon um mich nicht dem Wahldiktat meines Vaters zu unterwerfen, hätte ich nie Helmut Schmidt meine Stimme geben können. Josef Langhoff schwärmte von der KPD/ML und las in der Raucherecke die *Rote Fahne*, solange er noch an der Schule geduldet war. Von jeder Zeitungsseite sah einen das Porträt des Genossen Mao Tse-tung an. Im Bücherregal meines Bruders stand sogar, rot eingebunden, die Mao-Bibel. In irgendeinem Kapitel verglich der Verfasser die Arbeit des Parteikomitees mit dem Klavierspielen, bei dem sich alle zehn Finger bewegen müssten, allerdings nie gleichzeitig, sondern koordiniert. Damit war Mao für mich passé. Wegen anmaßender Vergleiche. Jimi Hendrix hätte ohnehin allen einen Strich durch die Rechnung gemacht und seiner Gitarre menschheitsversöhnende Töne entlockt, zu denen jedes Zehnfinger-Komitee nur noch unisono hätte klatschen können.

Aus dem Durcheinander der Sender stieg unversehens eine Stimme auf, die so klar hervorstach, als stände die Sängerin vor uns im Garten. Es war, wenn ich mich nicht täuschte, Vicky Leandros. Weiterdrehen, dachte ich. Leider bot sich als Alternative nur eine Mischung aus Rauschen, Knistern und Nachrichtenmonologen.

Lass das mal, sagte mein Vater.

Ich beugte mich über meine Imbiss-Pappschale und gestattete Vicky Leandros zu singen: Du weißt, ich liebe das Leben. Begleitet wurde sie von einem kleinen Varieté-Orchester mit Tuba und Banjo. Es schien, als nickte mein Vater ganz sacht mit dem Kopf zum Takt. Ein bisschen versonnen. Vielleicht dachte er an meine Mutter. Jedenfalls dachte ich an sie und wünschte mir, alles würde im Blumenmeer der Schaukel versinken, während Vicky Leandros zum zehnten Mal sang: Ich liebe das Leben.

Ich habe noch eine Verabredung, sagte Paul.

Komm nicht so spät zurück, sagte mein Vater, obwohl mein Bruder in einem Alter war, wo er eigentlich selbst wissen musste, wann er zurückkam. Wir haben ja genug zu tun, sagte mein Vater, jetzt, wo eure Mutter ...

Das Karussell wird sich weiterdrehen, sang Vicky Leandros aus dem Radio.

Sicher hast du noch was für die Schule zu tun, sagte mein Vater in meine Richtung.

Ja, genau, sagte ich, blieb aber sitzen, da auch mein Bruder nicht aufstand und auch mein Vater sich nicht vom Fleck rührte, als müssten wir zusammen erst das Lied von Vicky Leandros zu Ende hören.

PANDÄMONIUM

Ich verzichtete darauf, mein Gesicht im Spiegel zu betrachten. Das Resultat war so wenig anfechtbar wie unsere Entscheidung, im Lippfelder Jugendclub aufzutreten. Früh genug würde ich erfahren, ob Linas Schminkkünste meinen Erwartungen entsprachen. Im besten Fall machte mich ihr Make-up geheimnisvoller als jemanden, der aus einer Siedlung am Rande der Welt kam und zu Hause auf einem alten Klavier spielte.

Mir war nicht entgangen, dass Lina mit viel Sorgfalt viel Weiß aufgetragen hatte. Nach dem Schminkschwamm kam der Quast. Mit einem dünnen Pinsel hatte sie um mein linkes Auge eine kurvige Form gezogen, die ich als Herz deutete. Ich vermutete etwas Fragiles. In jedem Fall war es schwarz, wie die Tusche an der Pinselspitze verriet. Mir war klar, dass Ziggy Stardust oder Kiss die Verwandlungskunst besser beherrschten als wir.

Ganz und gar unnötig, hätte mein Bruder gesagt. Rebecca hätte es sicher gefallen. Jan-Henri wäre es egal gewesen. Ich fand: Es musste sein. Weil ich nicht der war, der in einem glanzlosen Club Keyboard spielte, sondern jemand, der das schöne Wort *Metamorphosen* gelesen hatte. Gut, es genügte schon, wenn einigen Besuchern auffiel, dass ich nicht wie ich aussah und die Crazy Hearts nicht wie eine Band, deren Schicksal die Provinz war.

Nur Tim hatte sich noch überreden lassen, sich an Linas Schminkexperiment zu beteiligten. Leider konnte ihn niemand daran hindern, mit seinen Fingern ein ums andere Mal durch sein Gesicht zu fahren. Mit den Wischspuren wirkte er, als habe er seinen Auftritt bereits hinter sich. Sven und Nico grinsten, als sie uns sahen, hielten sich jedoch mit Kommentaren zurück. Auch wenn sie vermutlich meinten, es habe nichts mit Musik zu tun. Musste ich ihnen erklären, dass alles mit Musik zu tun hatte und ich ein anderer auf der Bühne sein würde? Dass ich spielend über mich hinauswachsen konnte wie Ziggy Stardust, der tat, als beziehe er Inspirationen aus schillernden Sphären? Egal, ich dankte Lina für ihr Make-up, das ich in keinem Spiegel gesehen hatte.

Als erstes grüßte mich die Vikarin, der ich nicht auf die Füße schaute, weil ich nicht wissen wollte, ob sie Turnschuhe trug. Sehr entspannt fragte sie: Bist du nicht Ben Schneider?

Sind Sie nicht die Vikarin? wollte ich zurückfragen, aber Lina rief schon: Ich hoffe nicht, dass es *Ben Schneider* ist.

Das nenne ich originell, sagte die Vikarin, es erinnert mich an eine sehr alte und schöne Tradition. Geishas verbergen hinter einer weißen Maske ihr Alter und ihr Geschlecht.

Ich denke eher an Kiss oder Alice Cooper, sagte Lina.

Aha, sagte die Vikarin.

Mögen Sie Alice Cooper? fragte ich.

Vielleicht ist es ja auch eine Kampfbemalung, sagte die Vikarin und schien nicht mehr ganz so entspannt.

Lina sagte: Ich denke, es geht weniger um Kampf als um Intuition! Offenbar hatte sie heute ihren großen Tag.

Ich habe noch ein paar Fragen an euch, sagte die Vikarin.

Ich sah zu, dass ich weiterkam. Egal, wo und wann ich die Vikarin traf, fiel mir der Beitrag ein, den die WAZ über sie veröffentlicht hatte und in dem es hieß, dass Glaube an Gott und moderner Alltag kein Widerspruch seien.

Schon Karneval? fragte jemand, der im schwachen Licht selbst mehr als komisch aussah. Jedenfalls erinnerte Jo Klein-

Ruiken mich an ein leicht misslungenes Porträt, bei dem der Maler das Gesicht zu schmal und die Ohren zu groß angelegt hatte.

Was immer er wollte, ich wollte nichts von ihm und hätte mir gewünscht, er hätte mich in meiner Maske nicht erkannt. Dass wir Freunde würden, war sicher ein Irrtum.

Damit könntest du auch im Zirkus auftreten, sagte er.

Genau, sagte ich.

Theater hast du ja genug!

Was immer er meinte, ich sagte: Aber hallo!

Nachtaktionen mit Blaulicht und so, sagte Jo Klein-Ruiken, wow!

Ich stieß ihm meinen Ellbogen in die Rippen, ohne allzu große Wucht, denn auch in dieser Situation konnte ich nicht außer Acht lassen, dass ich zu den friedliebenden Menschen gehörte, sodass mein Stoß nicht mehr als ein Zeichen war, wenn ich auch lieber gesehen hätte, dass er zu Boden gestürzt wäre. Er stolperte jedoch nur drei, vier Schritte zurück, wobei er in laienspielhafter Übertreibung mit den Armen ruderte.

Mein Double, das blitzschnell aus mir hervortrat, mahnte: So weit, so gut! Spar dir dein Heldentum für den Auftritt.

Zu Jo Klein-Ruiken sagte ich: Was immer du denkst, meiner Mutter geht es wunderbar. Ich verstehe, dass du ein Problem hast, weil Gott dir nur einen Pisspottschnitt mit auf die Welt gab und keinen Grips.

Sehr langsam drehte ich mich weg und war froh, dass niemand k. o. auf den Fliesen zurückblieb. Geh an ihm vorbei, sagte ich mir, und atme entspannt wie ein Champion. Lächle! Wenn du magst, darfst du auch ein bisschen grinsen.

Ich grinste ein bisschen. Es war ein gutes Gefühl, einen unmaßgeblichen Menschen mit einem missglückten Kränkungs-versuch ohne viel Aufhebens stehen zu lassen. Mehr als okay. Noch besser wäre es gewesen, wenn es meiner Mutter tat-sächlich wunderbar gegangen wäre und das Krankenhaus sie als heiteren Menschen entlassen hätte.

Ehe ich die Treppe zum Clubraum erreichte, kreuzte Gabi meinen Weg, und ich dachte daran, sie zu umarmen. Wegen ihrer Schwester Theresa. Zu meinem Bedauern gelang mir nur eine flüchtige Berührung, doch selbst das schien ihr zu viel.

Ich werde deiner Schwester einen Song widmen, sagte ich.

Sagt der große Star, sagte sie.

Ich hatte Theresa schon in Begleitung ihrer Mutter vor der Apotheke in der Mittelstraße gesehen und vorsichtig von Weitem gewunken. Ganz Lippfeld war glücklich, dass sie nicht erinnerungslos erwacht war. Die Narben in ihrem Gesicht und die Knochenbrüche würden verheilen. Und irgendwann würde sie wieder ohne Hilfe durch Lippfeld gehen und vielleicht sogar ihre Schürze hervorholen, um im *Rinaldo* zu bedienen. Wenn sie es wollte. Aber natürlich – sie würde den Ort nie wieder vom Rücksitz einer blauen Honda aus betrachten.

Grüß sie von mir, sagte ich.

So wie du aussiehst, sagte Gabi, verpasst sie nichts.

Mir reicht *deine* Begeisterung.

Juckt das nicht auf der Haut? fragte Gabi und strich mit ihrem Zeigefinger ohne Vorwarnung über meine Wange, um die Farbe dann auf ihrer Fingerkuppe zu mustern.

Bisher jedenfalls nicht, sagte ich.

Viel Glück, sagte sie, und ihre Lippen wurde mit dem Wort *Glück* so schattenmorellenrot, als erwarteten sie, geküsst zu werde. Doch ich hätte sie schon deshalb nicht geküsst, weil Gefahr bestand, Linas kunstvolles Tuscheherz zu ruinieren.

Dir auch, sagte ich und stieg die Treppe zum Clubraum hinunter, wo die anderen schon vor dem Eingang warteten. Sich berieten. Noch war nicht geklärt, mit welchem Song wir starten wollten. Sven sah fragend in die Runde und Tim sagte passenderweise: Mit einem, der einschlägt. Ich behielt für mich, dass im Clubkeller nur *Lady Bump* einschlug. Nico glaubte an *Me and Bobby McGee*.

Wenn Janis Joplin uns das verzeiht, sagte Patrick.

Wird sie, sagte Tim, der den Song letztlich singen musste

und immer mal wieder Textzeilen vergaß. Im Notfall konnte Sven mit seinem phänomenalen Gedächtnis als Souffleur einspringen. Es reichte ihm, einen Text einmal zu hören, um ihn auswendig wiederzugeben. All die gespeicherten Lieder und Balladen machten ihn leider nicht automatisch zum besseren Sänger. Manche Songs speicherte selbst mein Gedächtnis mühelos ab. Vor allem eine Nummer wie *Me and Bobby McGee* mit einem Refrain, den ich gern auf einem Transparent an der Lippfelder Mittelstraße aufgehängt hätte: *Freedom's just another word for nothin' left to lose.* Es war die beste Eröffnung, die man sich unter den gegebenen Umständen vorstellen konnte.

Sicher wäre auch die Vikarin bereit gewesen, unseren Auftritt mit einer so hellsichtigen Songzeile anzukündigen. Sie stand plötzlich da und schaute in die Runde, als habe sie etwas mitzuteilen. Auf jeden Fall nahm sie unsere Veranstaltung sehr ernst, obwohl es nur um ein paar Rocksongs ging und nicht um Lobgesänge oder spirituelle Erleuchtung. Ich staunte wieder einmal, wie klein sie war. Neben Tim sah sie aus wie seine jüngere Schwester. Nur wenn sie ihre Zähne entblößte, um zu lächeln, wirke sie älter. Sehr freundlich sagte sie: Ich finde es großartig, dass ihr heute Abend hier spielt. Gern würde ich vorab ein paar Worte sagen, eure Namen habe ich mir schon notiert. Gibt es eventuell noch etwas, was ich beachten sollte?

Tatsächlich zog sie ein Blatt hervor, das gereicht hätte, eine Predigt zu notieren.

Wir heißen *Crazy Hearts*, sagte ich, und spielen alles außer *Tränen lügen nicht*.

Patrick sagte: Und außer *Moviestar*.

Sehr schön, sagte die Vikarin. Also Ben Schneider, Tim Felsing ...

Würden nicht die Vornamen reichen? fragte Patrick.

Wie ihr meint, sagte sie.

Was immer sie bekannt geben würde, jeder in Lippfeld

wusste, wer wir waren und woher wir kamen. Ziemlich gut sogar, sodass niemand auf eine ausführliche Aufzählung unserer überwältigenden Triumphe oder Niederlagen angewiesen war. Es kam meines Erachtens ohnehin nicht gut an, die Namen der Bandmitglieder von einem Zettel abzulesen.

Was das Programm angeht ..., sagte die Vikarin.

Patrick sagte leise zu mir: Welches Programm?

... eure Songs, sagte die Vikarin.

Mensch, rief Tim, wir starten mit einer niegehörten Version von *Me and Bobby McGee*. Anschließend gibt's jede Menge Beats und Improvisationen. Wahrscheinlich ist der Club ja dann leer. Sonst folgt noch was zum Rauschmiss wie *I Love Rock 'n' Roll.*

Was er alles weiß, sagte Nico.

Habt ihr noch eine paar Worte oder eine Botschaft für unser Publikum? fragte die Vikarin.

Tim rief: Wir legen einfach los und das ist eigentlich schon unsere ganze Botschaft.

So lang und glorreich ist unsere Biografie ja noch nicht, sagte Sven.

Die Vikarin sagte: Mich würden zum Beispiel eure Anfänge und eure Vorbilder interessieren ...

Leute, ich geh schon mal vor, sagte ich.

Good idea, sagte Tim. Natürlich hatten wir unseren Soundcheck schon hinter uns. Dabei war mir aufgefallen, dass Tim einen guten Tag erwischt hatte und weit von panischen Zuständen entfernt war, gegen die er in der Alten Ziegelei hatte ankämpfen müssen. Ich bildete mir ein, dass Linas Make-up seine Stimmung günstig beeinflusste. Dass Sven und die anderen sich mit der Vikarin besprachen und etwas über unsere mir unbekannten Beweggründe erzählten, war in Ordnung. Am Ende bekamen wir einen freundlichen Kommentar im Kirchenblatt und waren so berühmt wie die Rolling Stones. Dass der erste Beitrag über die Crazy Hearts zwischen Kirchennachrichten und Spendenaufrufen erscheinen könnte, kam mir gleichwohl wie der Abstieg vor dem Aufstieg vor. Sicher war Sven klug genug, früher oder später zu erkennen, dass die Vikarin nichts von dem verstand, woran wir glaubten.

Man musste, um zur Bühne zu gelangen, den Clubraum durchqueren. Was sich Bühne nannte, war nur ein kleines, stufenhohes Podest. Es hätte allemal professioneller ausgesehen, über ein Treppchen aus dem Backstagebereich aufzutauchen oder hinter einem violetten Bühnenvorhang hervorzutreten. So wurde der Weg zu einer mühsamen, von Schulterklopfen begleiteten Route durchs Publikum, das im Raum herumstand, wie man herumstand, bevor der nächste Titel in der Disco einsetzte. Vickie gelang es vorbildlich, in der Menge wie nicht zu Kuddel gehörig auszusehen. Ich begrüßte ihn mit einem leichten Stoß gegen die Brust, wo sein *Samson*-Päckchen aus der Tasche hervorsah.

Du siehst zum ersten Mal in deinem Leben gut aus, sagte Kuddel.

Würde ich auch gern von dir behaupten, sagte ich.

Und ich? fragte Vickie, werde ich nicht begrüßt?

Und ob, sagte ich, gab ihr jedoch nur die Hand. Ihr reichte der Moment, um ihre Lippen an mein Ohr zu bringen. Große Bekundungen lagen ihr eigentlich nicht, sodass es mich überraschte, sie flüstern zu hören: Die Trauer holt sich, wen sie will. Ich wünsche dir viel Glück! Es war eine unausgesprochene Regel aus der Zeit unserer ersten Nachmittage auf der Schaukel, dass wir nie über unsere Mütter sprachen. Sie nicht einmal erwähnten. Ich hatte es ihretwegen und ihrer kranken Mutter wegen getan. Also durfte ich hoffen, dass Vickie sich ihrerseits an die Kindheitsregel hielt und es nicht mit den Anspielungen übertrieb.

Sogar Manfred Abend war gekommen, und zwar ohne Achim Klein, soweit ich sah. Ich grüße ihn, wie ich ihn sonst nie grüßte, und schlug meine flache Hand gegen seine, die er nur zögernd gehoben hatte. Er brauchte einige Sekunden, bis er begriff, wer vor ihm stand.

He, sagte ich, wenn du Glück hast, eröffnen wir mit *Me and Bobby McGee.*

Wenn das mal gut geht, sagte er.

Wahrscheinlich nicht, sagte ich.

Dabei lag zumindest das Original nicht außerhalb unserer Möglichkeiten, wie ich fand. Eine gewöhnliche Countrynummer, ehe Janis Joplin gekommen war. Ehe sie eine unsterbliche Bluesversion daraus gemacht hatte. Aber natürlich, am Ende galt nur ihre Interpretation. Nur ihr glaubte ich die Zeile: *Freedom's just another word for nothin' left to lose.*

Es war kein Unglück, dass Mick mit ein paar Freunden aus dem *California* abseits stand. Später würde ich erfahren, ob er den Sternenstaub in meinem Haar erkannt hatte oder die silbrigen Sphärenklänge der Orgelregister. Während Tim die letzten Meter zur Bühne voranschritt, bildete sich eine Schneise vor uns. Niemand wollte Bekanntschaft mit einem wild geschminkten Grizzly machen. Es würde sich zeigen, ob das schmale Podium ihm überhaupt standhielt. Die bühnennahen Gäste konnten sich tatsächlich fühlen, als gehörten sie zur Band. Oder wir konnten uns einbilden, wir spielten mitten im Publikum. Ich sah schon das Orgelmanual, als ich neben mir eine Stimme hörte, die mir wie kaum eine andere vertraut war. Keine Frage, ich hatte akzeptiert, an einem Ort zu spielen, wo jeder mich kannte. Wo jeder zweite nicht viel von mir hielt und wo ich jederzeit meiner Vergangenheit begegnen konnte

Fast hätte ich dich nicht erkannt, sagte Susanna.

Ich fragte nicht, sollten wir uns je erkannt haben? Sondern sagte nur: Du hier?

Wenn du gestattest, sagte sie.

Ich fühlte mich dank Tuscheherz der Situation gewachsen – es war Schlimmeres vorstellbar –, doch ehe ich die rettende Bühne erreichte, kam hinter Susanna jemand hervor, dem ich nur ungern auf dieser Welt noch einmal begegnen wollte. In meiner Verwirrung begriff ich nicht, was Kai Hendricksen von mir wollte und was immer er zu mir sagte: Hallo Kleiner. Oder:

Hallo Ziggy Stardust. Oder hatte er vor, mit uns *I'm crazy like a fool* zu singen? Dass er nicht grinste, erstaunte mich. Grins doch, bitte, dachte ich. Oder war es meine Aufgabe zu grinsen? Fassungslos starrte ich zu Susanna, während Kai Hendricksen sagte: Ich weiß, dass es dich nicht interessiert, doch ich hatte nicht ernsthaft vor, dich ins Krankenhaus zu befördern.

Es interessierte mich wirklich nicht.

Susanna, die anscheinend nicht verlernt hatte, meine Gedanken zu lesen, sagte: Aber *mich* interessiert es!

Also, sagte Kai Hendricksen, auch wenn du es selbst provoziert hast, sorry!

Lachhaft, sagte ich.

Wir sollten weiter, sagte Tim.

Weißt du, sagte ich zu Tim, das Schlimmste ist, dass uns hier kein Rausch erlaubt ist, doch ohne Bier und Zigaretten vor einem solchen Auftritt und vor allem vor einem solchen Publikum fühle ich mich schutzlos. Regelrecht angreifbar. Du verstehst, heute könnte mich dein Wundermittel retten. Die unschönen Bilder vertreiben. Allem das Scharfkantige nehmen. Mich zu einem durchscheinenden Keyboarder machen. Ich bin bereit, an die Wirkung deiner Medizin zu glauben. Thank you so much!

Susanna und Kai Hendricksen standen da, als warteten sie auf etwas, auf ein gnädiges Lächeln oder, im ungünstigeren Fall, auf einen Rausschmiss durch die Crazy-Hearts-Bodyguards, die es nicht gab. Warum sollte ich ihnen in ihrem kläglichen Dasein kein Wunder gönnen? Ich begriff, wie klein alles wurde, wenn man Janis Joplin hörte. Oder wenn jemand Schumanns *Aufschwung* spielte. Manchmal stellte ich mir einen Ballon vor, der seinen Ballast abwarf. Nicht nur Säcke mit Sand. Sondern Säcke mit Gedanken und Vergangenheiten. Mit Verletztheiten. Mit Engherzigkeiten. Er stieg umso schneller auf, je geringer der Groll, den man mitschleppte. Am Ende ging die Fahrt geradewegs ins Blaue.

Da kommen die anderen, rief Tim.

Du glaubst gar nicht, sagte ich zu Susanna, wie wenig mir die Schwerkraft anhaben kann. Ich setze darauf, dass euch unsere Songs begeistern. Selbst wenn ihr uns nicht bejubeln solltet, wünsche ich euch viel Glück. Happiness, sagte ich, freedom, craziness!

Die Furchen, die sich auf Susannas Stirn bildeten, kamen mir bekannt vor.

Apology acceptet, sagte ich zu Kai Hendricksen und lachte über mich und die Welt. Da er mich entgeistert ansah, fügte ich hinzu: Hauptsache, du sagst nie wieder *Hallo Kleiner* zu mir.

Deal, sagte er.

Deal, sagte ich.

Der nächste Schritt brachte mich auf die Bühne, auf die mir niemand folgen konnte – einmal abgesehen vom Rest der Band. Und den fernen Vertrauten von Jan-Henri bis zu Rebecca, zu der ich sagte: Heute Abend spiele ich, wie ich nicht spielen könnte, wenn du wirklich hier wärest. Trotz alledem spiele ich nur für dich.

Seid ihr so weit? fragte die Vikarin, die vor dem Podest stehen geblieben war, und hob das Mikro. Während ich an die Orgel trat, streckte ich für Tim, den besten Sänger aller Zeiten, die Faust in die Luft.

Die Vikarin sagte: Ich freue mich, dass heute Abend die Crazy Hearts bei uns zu Gast sind. Mit Ben an den Keyboards, Nico am Bass, Patrick an den Drums, Sven an der Gitarre und Tim als Sänger. Ich wünsche uns allen einen tollen Abend.

Das Publikum johlte und ich glaubte aus dem Jubel Micks Stimme herauszuhören, die wie im Triumph rief: The Crazy Hearts! Mir wäre es angenehmer gewesen, er hätte *freedom* oder *happiness* skandiert. Als der Beifall sich legte, nickte ich in Svens Richtung und wir suchten ein paar raue Bluesharmonien, die auf Tims Gesang einstimmten, und augenblicklich verlor sich das Gewicht der Welt, augenblicklich herrschte in uns nichts als Rhythmus und Klang, ganz ohne vorher und nachher.

INHALT

Impressum

Copyright 2023
by Faber & Faber Verlag GmbH Leipzig
Alle Rechte vorbehalten

Gestaltung
Thomas Walther, BBK, Dresden

Satz
Ö GRAFIK
agentur für marketing und design,
Dresden

Schrift: Xenois, Phosphate
Papier: Salzer EOS holzfrei blauweiß

Druck und Bindung
Pustet, Regensburg
Printed in Germany

Aus Gründen des Umweltschutzes
schweißen wir unsere Bücher nicht
mehr ein.

ISBN 978-3-86730-235-7

Dieses und weitere Bücher
finden Sie auch im Internet unter
www.verlagfaberundfaber.de